KB071220

한 방랑자의 시시한 여행

그리고 그 소소한 기록

사/색/여/담 봄 : 그렇게 여행자가 된다

초판 1쇄 2017년 09월 01일

지은이 구보
발행인 김재홍
디자인 이근택
교정 · 교열 김진섭
마케팅 이연실

발행처 도서출판 지식공감
등록번호 제396-2012-000018호
주소 경기도 고양시 일산동구 견달산로225번길 112
전화 02-3141-2700
팩스 02-322-3089
홈페이지 www.bookdaum.com

가격 13,000원
ISBN 979-11-5622-303-0 04810
SET ISBN 979-11-5622-302-3 04810

CIP제어번호 CIP2017018475
이 도서의 국립중앙도서관 출판예정도서목록(CIP)은 서지정보유통지원시스템 홈페이지(http://seoji.nl.go.kr)와 국가자료공동목록시스템(http://www.nl.go.kr/kolisnet)에서 이용하실 수 있습니다.

사 / 색 / 여 / 담 **봄**

그렇게 여행자가 된다

글·사진 | 구보

도서출판 문학공감

목차

잊혀진 계절

"너는 피투성이라도 살아 있으라.
다시 이르기를 너는 피투성이라도 살아 있으라."

– 에스겔 16:6

2013년 시월 마지막 날, 큰 사고를 당했다. 죽음의 문턱에서 누군가 아직 쓸만하다고 저세상에 전했는지 다음 발걸음을 내딛지 못하고 다시 삶으로 내팽개쳐졌다. 故 유재하와 故 김현식이 세상을 떠난 11월 1일, 나는 남몰래 생生으로 되돌아오고 있었다. 사고의 처참함을 오롯이 받아들여 산산조각이 난 몸을 치유하는 과정은 꽤나 고통스러웠다. 하지만 나를 더 혹독하게 괴롭힌 것은 그 이후의 시간이었다.

운명의 짓궂은 장난에 만신창이가 된 나를 두고 사람들은 저마다의 진단을 내리기 시작했다. 단순한 외상 후 스트레스성 정신장애부터 자랑할 일 없는 비루하고 치졸했던 인생의 업보라고까지 이야기했다. 어설픈 위로의 말들은 화살이 되어 내 마음속에 박히기 시작했다. 이내 무거운 추가 되어 나를 심해로 끌어내렸다. 일부 화살은 독을 담고 있어 마음의 생채기 사이로 여기저기 퍼져나갔다.

삶의 소중함을 깨우쳐주는 위대한 교훈을 받아 감사한 마음으로 더 열심히 살아가는 모습을 보이는 일반적인 삶의 전개는 일어나지 않았다. 죽음을 마주했던 삶은 단단해지지 않았다. 마음에 더 큰 상처를 받은 채 그 상처에 무기력하게 머무는 시간이 이어졌다. 회사에서 10시간 모니터를 바라보던 눈이, 집에서 멍하게 10시간 동안 텔레비전을 바라보며 하루를 얼버무리는 일상이 지겹게 반복됐다.

> 가볍디가벼운 한마디로 네 영혼을
> 갈기갈기 찢어놓고, 젊은 피를 얼게 하며
> 네 두 눈을 궤도 이탈한 별처럼 만들고,
> 땋아서 묶어놓은 머리채를 풀어놓고
> 머리카락 한 올 한 올을 세울 수 있으리라.
>
> – 〈햄릿〉

회복하고자 나름대로 발버둥을 쳐봤지만 밟힌 지렁이의 꿈틀거림일 뿐, 어떠한 그럴싸한 동력을 갖지 못했다. 그 시간은 나에게 있어 고독하고 깊은 수행을 하는 동안거冬安居도 아니었다. 긴 겨울을 웅크린 자세로 홀로 가만히 버티고 견디며 봄을 맞을 준비를 하는 겨울잠도 아니었다. 당시 나의 상태는 색채가 없는 다자키 쓰쿠루의 대학교 2학년 모습과 많이 닮아 있었다. 탈진한 영혼을 추스를 의지조차 없었다. 무라카미 하루키의 표현대로 죽음의 위 속에 빠져 그 어둡고 끈적끈적한 공동 안에서 시간의 흐름조차 망각한 나날을 보내야 했다.

삶과 죽음의 모호한 경계 속에서 갈 길을 잃은 채 수렁에 빠져 발버둥 칠수록 더욱 깊은 곳으로 끌려 들어가는 기분이었다. 어떤 위로와 다짐도 낯설어진 인생의 무게 앞에서 쉽게 짓이겨질 뿐이었다. 무엇이 문제냐고 고작 그 정도에 쓰러져 있을 거냐는 채찍질도 있었지만, 휴일에 잘못 맞춘 새벽녘 알람 소리처럼 나를 귀찮게 할 뿐 일으킬 수는 없었다. 세상은 가혹했다. 쓰러진 나의 손을 누가 잡아주길 바랬다. 하지만 가끔 다가와 나를 잡은 손은 나를 거칠게 일으키려 했고 성의 없는 충고로 나를 무섭게 몰아세우곤 했다.

이 세상에 흔하지 않은 고통과 좌절이 어디 있으랴. 그런 방식의 논리라면 자식 잃은 부모가 한둘이 아니며, 죽음을 앞둔 이들도 한둘이 아니다. 고통은 보편성이 부여될 때 무중력 상태가 되어 아주 가볍게 주위를 부유浮游하다가 개인에 정착하는 순간 엄청난 중력으로 삶을 몰락시킨다. 사람을 넘어지게 하는 것은 태산이 아니라 작은 돌부리다. 태산을 태우는 것도 강한 불기둥이 아니라 꺼져가는 담배꽁초다.

"일상의 소용돌이 속에서 존재를 뒤흔드는 건
바로 작은 모래알갱이일지도 모른다."

– 기욤 뮈소, 『구해줘』

남산 위에 저 소나무 철갑을 두른 듯 바람서리 불변함은 우리 기상이라 했지만 나는 인생의 여진에 흔들리며 바닥을 향해 깊이 침잠沈潛하고 있었다. 이내 나는 바닥을 딛고 올라서기보다는 발버둥을 멈추고 나를 더욱 깊이 가라앉히기로 마음을 먹었다. 마치 물에 빠졌을 때 허우적대기보다는 몸에 힘을 빼는 것, 기계가 말을 안 들을 때 리셋 버튼을 누르는 것처럼 해결할 수 있는 문제를 잠시 잊고 무심하게 내버려 두는 일과 같았다. 모세의 어머니가 나일강에 모세를 놓아 버리듯.

사랑도 꿈도 사소하고 쓸데없는 이유로 시작하곤 한다. 때론 알 수 없는 희미하고 사소한 무언가가 삶을 이끌어 나간다. 단호하게 결정하기보다는 흐름에 인생의 길을 맡기다 보면 우리는 삶의 한 걸음을 내딛게 된다. 그렇게 가다 보면 우리 인생도 결국 흐른다. 그렇게 나는 흐르는 삶의 물결에 그냥 몸을 맡겼다.

하필 여행,
고작 여행

일	월	화	수	목	금	토
1	2	3	4 입춘	5	6	7
8	9	10	11	12	13	14
15	16	17	18	19 설날 우수	20	21
22	23	24	25	26	27	28

여행을 마주하는 희미한 용기

2015년 2월은 계획을 세우기에 딱 좋은 달이었다. 모든 날짜가 정확한 정렬을 이루고 있었다. 하지만 나는 이렇다 할 여행계획을 세우지 못하고 있었다. 무엇이 나를 떠나게 하는 걸까? 무엇이 내 등을 이렇게 떠미는 걸까? 여행을 준비하는 내내 집중하지 못하고 난 내 마음을 움직이는 어떤 힘의 정체를 알고자 이불을 뒤척이며 머리 뜯기 바빴다.

누구나 여행을 할 때는 설레는 마음을 갖게 된다. 나도 이전까지는 여행하기 전에 설렘으로 가슴이 한껏 부풀곤 했다. 하지만 이번 여행은 아니었다. 설레는 마음이 1g도 없었다. 여행이 주는 자유로운 기분이 아닌 낯설고 생소한 기운이 여행과의 낯가림을 시작하게 만들었다.

내가 과연 여행을 할 수 있을까? 분명 실패할 거라는 생각이 강하게 지배하고 있었다. 그러다가 여행에 실패와 성공이 어디 있을까 생각하며 안위했다. 여행도 그 후의 현실도 혹독할 거라는 두려움이 밀려올 때면 다시 마음이 무거워졌다. 너무 오래 씹어 굳어 버린 껌을 뱉지 못하는 기분이 계속되었다.

여행은 생각보다 빈번하게 만병통치약으로 불린다. 여행은 삶을 치유하고 숨겨진 꿈을 찾는 계기가 되며 삶을 보다 풍성하게 한다고 말한다. 이런 식의 여행 찬양론은 당시 나에게는 시골 장터 약장수의 외침과 다를 바가 없었다. 여행 산업에 있는 사람들의 이야기는 더 심하다. 자본의 배려 없는 홍보는 영혼을 어루만지고자 떠나는 사람들의 여행에 한껏 욕망을 풀무질한다.

적지 않은 돈을 쓰며 호사를 누리기는커녕 고생이란 고생은 다하면서 런던의 빅뱅, 뉴욕의 자유의 여신상 혹은 파리 에펠탑을 본다고 해서 인생이 얼마나 달라질까? 결국 "집 떠나면 고생이다.", "집이 최고다." 라는 가르침만 되새길 테다. 외국인들은 남산타워와 남대문, 명동을 보기 위해 많은 돈을 쓰면서 내가 일했던 일터로 왔다. 나는 매일 출근하면서 부지런한 여행객 틈 사이로 서울의 관광명소들을 지나쳐갔다. 하지만 나는 그냥 보고 스칠 뿐 어떤 감흥도 느끼지 못했다.

여행은 일상을 떠나는 행위 그 자체이기 때문에 내 일상의 공간에서 여행자들이 느끼는 감동과 내 감정과의 간극은 클 수밖에 없다는 것은 물론 인정한다. 하지만 일상의 공간 속 작은 변화도 감지하지 못하는 둔하고 무딘 내가 여행을 가서 무엇을 느낄 수 있을까?

나는 여행을 믿지 않았다. 정확히 이야기하자면, 나는 나를 믿지 않았다. 유명한 관광지 앞에서 사진만 찍고 와서 좋았느니 싫었느니 단순한 감상만 늘어놓을 수 있을 뿐. 그 이상 그 이하도 아니었다. 생각보다 많은 사람들이 여행에서 자신의 편견과 선입견을 재확인하는 수준에 머무른다. 어떤 이들은 더 많은 편견의 프레임들을 잔뜩 들고 온다. 여행 권하는 사회에서 여행은 각자의 편견을 더욱더 견고히 다질 뿐이었다.

진정한 여행자는 길가의 작은 꽃에서도 인생을 깨우치고 어린아이의 눈망울에서 우주를 발견할 수 있어야 한다고 생각했다. 감동적인 장면들을 곁에 두고서도 흔하고 많다는 이유로 별것 아닌 것으로 치부해 버리는 오만하기 이를 데 없는 사람들이 불감증을 치료해 보고자 떠나는 것이라고 여행을 거만하게 무시했다.

나는 발밑의 아스팔트 조각에서 기어 다니는 개미를 보고도 세렝게티의 초원의 생명력을 느끼는 '일상의 여행자'이고 싶었다. 무엇을 보고 무엇을 먹었고 무엇을 체험했느냐가 여행자의 내공을 말해주는 게 아니라 무엇을 느꼈느냐가 그 여행의 밀도를 나타낸다고 생각했다.

그럼에도 불구하고 달라져 버린 내 모습과 친절하지 않은 운명을 받아들이기엔 여행밖에 떠오르지 않았다. 정확히 말하면 알 수 없는 무언가가 여행만 자꾸 떠오르게 했다. 나는 한심하긴 해도 지극히 현실적인 사람이다. 30대 백수 남성이 직장을 구하기는커녕 그나마 쌓아온 쥐꼬리만 한 경력에 해가 되는 시간의 허비는 용납할 수 없었다. 게다가 직장생활을 하며 모은 쥐꼬리 반만 한 통장 잔고를 다 털어내는 것은 나에겐 미친 짓이었다.

사고 이후에 나는 크고 작은 후유증을 겪었고 힘든 시간을 버텨내야 했다. 흔히 사람들은 이런 시간 속에서 성장하고 더 좋은 모습으로 변화해간다고 하지만 나는 아니었다. 내가 비난하고 증오했던 사람들의 온갖 모습들이 나에게도 나타나기 시작했다. 게다가 이런저런 시선과 판단에 난 이런저런 사람이 되어 버렸다. 결국 옹졸하고 한심하게 변해버린 못난 나에게 실망하고 좌절하는 일은 어느덧 일상이 되었다.

그래도 나는 이런 내 인생을 받아들이고 품어야 했다. 니체가 말한 '아모르 파티Amor fati'까지는 아닐지라도 인생을 바로 마주하고 진실을 대할 용기가 필요했다. 다른 사람의 시선이 아닌 오직 나 자신의 시선으로 나를 바라보고 싶었다. 그 사람을 잘 알기 위해서는 그 사람과 여행을 떠나보는 것도 한 가지 방법이다. 나는 대부분 여행을 혼자 떠났지만, 이번에는 나 자신과 단둘이 여행을 떠나기로 했다. 자아분열증 환자의 이야기처럼 들릴지 몰라도 난 나 자신과 한 발짝 떨어져 객관화시키는 작업이 필요했다.

그 표현하기 힘든 힘은 나를 여행으로 인도했다. 아니, 끌고 갔다. 사고로 내 인생은 한순간에 조각이 났고 그 뒤로 서서히 뒤틀렸다.

그 과정에서 내가 주었든 다른 사람이 주었든 어쨌거나 내 마음에 박혀버리도록 허락한 가시들은 무거운 추로 변모되어 나를 서서히 심해 속으로 끌고 내려갔다. 침전하는 시간 동안 나는 이미 휘발해 버린 나의 꿈과 가치관의 흔적들을 어렴풋이 어루만져볼 수 있었다. 내 욕심에 부풀어 견디지 못하고 터져버린 꿈의 파편들을 정교하게 이어 붙이고 싶었다. 하지만 파편들은 날카롭게 갈라져 나에게 상처만 더할 뿐이었다. 나는 내면의 바닥을 힘껏 박차고 올라가기보다는 좀 더 아래로 내려가 보기로 했다. 그나마 내가 가지고 있는 것들마저 놓아보기로 했다. 인생은 결국 모르는 것이기에………

나는 안다. 나는 창문을 넘어 도망친 100세 노인처럼 위대한 여행을 하지도 못한다. 영화 〈와일드〉처럼 극적인 변화도 기대하지 않는다. 그래도 모든 것에 때가 있고 지금은 떠나야 할 때이기에, 나는 떠나지 말아야 할 수백 가지 이유가 있음에도 짐을 꾸렸다. 그렇게 나는 모든 상처를 담고 삐걱거리는 뼈와 욱신거리는 근육으로 무턱대고 파란 하늘 아래로 나섰다.

— 이렇게 '밖에' 떠날 수 없었다.
이렇게 떠날 수'밖에' 없었다.
떠나지 말아야 할 분명한 백 가지 이유가 있었다.
떠나야 할 흐릿한 한 가지 이유가 있었다.
그럼에도 나는 길을 나섰다.

한심한 여행을 떠나는 어설픈 나의 모습

꿈 / 여 / 행 / 자

"우리를 곤경에 빠뜨리는 것은
우리가 잘 모르는 것이 아니라,
우리가 확실히 알고 있다고 생각했으나
사실은 그렇지 못한 것이다."
– 마크 트웨인

의사 선생님은 허락하지 않았지만 내 멋대로 마지막 치료를 받기로 결심한 날, 나는 여권을 만들기로 했다. 집에서 병원까지는 7호선 남구로역에 내려 버스를 타면 된다. 집에서 여권을 만들 구청까지는 2호선과 7호선이 만나는 대림역에서 마을버스를 타면 된다. 병원 진료를 마치고 버스를 타고 남구로역으로 가 지하철을 타고 대림역에서 내려 다시 마을버스를 타면 됐다. 꽤나 복잡하지만 내 나름대로 완벽한 여정이라고 생각했다.

구청에 내릴 때쯤 나는 내 귀를 의심하게 만드는 여자의 목소리를 들었다. 이번 정류장은 구청이고 다음 정류장은 불과 내가 한 시간 전 있었던 병원이라는 안내방송이었다. 버스에서 토해지듯 내린 나는 멍하게 주위를 두리번거렸다. 병원 후문과 구청 정문은 불과 200m 정도 떨어져 있었다. 걸어서 5분도 채 안 걸리는 거리를 나는 지하철 한 번, 버스를 두 번 타고 도착했다. 집에서 병원 가는 방법과 집에서 구청 가는 길을 안다는 이유로 내 맘대로 두 길을 합치고만 결과다.

'내 편견이 여행을 망치지 않을까?'

불안감이 몰려왔다. 소싯적 여행을 꽤나 다녔다는 이유로 흩어져 있는 정보들을 내 편견의 공식에 무작정 대입하고 있는 건 아닐까?

여권 신청을 마치고 휴대폰 주소록을 뒤져 오랫동안 찾지 않았던 번호로 전화를 걸었다. '여행 컨설턴트'라는 당시에 내가 도무지 이해하지 못했던 직업을 갖고 있는 대학교 선배였다. 한동안 연락이 뜸했지만, 여행 조언을 구한다는 말에 지나칠 정도로 반가워했다. 혹시나 하는 마음에 난 선배의 고객이 될 마음이 없다는 점은 분명히 했다.

"형, 지금 영업질 하는 거라면 꿈 깨. 나 돈도 없고, 행여 돈이 넘쳐나도 형 고객이 될 마음은 전혀 없어."

"야! 나를 뭐로 보고! 너 용돈도 챙겨줄라고 오라고 하는 건데 되게 섭섭하게 말하네. 주소는 문자로 찍어줄 테니까 지금 바로 와. 밖에 추우니깐 내 사무실에서 놀다가 가. 저녁도 같이 먹고."

나는 과분한 호의를 베풀면 경계해야 한다는 것은 짧은 인생의 교훈을 통해서 이미 알고 있었다. 하지만 뒤통수 칠 일이 뭐 있겠냐 싶어 무작정 사무실로 향했다.

학생 시절부터 사기꾼 기질이 다분했던 선배는 현란한 기술로 내 뒤통수를 갈겼다. 그 날은 허름한 건물 안을 화려하게 치장한 사무실에서 여행에 관한 마지막 강의가 열리는 날이었다. 여행 가는데 왜 강의를 들어야 하나? 의문스러운 상황을 애써 이해하려 노력하고 있는데 선배는 그 마지막 강의를 나보고 하라고 막무가내로 우기기 시작했다.

"내가 뭘 안다고 강의를 해?"

"야! 너 여행 진짜 많이 다녀봤잖아. 원래 강사들이 번갈아 가며 한 강의씩 담당하는데 너보다 여행 많이 못 다녀본 사람들도 있어. 부담 갖지 마! 오늘 마지막이라 내가 강의하는 날이거든. 근데 사실 나 오늘 중요한 모임이 있어. 거기 괜찮은 여자애들이 많이 와. 형 이제 장가가야지. 언제까지 솔로 해야 되니? 그러니깐 니가 오늘 마무리 잘 지어줘. 나 일할 테니깐 너는 지금부터 준비해서 저녁에 강의해봐. 아직 3시간이나 남았으니 시간 충분해. 너는 똑똑해서 이런 거 잘하잖아. 다 좋은 경험이 될 거야. 다 형님이 너 생각해서 기회 주는 거지. 혹시 아냐? 너 여행 다녀오면 여기저기서 강의해달라고 할지."

뜨거운 김을 내뿜는 인스턴트 커피를 그의 능청스런 얼굴에 확 부어버리고 싶었지만, 그는 이미 전화할 곳이 있다며 삐걱거리는 철문을 밀며 밖으로 나가버렸다. 사기꾼이자 예비 독거노인은 분명 제시간에 가겠다는 소식을 한시라도 빨리 알리고 싶었을 게다.

생각보다 두둑한 강의료에 굴복한 나는 회의실 원형 테이블에 앉아 이런저런 고민에 빠졌다. 무슨 이야기를 해야 할지 머리를 굴려봤지만 내 손위에서 굴러다니는 볼펜만큼 의미가 없었다. 내 머리보다 시곗바늘이 더 빨리 굴러갔다. 고민만 하다가 과장된 소개와 어색한 박수에 이끌려 강의실로 들어갔다.

무엇을 이야기할지 제대로 된 준비를 못 한 나는 그동안 받아 온 강의에서 차마 묻지 못했거나 궁금증이 풀리지 않은 점이 있으면 내 나름대로 해법을 제시해 드리겠다며 강의의 첫 문을 열었다. 여행 준비를 하는 나에게 그들의 고민은 충분히 가치가 있을 거라 생각했고 그 고민을 함께 나누면서 내가 놓치고 있는 부분도 얻을 수 있을 거라 생각했다. 긴장하고 있는 나에게 생각과는 다르게 이상한 질문들을 던져지기 시작했다.

“저는 방학 동안 300만 원 들고 유럽일주 할 생각인데 루트 좀 짜주세요.”, “여자친구랑 놀러 가는데 예쁘고 싼 숙소는 어떻게 찾아요?” 라는 식으로 여행 준비의 잔재미까지 나에게 의탁하더니 결국 한 청년이 던진 “세계일주 가면 취업에 도움이 되나요?” 라는 질문을 마지막으로 나의 허접한 강의도 끝냈다.

가슴 속에 뭔가 찝찝함이 남았다. 해답은 정확한 질문을 던질 때 완성된다. 정확한 해답은 정확한 질문을 필요로 한다. 나는 답을 찾기 위해 무슨 질문을 던지고 있는가? 어떤 질문을 가지고 여행을 떠나려 하는가? 수많은 질문들 속에서 나의 한심함을 재확인하는 계기가 되었다.

선배에게 전화를 걸었다.

그의 목소리는 주변의 소음 속에서 비틀대고 있었다.

"어! 수고했다. 문만 잠그고 이쪽으로 와. 시간도 늦었는데 저녁 먹어야지. 여기 여행 전문가들이 모여 있어서 너한테 많이 도움될 거야."

다소 허망한 기분도 달랠 겸 근처 식당으로 향했다. 강의를 질문 형식으로 잡을 탓일까? 모임에서도 질문 세례는 피할 수 없었다.

"이번 여행 컨셉이 뭐에요?"

"없는데요."

없다는 말이 떨어지기 무섭게 여행이라는 안주 위로 이런저런 말들이 토사물처럼 쏟아지기 시작했다. 여러 가지 의견들을 종합해 보면 컨셉이 있어야 이슈가 되고 그런 이슈가 나의 여행을 풍성하게 한다. 그래서 결국 색깔 있는 여행이 내 인생의 기회가 된다는 조언이었다. 그들은 신이 나서 내 의사는 묻지도 않고 내 여행에 각자의 생각을 보태어 얹기 바빴다. 직장을 때려치고 가는 퇴사 여행이 요즘 대세다. NGO 혹은 기업체를 방문해라. 영화를 좋아하니 영화를 컨셉으로 여행을 다니라는 의견과 함께 나는 비즈니스 마인드가 전혀 없다는 평가도 빼놓지 않았다.

"당신 여행은 아무 의미가 없어 보인다. 현실도피다."라는 진단들도 견뎌내야 했다. 덕분에 나는 또 이 망할 생각들에 매몰되기 시작했다. 여행을 대하는 자세를 점검해보았다. 무엇을 보고자 하며 무엇을 얻고자 하는지. 혹시 달라진 삶이 강하게 풍기는 두려움과 불안이 나를 극단적인 선택을 하도록 내몰고 있는 건 아닌지 점검하고 재확인해야 했다.

힘겹게 내린 결론은 이전과 크게 다르지 않았다. 나는 나를 알기 위해 떠난다. 이런저런 상황에 나를 넣어보고 관찰해볼 예정이지만 그 구체적인 방법에 대해서는 전혀 알지 못했다. 그래도 분명한 것은 나는 어떤 흥미로울 법한 주제를 들고 여행을 떠나지는 않을 것이다. 그냥 흘러가는 대로 여행의 주사위가 던져지는 곳으로 내 본능의 나침반이 가리키는 방향으로 발걸음을 옮기고자 한다. 거만하고 오만하게 내가 이 여행의 주인이 되지 않을 것이다. 우연과 필연을 불규칙하게 만나는 엇박자 리듬의 여행 속에서 이런저런 상황을 마주하는 나의 표정과 태도를 관찰할 생각이다.

액땜이라는 어설픈 자기 위안

"새로운 일에 도전하다 보면 가끔 실수를 저지를 수 있다.
자신의 실수를 빨리 인정하고 다른 시도에 집중하는 것이 최선이다."

— 스티브 잡스

당초 계획에서 갑자기 출국 일정이 바뀌면서 일정이 뒤틀렸다. 나비의 날갯짓은 허리케인이 되어 다른 계획들을 무참히 무너뜨렸다. 사실 딱히 내세울 만한 계획이 있는 것도 아니었다. 금방 다시 짜면 될 일이었다. 급하게 다시 구매한 비행기 티켓은 방콕행이 아닌 캄보디아 시엠립 행이었다. 아직 온전하지 않은 몸을 이끄는 여행은 그 시작이라도 너무 혹독하지 않았으면 하는 소망이 있었다. 하지만 6시간의 여정은 18시간으로 늘어났다. 한국과의 직선거리는 가까워졌지만, 직항인 방콕 대신 환승을 해야 하는 시엠립 티켓을 구매했다. 비행기 티켓 값은 싸졌지만, 덕분에 10시간 동안 환승 대기를 해야 했다. 다행히 말레이시아 쿠알라룸푸르 공항은 환승객이 많아 노숙하기에는 나쁘지 않았다. 하지만 내 몸은 노숙하기에 좋지 않았다.

MP3에선 에이핑크의 LUV가 흘러나왔다. 이후로 재생 목록에 있는 많은 음악이 흘러나왔지만 유독 이 노래의 '시간을 되돌릴 수는 없나요? 믿을 수가 없어.' 라는 가사가 계속 입가에 맴돌았다. 이 가사가 다음 상황에 대한 복선이었을까? 노숙을 마치고 비행기 게이트로 들어서는 순간, 난 휴대폰이 없어졌다는 것을 깨달았다. 내가 어디 놓고 온 것은 아니었다. 소매치기당했다는 것을 어느 정도 확신할 수 있었다.

공항 경비대에 문의했지만 내 동선에 CCTV 사각지대가 워낙 많았다. 어떻게 내 몸을 스치는 손길을 감지하지 못했을까? 첫 목적지에 도착하기도 전에 벌써 이럴 수 있단 말인가…….

사실 사고 이후에 기억력이 떨어졌다. 무슨 이유인지 모르지만 쉽게 기억이 나지 않는다. 가장 큰 문제는 기억을 잃는 것이 아니라 가끔 왜곡된 기억이 존재한다는 사실이다. 없었던 일을 있었던 일처럼 기억하기도 하고 어떤 사실 안에 다른 기억이 삽입되어 전혀 다른 이야기가 만들어지기도 한다. 어느 일에도 확신하지 않는 것이 현자가 갖추어야 할 덕목 중 하나라고는 하지만 혹여 진실을 왜곡하거나 거짓을 진실로 인식할까 두려웠다.

기억은 방의 구조를 바꿀 수 있고,
차의 색깔도 바꿀 수 있어.
기억은 왜곡될 수 있지.

– 영화 〈메멘토〉

상실보다 변형이 나에겐 더 큰 두려움이었다. 파묻힌 진실보다 왜곡되어 진실의 탈을 쓰게 된 거짓이 훨씬 더 위험하다. 내 기억의 주인은 나이고 싶었다. 내가 바란 건 그뿐이었다.

중요한 일을 핸드폰에 메모하기 시작했다. 그러다 더 나아가 모든 일상을 기록했다. 죽음 직전으로 이끌었던 그 사건이 나에게 주었던 소소한 가르침들을 기록해왔었다. 죽음이 나에게 던진 질문들, 삶의 과정에서 어렴풋이 알게 된 해답의 단서들. 내 핸드폰만 볼 수 있다면 나를 보는 것과 같았다. 그런 핸드폰을 너무 쉽게 잃어버린 내 자신에게 화가 났다. 그리고 그동안의 시간조차 사라진 것 같아 더 큰 상심에 빠졌다.

돌이켜보면 그 기록들은 휴대폰에 단지 0과 1로 저장되었다. 복잡한 감정이나 정리되지 못한 생각들이 단순해지기를 바라는 하나의 의식이었던 듯하다. 스마트폰의 단순한 이진법조차 이해할 수 없는 나에겐 세상의 논리는 너무 복잡한 공식이었다. 그런 스마트폰을 여행 시작점에 잃어버린 것은 어찌 보면 내가 마땅히 치러야 할 통과의례였다. 다양한 세상이 보여주는 복잡하고 오묘한 이치를 섣불리 단순화시키지 말라는 하나의 가르침이었는지도 모른다.

공존(共存)

📍 시엠립 공항

활주로에 내려 공항까지 걸어야 하는 생소한 공항이었다. 펄펄 끓는 활주로를 걸으면서 더 이상 힘든 일이 일어나지 않길 바랐다. 이미 핸드폰을 잃어버린 것만으로도 나에겐 큰 고통이었다. 이렇게 변해버린 나와 함께 살아갈 수 있을까? 나를 이해하고 품고 함께 갈 수 있을까? 이런 한심하고 바보 같은 나와 여행을 계속할 수 있을까? 나를 받아들일 수 없는 나와 그럴 수밖에 없는 나. 둘의 공존은 가능할까? 마음이 무겁다.

생각지도 못하게 비자발급비용은 20달러에서 30달러로 인상되어 있었다. 추가 비용이라고 쓰고 횡포를 피하기 위한 뇌물을 내지 않기 위해 10달러 지폐 두 장을 손에 꼭 쥐고 있던 나는 민망하게 허리춤에 있는 지갑을 주섬주섬 뒤졌다. 입국 심사 담당자는 검지 하나를 조심히 펴면서 내 여권을 두드린다. 무슨 뜻인지 모르는 척하니 한국말로 "일 달러! 일 달러!"라며 중얼거린다. 나도 한국말로 "싫어!"라고 대답했다. 다시 줄을 서서 대기하라며 여권을 던져주었다. 대기줄 맨 뒤로 가라며 일 달러를 나타내던 검지로 줄 맨 뒤를 가리킨다. 다행히 내 뒤에는 단 세 명의 대기자만 있을 뿐이었다.

얼마 뒤, 한국인 캄보디아 가이드에게 들은 바로는 한국인 단체 여행객이 오는 비행기가 도착하면 입국 심사대의 횡포가 극에 달한다고 한다. 그리고 생각보다 많은 한국인들이 순순히 그들에게 뇌물을 바친다고 한다. 심지어 고맙다고 더 주기도 한다고 했다. 처음에는 1달러를 요구하던 사람들이 이제는 많게는 5달러까지도 요구하니 그동안 얼마나 많은 사람들이 불의에 굴복하며 이곳에 들어왔는지 알 수 있었다. 정치인의 도덕성을 그리 심각하게 생각하지 않으니 이런 결과가 나오는 걸까?

입국 심사하는 캄보디아인들은 한국인 단체 관광객이 오는 비행기를 우리말로 표현하면 월척이라고 부른다고 한다. 심지어 여행 가이드북에도 뇌물을 주라고 쓰여 있으니 '호갱님'이 되는 건 당연한 일일지도 모른다. 이런 관행은 성질 급한 한국인들이 빠른 입국 수속을 위해 뒷돈을 주면서 시작됐다는 것이 정설이다. 국제 청렴도 지수에서 아시아 최하위권에 머무는 캄보디아 공무원과 OECD 최하위권의 대한민국 국민들이 만나 표출하는 환상의 케미 발산 정도로 생각해두기로 했다. 참 아름다운 공존이다.

호텔로 가는 길 위의 풍경을 보며 공존에 대해서 한참 생각했다. 중앙선이 없는 도로에서 내가 탄 툭툭은 역주행하는 오토바이들을 이리저리 피해가고 있었다. 앞을 보니 속이 울렁거려 고개를 돌렸다. 북한 음식점과 한국 음식점이 나란히 붙어 있다. 길가에 있는 민가에서 같이 어울려 노는 닭과 고양이들. 이런 광경이 공존에 대한 사색을 부추겼는지 모른다. 내 상식선에서는 공존할 수 없는 것들이 공존하는 모습들이 가는 길 내내 내 눈을 사로잡았다. 떨칠 수 없어 함께 가야 할 수밖에 없는 아픔이라면 우리는 어떻게 공존할 수 있을까?

빛과 그림자

📍 앙코르유적

"희망차게 여행하는 것이 목적지에 도착하는 것보다 좋다."

– 로버트 루이스 스티븐슨

가족들에게 잘 도착했다는 연락을 하며 휴대폰을 분실했다는 소식도 함께 슬쩍 덧붙였다. 잘 도착했다는 좋은 소식과 동시에 안 좋은 소식을 전달한 나에게 가족들은 몸 건강히 갔으면 됐다는 대답을 해주었다. 그럼에도 불구하고 내 자신이 싫어지는 기분은 어쩔 수 없었다. 노숙을 핑계로 침대에 누워 잠을 청했지만 깊은 잠에 드는 대신 깊은 생각에 빠져 머리만 지끈거렸다.

내가 기록해놓은 것을 잃어버린다고 해서 그게 없어져 버린 게 된다면 사실 그건 진정 내 것이 아니다. 머리로 이해한다고 해서 삶으로 표현되는 것은 아니다. 삶에서 드러나지 않는다면, 머리에 품고 있는 것들이 가슴에서 뿜어져 나오지 않는다면, 삶으로 옮겨질 때 자꾸 미끄러지고 잊게 된다면, 그건 참된 내 본질은 아닐 테다. 자기계발서를 아무리 읽어도 우리 삶은 그다지 나아지지 않는 것과 같은 이치다. 머리로 아는 것을 가슴 속에 꾹꾹 눌러 담는 여행을 하자고 다짐했다. 망각이 상실로 이어지지 않는 경험을 해보자고 스스로와 약속했다.

바람을 쐬러 나간 호텔 로비에서 공항에서 나를 이곳으로 데려다준 툭툭 기사를 만났다. 또 공항 가냐는 내 질문에 그는 나를 기다리고 있었다고 수줍게 대답했다. 미리 예약해 둔 툭툭 기사가 없으면 자기가 내 전담 툭툭 기사가 되어주겠다고 했다. 아무 계획 없이 온 나는 별다른 방책이 없었기에 한 시간 뒤 다시 만나자는 약속을 했다.

과도한 자책이 이 여행의 시작을 갉아먹게 두고 볼 수는 없었다. 그림자는 빛이 있기 때문에 생긴다. 빛은 뒤에 두고 그림자만 바라보며 한숨만 쉴 수는 없었다. 어디 가고 싶냐는 말에 생각해 놓았던 유적들의 이름을 대충 읊조렸다. 기사는 이래저래 일정을 짜서 나에게 설명했고 나는 그대로 따르기로 했다.

스라스랑

툭툭 기사는 반떼이 끄데이를 본 다음 스라스랑을 보고 만나자고 했지만 난 그냥 스라스랑을 먼저 봤다. 물을 바라보면 조금이라도 마음이 편해질까 하는 생각이었다. 왕실 전용 목욕탕이었다는 스라스랑은 보수 중이었다. 3,000명의 궁녀들이 목욕했다는 꽤 큰 저수지였다.

왕실의 여자들이 알몸으로 목욕하는 모습은 당연히 볼 수 없었다. 지금은 소가 물을 먹고 아이들이 그 옆에서 멱을 감는 장면이었지만 공사 지지대 옆에 앉아 얼굴이 까맣게 타는 줄도 모르고 한참을 바라보았다.

건기의 마지막인 3월에도 물이 마르지 않는 이유는 무엇일까……. 왜 내 마음은 잠깐의 건기도 견디지 못하고 완전히 말라버렸을까………. 자책하는 고민들로 결국 또 이어졌다. 여기저기 녹이 슬어버린 철근 위에 올라 앉아있어 생각에도 녹이 스며드는 것 같았다. 허망함을 되새김질하기에 아주 좋은 장소였지만, 엉덩이를 툭툭 털고 일어났다.

반떼이 끄데이

유난히 부실하게 지어졌다는 반떼이 끄데이. 앙코르 왕국의 전성기와 쇠락의 시작을 담당했던 자야바르만 7세가 지었다고 알려져 있다. 사원 증축에 온 힘을 다했던 그가 왜 이 사원은 부실하게 지었던 것일까? 역사학자들은 자야바르만 7세가 너무 많은 사원을 지어대다 보니 상대적으로 중요도가 떨어지는 이 사원이 부실하게 지어졌을 수밖에 없다고 말한다. 나도 남들에게 보여주고 싶은 삶을 너무나 많이 짓느라 진정 내가 원하는 삶은 부실하게 지을 수밖에 없었던 것은 아니었을까?

무너진 건물 중심에는 사원 할머니만이 기도하며 여행자들에게 축복을 빌어주고 있었다. 사원 할머니는 수도자가 되기로 결심하고 사원을 보살피는 늙은 여인이다. 축복을 빌어주는 대가로 일정 금액을 요구하는 할머니를 피해 사원 할머니 주변 거리를 걸어보기로 했다.

비가시적이고 불확실한 무형의 축복이 1달러라면 자본주의 사회에서는 확실한 1달러를 갖는 게 더욱 축복이라는 내 망가진 생각이 툭 튀어나왔기 때문이다. 이미 많이 무너져 내려버린 사원에서 내가 무너져 버린 것도 내 자신을 다듬고 세우는데 안일했던 결과인지 아니면 너무 많은 걸 채우려 한 이기적인 욕심 때문인지 내 지난 모습을 되짚어 보았다. 이렇게 무너진 돌 사이를 천천히 그리고 조금 서글프게 거닐었다.

따 프롬

흔히 '앙코르 유적' 하면 떠올리는 그림은 아마도 따 프롬의 모습일 가능성이 높다. 위태한 석조 유적들 위로 나무가 운치 있게 뿌리내린 사진을 보았다면 이곳이다. 영화 〈툼 레이더〉의 주요 촬영장이며 앙코르 유적을 다녀온 사람들에겐 엄마 사원으로도 불린다. 어머니를 기리기 위해 지어진 사원이기 때문이다.

유명한 유적지지만 다행히 내가 도착한 시간에는 사람이 그다지 많지 않았다. 아마 시계가 점심시간을 가리키고 있었기 때문일지 모른다. 입구에 들어서자 한 나무가 눈에 들어온다. 한 현지 가이드의 설명에 따르면 저 나무는 관광객들을 모으는 상징성이 있어서 사원을 파괴하고 있지만 보존할 수밖에 없다고 한다. 나무가 자라기 시작하면 성장 억제제를 투여하고 나무가 죽으려고 하면 영양제를 투여한다. 공존할 수 없는 것들이 공존하는 모습이 흡사 내 모습을 보는 듯했다. 살 수도, 죽을 수도 없는 나무가 안쓰러워 한참을 쓰다듬었다.

어찌 보면 우리는 따 프롬의 가장 아름다운 모습을 볼 수 있는 가장 운 좋은 세대일지 모른다. 다른 사원들은 복원이 완료되었거나 복원이 진행 중이지만 따 프롬은 지금이 가장 아름다워 복원이 후순위로 밀렸다. 지금이 자연과 사원이 가장 조화로운 시기이기 때문이다. 하지만 나무들이 더욱 사원을 침식해 가기 시작하면 어쩔 수 없이 자연이 차지한 사원의 한 자리는 다시 문명에 되돌려 주어야 할 때가 올 것이다. 그럼에도 최후의 승리자는 자연이 될 것이다. 문명이라는 근거를 들이대며 인간은 자연을 정복하지만 결국 승자는 자연이라는 점을 다시 상기해본다.

조금 더 안쪽으로 들어가면 통곡의 방이 있다는 점은 미리 알아왔다. 하지만 통곡의 방의 정식명칭을 몰라서 가슴 때리는 방이 어디냐고 내 가슴을 치는 시늉을 하며 물어물어 겨우 찾았다. 다른 여행자들은 통곡의 방에 큰 관심이 없는 듯 보였다. 덕분에 나 홀로 있을 수 있는 잠깐의 시간이 허락되었다. 짧은 시간 동안 답답한 기분을 털어내 보고자 벽에 기대어 가슴을 세게 두드렸다. 그게 뭐라고 은근히 후련한 기분이 든다.

— 그들은 무엇이 그리도 답답했을까?
가혹한 인생을 품은 연약한 가슴을 매섭게 치대며
고통에 고통을 더해야만 했던 사연은 무엇이었을까?
나는 또 뭐가 이리도 답답한 걸까?
인생과 세상 그리고 나. 참으로 답답한 운명을 타고났다.

반떼이 쓰레이

"진정한 여행자는 걸어서 다니는 자이며,
걸으면서도 자주 앉는다."

– 콜레트

이 유적은 다른 유적과 멀리 떨어져 있어 툭툭 기사에게 5달러의 추가 요금을 내야 했다. 5달러를 머뭇거리며 내밀자 툭툭 기사는 미안했는지 호불호가 갈리는 곳이라며 그래도 꼭 가겠냐고 한 번 더 물었다. 굳이 이 먼 길을 갈 특별한 이유는 없었지만 그래도 가보고 판단하고 싶었다. 남이 별로라고 해서 나도 별로라고 멋대로 판단하기는 싫었다.

그 시각, 강하게 내리쬐는 햇빛과 더위에 몽롱해져 있었다. 다행히 사람은 거의 없었다. 무심하게 물건을 파는 아주머니 서너 명이 길가에 흩어져 앉아 더위를 쫓아내는 부채질만 연신 하고 있었다.

나는 반떼이 쓰레이를 천천히 걸었다. 느린 걸음으로 생각에 잠겨 운치 있게 움직인 것은 아니다. 햇볕을 피해 그늘에 앉아 벽을 한참 동안 바라보다 어느 정도 지겨워지거나 힘이 나면 다음 그늘로 부리나케 이동했다.

다행히 다른 곳보다 부조가 상당히 섬세하고 다양했다. 내가 그 의미를 다 알지는 못하지만 그래도 쉬는 동안 심심하지는 않았다. 모든 부조를 흐린 초점으로 꼼꼼히 바라보았다. 10분이면 돌았을 길을 나는 1시간 동안 걸었다.

앙코르 유적을 돌다 보면 흥미로운 장면을 목격하게 된다. 한국인을 포함한 동양인 관광객들은 대부분 효율적이다. 여기저기 개미떼처럼 일사불란하게 줄지어 이동한다. 가이드의 안내에 따라 좋은 사진이 나오는 지점에서 후다닥 사진을 찍고 미련 없이 다음 유적으로 향한다. 하지만 서양 관광객 중에는 느릿느릿 주변을 서성이다가 사람이 없는 곳에 멍하게 앉아 있는 사람들도 많다.

내가 느끼기에 그들은 무언가 많이 알고 있는 것 같았다. 가끔 그들에게 무엇을 보는지 무슨 생각을 하는지 물어보곤 했다. 대답은 의외였다. 뭘 볼지 몰라서 이러고 있을 뿐이라는 대답이 대부분이었다. 대단해 보이는 인생도 막상 알고 보면 별거 없다. 어쩌면 인생은 단지 인생이고 여행은 고작 여행일 뿐이다.

여기서 나도 많은 정보가 없기에 효율적인 방식보다는 발걸음 닿는 곳으로 걷는 방식으로 이곳을 둘러보았다. 무엇을 깨닫고야 말겠다는 욕심을 버리고 느릿하게 걸었다. 무엇을 꼭 보겠다는 조바심이 그릇된 판단과 왜곡된 편견으로 이어질까 조심스러웠다.

여행의 어떤 지점은 사진을 남기기도 하지만 그 시간의 향기를 남기기도 한다. 이곳에서는 머리를 울렁이게 하는 더위와 잘 데워진 사암의 냄새가 나에게 강하게 남아있다. 냄새로 기억되는 여행을 좋아한다. 한국에서도 향기를 통해 여행의 조각들이 문득문득 떠오를 때가 있다. 이럴 때면 나는 순간이동을 해 그곳에 놓고 온 추억들을 다시 꺼내본다. 드라이어의 덥고 건조한 공기는 나를 사막에 보내주기도 하고 따뜻하고 어느 정도 습기를 머금은 여름 공기는 남반구의 식물원으로 보내주기도 한다. 커피 한 잔의 진한 향기에 한가한 유럽 어딘가에 카페가 떠오르기도 하고, 나무 타는 냄새가 인도 바라나시를 회상하게도 만든다. 특별한 기억이 하나 더 생김에 감사했다.

이 유적을 1860년 발견해 세계에 알린 프랑스 학자 앙리 무오는 "솔로몬의 신전에 버금가고, 미켈란젤로가 세웠을 법한 우리의 가장 아름다운 건물에 비견될 만한 곳이다. 중략 이 나라가 처해 있는 야만적인 상태와 슬픈 대조를 이룬다."고 표현했다. 어느 문장보다 앙코르 유적의 모습을 가장 잘 표현하고 있다.

찬란했던 문명의 거대한 증거인 이 유적은 지금 세월에 으스러지고 전쟁과 역사의 수레바퀴에 짓이겨졌다. 잊혔던 이곳을 자연이 야금야금 삼키고 있다. 인간 문명의 아무리 큰 힘이라도 결국 세월에 무너지고 자연으로 돌아간다는 인생의 진리와 그 지점이 맞닿아있다. 우리도 결국 흙으로 돌아가듯.

위태하게 버티고 있거나 혹은 이미 무너져버린 유적 사이를 지나면서 긁혀 훼손된 부조와 나무뿌리 사이로 얼굴을 간신히 내밀고 있는 신의 얼굴을 만났다. 앙코르 유적이 품고 있는 것들은 단지 크메르 왕조의 가장 화려했던 순간만이 아니다. 신의 세계를 기록한 태초의 순간부터 영광스런 오래된 과거와 자연에 품에 안긴 가까운 과거. 그리고 복원 중인 현재까지 모든 역사를 곳곳에 담고 있다.

비밀의 사원

앙코르 와트

캄보디아 국기 중앙에 그려져 있을 정도로 캄보디아의 상징인 앙코르 와트. 그 일출을 보러 아침 5시에 숙소를 나섰다. 손전등이 필요하다고 해서 한국에서부터 미리 준비했지만 멍청한 내가 챙겨갔을 리는 없다. 사실 새벽에 일어난 것만으로도 장한 일이라며 툭툭이 몸을 들썩이며 의자로 내 엉덩이를 다독였다.

아직 걷히지 않은 어둠 속을 헤치며 앙코르 와트 서쪽 연못으로 향했다. 많은 사람들이 이미 그곳에 좋은 사진을 찍고자 카메라를 설치하고 있었다. 사람들과 그들의 카메라 틈에서 어느 정도 밝아질 때까지 기다린 나는 일출이 절정을 이루기 전에 얼른 사원 안으로 향했다. 모두가 일출을 기다리고 있을 때 들어가면 사원을 전세 낸 듯 혼자 볼 수 있을 거라는 계산 때문이었다.

오늘 유난히 많은 사람들이 앙코르 와트 일출을 기다리는 이유는 춘분이기 때문이다. 춘분과 추분에 태양은 앙코르 와트 정중앙으로 떠오른다. 수리야바르만 2세는 앙코르 와트를 정확히 해가 뜨는 방향에 맞춰 건설했다. 앙코르 와트는 유일하게 서쪽을 향하고 있다. 이는 같은 힌두교의 신이지만 시바 대신 비슈누를 섬긴 수리야바르만 2세의 종교관 때문이다. 서쪽은 죽음을 상징하기도 하지만 비슈누를 상징하는 방위이기도 하다. 그래서 서쪽에서 동쪽을 바라보면 앙코르 와트 정면이 보이고 정확히 한가운데 태양이 떠오르는 모습 또한 볼 수 있다. 그렇다 해도 앙코르 와트를 혼자 구경한다는 것은 아무나 가질 수 없는 기회라고 생각했다. 나만의 눈치게임이었다.

내가 혼자 앙코르 와트를 구경하고 싶은 이유는 어렸을 적 보았던 영화의 한 장면 때문이다. 앙코르 유적군을 배경으로 한 영화라고 하면 흔히 앙코르 유적에 대한 경외심과 예의는 뒤로 한 채 안젤리나 졸리가 무기를 들고 열심히 뛰어다닌 〈툼레이더〉를 떠올린다. 내 가슴 속에는 〈화양연화〉의 마지막 장면이 인상 깊게 남아 있다. 양조위가 앙코르 와트 한 기둥에 무언가를 말하고 덮는 장면은 따라 해보고 싶은 장면 중에 하나였다.

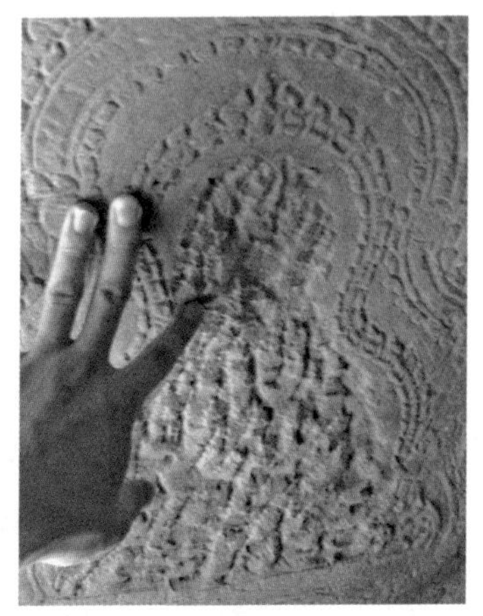

사람도 없을뿐더러 영화 장면의 하늘색과 일출 전의 하늘색은 놀랍도록 비슷했기 때문에 사람들 틈 속에서 굳이 일출만을 기다릴 필요가 없었다. 화양연화에 나온 기둥과 비슷한 곳을 찾다가 내 눈에 들어온 압살라 부조. 지배 종교의 변화를 힘들게 견뎌낸 흔적이 남아 있었다. 온몸이 무참히 긁혀 있었다. 자신을 갉아버린 역사의 지점마저 오롯이 간직한 그녀. 그녀에게 손을 대자 내 손을 따뜻하게 잡아 주는 듯했다. 억겁의 세월 동안 그곳에서 잠잠히 세월의 풍파를 견뎌온 그녀. 오랜 햇볕을 온전히 머금으며 그 따스함을 나에게 전해주었다. 그녀의 생채기 사이를 나의 비밀로 조심스럽게 매워 놓았다.

희망 혹은 욕망했지만 가질 수 없는 현실에 대한 원망. 너무나 아름다워서 결국 치명적인 고통이 되어버린 기억의 조각들을 사원 귀퉁이에 묻어 두었다. 영화 〈화양연화〉의 뜻처럼 그 시절이 나중에는 고통이 아닌 꽃처럼 아름다운 시절로 기억되지 않을까? 나도 누구에게도 꺼내놓지 않았던 고백들을 주섬주섬 꺼내 놓았다.

사원을 그렇게 거닐다 사람이 없는 탑에 올라가 혼자 일출을 감상했다. 일출이 끝난 뒤에 몸을 일으켜 들어갈 수 있는 시간과 인원이 한정되어있는 3층 회랑에 올라갔다. 내려오는 길에 한 독일인 커플이 말을 걸었다. 복장 규정에 맞지 않는 옷을 입고 있는 그들은 나에게 옷을 빌려달라고 부탁했다. 어차피 좀 쉬려던 참이기도 했고 독일에서 캄보디아까지 왔는데 옷 때문에 못 보는 게 안타깝게 느껴져 옷을 빌려주었다. 남자 친구는 여자 친구를 위해 사진을 많이 찍어오기로 약속하고 부리나케 3층으로 올라갔다. 그동안 독일 여자와 어색함만 맴도는 시간을 갖게 되었다. 어색함을 깨고자 던진 내 사소한 질문 하나가 독일 여자의 입을 열었고 여자는 관계에 있어서 자신만의 비밀을 나에게 털어놓기 시작했다. 해맑게 손을 흔들며 내려오는 남자를 보며 한 마디 조언을 해주고 싶었지만 이내 삼켰다. 그를 보니 곧 닥칠 미래가 어떨지 모르고 마냥 행복하다 착각했던 내가 겹쳐지며 안쓰러웠지만, 이 앙코르 와트는 비밀의 사원이다.

앙코르 와트는 앙코르 왕국의 비밀을 알고 있지만, 현세의 인간들은 그 비밀을 아무도 모른다. 비밀을 굳게 간직하는 성격 때문에 왕가위 감독도 이곳을 마지막 장면의 촬영지로 선택했을까? 앙코르 왕국에 대해서는 현재 많이 밝혀졌지만, 축조 기술과 멸망한 이후의 이야기에 대해서는 아직 명확하게 밝혀진 바가 없다.

앙코르 와트는 40년 동안 축조된 것으로 밝혀졌지만, 현대 기술로도 이 기간 내에 건설하는 것은 불가능하다고 한다. 물론 남대문 복원공사 같은 식이라면 할 수 있겠지만 어떻게 이렇게 정교한 사원을 40년 만에 완성했는지에 대한 미스터리는 풀리지 않고 있다.

또한, 앙코르 왕조의 멸망에 대한 이야기도 수수께끼 투성이다. 앙코르 왕조가 멸망한 뒤 크메르 민족들은 남쪽으로 옮겨 생활했다. 100년 뒤, 양찬 왕이 이 유적을 발견하고 무척 놀랐다고 전해진다. 하지만 100년이라는 어떻게 보면 짧은 시간 동안 이 커다란 왕국이 어떻게 이렇게 완벽하게 잊혀질 수 있었을까? 태국의 아유타야 왕국도 앙코르 왕국을 굴복시키고 그다음 해 앙코르 왕국으로 다시 쳐들어왔지만, 그 당시 기록에 따르면 한 사람도 이곳에 남아 있지 않았다고 한다. 한때 100만 명까지 거주했던 앙코르 왕국이 1년 만에 모든 사람들이 깨끗이 사라질 수 있었을까? 여러 가지 추측만 난무할 뿐 역사를 온전히 품은 앙코르 와트만의 비밀일 게다.

"비밀이 없다는 것은
재산이 없는 것처럼 가난하고 허전한 일이다."

– 이상, 〈실화〉

비밀은 관계를 돈독하게 하기도 하지만 우리를 고립시켜 외롭게도 만든다. 비밀은 털어놓으려는 본능과 지켜야 하는 의리 사이에서 전자 운동을 반복한다. 그래서 비밀은 새어나가기도 하고 영원히 갇혀 있다 잊히기도 한다.

그래도 인생에 나만의 혹은 우리만의 비밀 하나 간직하는 건 무척이나 멋진 일이다.

태양을 피해 탑 위에 올랐다. 걸터앉은 돌계단도 기분 좋은 따뜻함이 배어 있었다. 화장실 까슬한 휴지에 긁히고, 걷는 동안 후덥지근한 바지 속에서 쓸린 내 둔부 깊은 곳의 환부를 어루만져주는 듯했다. 오랜 세월 견디며 쌓은 깊은 내공은 그렇게 다른 이의 상처를 치유하는 능력도 있으리라.

이곳은 그렇게 나에게 어떤 세월을 견디며 무엇을 품었는가 되짚어보는 공간이 되었다. 이곳을 걷는 동안 잔열은 잔향이 되어 생각의 코끝을 계속 스쳐 지나갔다. 아침으로 더위를 먹은 탓일까? 햇볕을 따스함으로 품지 못하고 손과 발이 오그라들 정도의 정신적 허영으로 잔뜩 채우며 이 옛 도시를 빠져나왔다.

변변치 못함의 위대함

앙코르 톰

강하게 내리쬐는 햇볕 아래서 우유의 바다를 휘젓는 조각들이 줄지어 서 있는 남문에서부터 걷기 시작했다. 이 사원은 캄보디아인들이 지금도 가장 존경한다는 자야바르만 7세가 세웠다. 앙코르 톰이라는 이름을 들으면 얼핏 앙코르 왕조의 무덤으로 생각할 수 있지만 '큰 도시'라는 뜻을 갖고 있다. 동서로 230m, 남북으로 150m에 달하는 이 거대한 석조사원에는 43m의 중앙 탑을 기준으로 52개의 탑과 173개의 거대인물상 부조가 자리 잡고 있다.

앙코르 톰의 상징인 바이욘으로 들어가는 회랑에는 많은 부조들이 새겨져 있다. 부조를 아무렇게나 새기진 않았을 텐데 부조를 아무것도 아닌 양 지나치기 싫었다. 가이드를 고용할 돈이 없는 나는 귀동냥으로 부조에 관한 설명을 들었다. 얼핏 들어보니 이 회랑은 앙코르 왕국의 생활 모습과 참파 왕국과의 전투 장면이 새겨져 있는 듯했다. 찬찬히 둘러보니 남쪽에는 생활상이 새겨져 있었고 동쪽으로는 전쟁의 모습이 기록되어 있었다. 다 알 수 없어도 그렇게 부조에는 많은 이야기들이 담겨 있었다.

가장 인상에 남았던 부조는 흔히 소매치기 장면이라 불리는 부조였다. 소매치기하는 모습으로 오해할 수 있지만 사실 이 부조는 전쟁터에 나가는 남자에게 아내 혹은 어머니로 추정되는 여인이 주머니에 하나라도 더 챙겨주려는 장면을 묘사했다. 괜스레 부모님 생각이 났다. 서른 살이 넘어 한심하게 여행이나 떠나는 내게 어떻게든 하나라도 더 챙겨주려 하는 마음이 당시에는 불편했다. 따뜻함이 어색해 더 차갑게 돌아섰다. 가족의 염려와 근심이 부조와 겹쳐졌다.

사랑이란 어떤 것이라도 챙겨줄 수 있는 능력이 아니라 작은 거 하나라도 챙겨주고 싶은 그 간절한 마음이 아닐까? 하늘의 별을 따다

줄 수 있는 능력이 아니라 별사탕 하나라도 챙겨주고 싶은 그 마음. 많은 이야기가 담긴 부조를 더듬고 걸으며 생각했다. 과연 내가 사는 모습을 부조로 새긴다면 삶의 어떤 장면들을 담을까 그렇게 내 인생을 복기하고 곱씹어 보았다.

바푸온은 오랜 기간 공사 중이다. 공사 과정이 순탄치 않아 계획보다 오래 걸리고 있다. 바푸온에서 내려오는 길에 공사현장을 바라봤다. 나는 내 인생을 잘 재건할 수 있을까? 혹시 너무 많은 일이 일어나 오래 걸리는 건 아닐까? 생각했다. 10년 후에나 마감이 될 거라는 복원 공사는 결국 바푸온을 대大유적으로 만들 거라고 옆에 선 가이드가 자랑한다. 과연 바푸온이 완성되는 날, 내가 다시 여길 온다면 서로 어떻게 달라진 모습으로 서로를 마주할까? 서로에게 부끄럽지 않은 모습이기를 바래본다.

바푸온을 힘들게 오르락내리락하며 체력을 소진한 내게 피미엔나카스는 에베레스트같이 보였다. 하지만 왕이 밤에 혼자 올라가 혼자만의 일을 하고 내려왔다는 비밀스러운 이곳에 안 올라갈 순 없었다. 전설에 따르면 엄청난 미인과 함께 밤을 보냈다고 하기도 하고, 연구 결과에 따르면 별을 보며 나라의 운명을 점쳤다고도 전해진다.

왕은 이곳에서 어떤 풍경을 바라봤을까? 그리고 무엇을 했을까? 상상력을 동원해 왕의 모습을 떠올리려 했지만, 막상 내가 한 일이라곤 높은 곳에서 유적군을 내려다보며 다음에 갈 곳들을 어떻게 가야 되는지 확인하는 정도뿐이었다. '내가 그렇지. 뭐.'라고 생각할 수 있지만, 왕도 나와 비슷했을 것이다. 다음에는 어느 길을 택해야 할지, 어떤 미래가 다가올 것이며 그것을 어떻게 맞이해야 할지 고민했을 테니깐.

이런 고민들과 함께 이름난 유적이 없는 그래서 관광객도 한 명 없는 서문 거리를 걸었다. 툭툭 기사가 아무것도 없는데 왜 그쪽으로 오냐고 물을 정도로 고요함을 가득 채운 캄보디아의 시골 길이었다. 아무도 가지 않아도 아무도 알아주지 않아도 그곳이 나의 길이라면 뚜벅뚜벅 혼자서 묵묵히 가자고 이 길을 걸으며 다짐했다.

혹시 길을 잃었었냐는 툭툭 기사의 마지막 질문에 고개만 끄덕였다.

캄보디아의 지는 해와 뜨는 해

뻐레 룹

앙코르 유적군은 일몰 시간에 그 아름다움을 더한다. 유난히 많이 찾는 일몰 지역이 두 군데가 있다. 그중 한 곳이 쁘레 룹이다. 서두른 덕에 일몰 시간보다 훨씬 빨리 도착했다. 툭툭 기사는 일몰을 볼 수 없는 흐린 날씨를 이유로 시내로 곧장 나가기를 제안했다. 하지만 나는 혹시 모르니 기다리겠다고 했고, 결국 고집 센 손님을 상대해야 하는 툭툭 기사와 한 가게에 앉아 과일을 먹으며 쉬기로 했다.

의자에 드러누워 있는 내게 한 여자아이가 계속 말을 건다. 관광지마다 흔히 있는 기념품을 파는 아이였다. 자석 기념품 하나에 1달러라며 나를 계속 찔러댔다. 귀찮음에 썩은 재치를 드러냈다. 영어를 못한다고 했다. 언제나 그렇듯 위기에 어설픈 대응은 더 큰 화를 불러온다. 아까 영어하는 거 다 들었다면서 어떻게 자신과 같은 순진한 아이에게 거짓말을 할 수 있냐면서 따지기 시작했다. 사과의 뜻으로 기념품을 사라고 보챈다. 아이는 순진함이라는 단어의 뜻을 잘 모르는 것 같았다.

귀찮아서 사줄 수도 있었지만, 나만의 여행개똥철학 중 하나는 절대 아이들에게 돈을 주지 않을뿐더러 물건을 사주지도 않는다는 것이다. 책 대신 돈뭉치를 잡는 기쁨을 너무 일찍 누리게 하고 싶지 않았다. 게다가 따 프롬에서 기념품을 팔던 아이는 툭툭이 떠나려 하자 1달러에 3개까지 가격을 떨어뜨렸다. 그 덕에 시세를 어느 정도는 파악하고 있었다.

쉴 새 없이 말을 거는 아이에게 왜 학교에 가지 않고 장사를 하느냐고 되물었다. 이미 학교는 다녀왔단다. 왜 숙제를 하지 않느냐는 물음에는 숙제는 없고 학교 끝나고 여기 엄마 가게에서 공부하고 있었다고 대답했다. 그리고 이곳은 일몰이 유명한 지역이라 해 질 녘에만 사람들이 오기 때문에 이때쯤 잠깐 장사를 한다고 했다. 무언가 그럴싸했고 이 모든 대화가 영어로 이루어질 정도로 이 아이의 영어 수준은 생계형 영어 수준을 한참 뛰어넘고 있었다. 하지만 난 내 고집도 둘째가라면 서럽다. 한참의 실랑이 뒤에 이 아이는 결국 포기했다.

일몰 전까지는 두 시간 가까이 남아있어 꽤나 한산했다. 유일한 잠재고객을 포기한 아이는 삐죽 입을 내밀고 더위를 달래고 있는 내 옆에 앉았다. 또 물건을 팔 생각인가 보다 생각했는데 가방에서 연필과 메모지를 꺼냈다. 그 모습이 사원에 떨어진 나무 씨앗이 되었고, 내 마음을 움직이기 시작했다. 빈 메모지에 자기가 수학문제를 내고 자기가 풀고 있는 모습은 씨앗을 곧장 나무로 성장시키는 엄청난 촉매제가 되었다. 곧 내 마음속 성벽을 파고들어 마구 무너뜨리기 시작했다. 나름대로 풍족했던 내 어린 시절과 비교하니 가슴이 먹먹해진다. 공부를 도와주고 싶었다. 난 슬쩍 1달러에 3개 줄 수 있냐고 다시 물었다.

아이는 자기가 갖고 있는 것을 다 사면 1달러에 2개를 줄 수 있다고 했다. 20개 정도 들고 있던 아이는 다 사서 친구들에게 선물하라고 권했다. 못 받은 사람이 기분 상할 수도 있으니 자기가 이렇게 싸게 파는 기회를 줄 때 많이 사라고 했다. 이 계집애가 3개의 1달러도 조건부로 구매하려 했던 나에게 또 논쟁을 붙였다. 그전은 기초영어회화 시간이었다면 난 초등학교 4학년 아이와 이제 경영과 시장경제를 논하기 시작했다. 원가가 어떻게 되고 유통과정의 비용이 얼마며 이익이 어떻게 되는지 이야기했다. 초딩과의 말싸움은 한국이나 캄보디아나 참 힘들다.

결국 합의점은 3개에 2달러였다. 난 내가 낸 문제를 다 맞히면 3개를 2달러에 사겠다고 했고 이 아이는 조건부 거래에 응했다. 아까 자신에게 내던 수준의 산수 문제를 30개 정도 내주었고, 이 아이는 100점 맞은 시험지를 빌미로 내 미국산 조지 워싱턴 초상화 두 장을 앙코르 유적 3개와 당당히 교환했다.

기분이 좋아진 아이는 한 번 더 문제풀기를 하자고 했다. 이제 돈이 없다고 돌아서는데 나를 잡고서는 괜찮단다. 문제만 내달라고 졸랐다. 이렇게 산수 놀이는 한 시간 넘게 이어졌다. 아이는 모두 만점을 맞았고 칭찬을 해줄 때마다 무척 좋아했다. 나는 문제를 내는 대가로 아주 순수한 미소를 마음껏 볼 수 있었다.

이제야 이 작은 요물이 어린아이로 보이기 시작했다. 그리고 이 아이의 아픔이 보이기 시작했다. 매일매일 물건판매를 하느라 관광객들로부터 무시와 홀대만 받던 아이는 어른의 관심과 칭찬이 목말라 있었던 작지만 야무진 소녀였다. 작은 칭찬에도 한없이 기뻐하는 아직은 어린아이였다.

관광버스가 줄지어 오고 사람들이 쏟아져 내리는 와중에도 우리는 테이블 모퉁이에서 계속 문제와 정답을 쏟아냈다. 결국, 엄마가 나와서 딸에게 잔소리하기 시작했고 일몰이 코앞에 와 있는 시간에 나도 이러고만 있을 수는 없었다.

나는 아이를 붙잡고 당부했다. 계속 공부를 열심히 한다면 하루에 1달러를 백 장, 천 장을 벌 수 있는 사람이 될 거라고. 그리고 돈을 많이 버는 것보다 더 중요한 건 네 동생과 나중에 네 가족들은 이렇게 길거리에서 장사하지 않아도 편하게 공부만 할 수 있는 사회를 네가 만들 수 있다고. 혹시 못 알아들을까 천천히 또박또박 일러두었다. 그리고 우리는 이제 친구라는 의미로 기념품 세 개 중 하나를 선물로 주었다.

이 아이도 재미있었다며 자기 이름은 '시아'라고 소개했다. 다음에 오면 또 문제를 내달라고 부탁했다. 새끼손가락을 마주 건 채 나는 한 가지 더 훈수를 두었다. 이곳은 사람들이 마지막에 오는 곳인데 다른 곳 아이들은 3개에 1달러까지 가격을 내려서 팔고 있다. 여기서 이 가격으로 팔기는 어려우니 원가를 낮추는 방안을 생각하라고까지 알려주었다. 알겠다는 대답을 들은 뒤, 쁘레 룹으로 급하게 뛰어 올라갔다.

일몰은 해가 구름에 가려 보지 못했다. 어차피 일몰은 눈에 들어오진 않았을 거다. 마음은 온통 태양이 아닌 지구에 있는 앙코르 유적지의 작은 상점 앞에 있었다. 자신의 딸과 놀아준 대가로 아이 엄마에게 받은 맥주만 홀짝이며 실없이 웃었다. 시아가 성공해 많은 사람들

앞에서 나에게 고마움을 표현하는 장면을 상상하는 과대망상 증상까지 나타났다.

하지만 내려오는 길에 관광객들에게 아직도 1개에 1달러를 외치고 있는 시아를 발견했다. 과연 내 뜻이 잘 전달됐을까 하는 의구심이 생긴 것도 잠시였다. 믿음은 크게 흔들리지는 않았다. 나보다 이곳 장사에 더 많은 경험이 있으니 다 사정이 있고 전략이 있겠다 싶었다. 서쪽에서는 캄보디아의 해가 지고 있지만, 이쪽에서는 캄보디아의 해가 떠오르고 있었다. 시아의 밝은 미래를 기원하며 빼곡히 수제 문제집을 만들었고 내가 가지고 있는 모든 펜을 선물로 주었다.

두 자루뿐이었지만.

"아가야, 너가 불쌍해서가 아니라
이 나라의 미래이기 때문에 도움이 필요한 거야."

– 안젤리나 졸리

추악한 얼굴들

펍 스트리트

별로 가고 싶은 곳은 아니었지만, 도시에 와서 도심에 가보지 않는다는 것은 사람을 보는데 얼굴을 보지 않는 것과 같다고 생각했다. 얼굴을 모르고 어찌 그 사람을 안다고 할 수 있을까 하는 마음에 가보기로 맘을 먹었다.

도착하자마자 이곳을 떠나고 싶었다. 거리를 가득 메운 취한 외국인들. 사람 많은 곳에서는 몸이 급격히 안 좋아지는 탓에 펍 스트리트 바로 시작점에 있는 레드 피아노에 들어갔다. 이곳은 안젤리나 졸리가 영화 촬영 당시 자주 이용했다는 곳으로 꼭 가 봐야 할 음식점으로 알려져 있다. 테라스에 자리를 잡고 앙코르 맥주를 마시며 거리를 구경하는데 젊은 캄보디아 여인을 끼고 다니는 배 나온 외국인 아저씨들이 꽤나 자주 내 앞을 지나간다. 내가 여행에 회의를 느꼈던 이유가 이런 모습 때문이었다. 관광객들이 들어오면서 지역사회를 나쁘게 변화시키는 것은 관광 사업이 지닌 가장 큰 문제다.

미리 만나기로 한 사람들은 저녁을 먹으며 공짜로 압살라 댄스를 구경할 수 있다는 식당으로 향했지만 나는 숙소로 향했다. 몸도 고단하고 다음 날 일찍 나가야 하는 일정 탓도 있었다. 역시 시내에서 혼자 툭툭을 잡는 일은 쉽지 않았다. 지치기 시작할 때쯤, 내가 생각한 가격보다 오히려 낮은 가격을 부르는 툭툭 기사가 접근한다. 나는 합승 승객이 있어서 그런가 보다 생각하고 툭툭을 세워둔 곳으로 향했다. 승객이 없는 빈 툭툭이었다. 과거 신도림역 앞에 있는 인천행 총알택시 같은 개념인가 싶었다. 승객을 추가로 찾아오는 동안 좀 쉬면 되겠다! 생각했다. 하지만 툭툭이 바로 출발했다. 불안했지만 '내가 잘 모르는 방식으로 운영되겠지.'라며 안일하게 생각하고 나름 안락하게 몸을 뉘었다.

기사가 툭툭을 세운 곳은 홍등가였다. 나보고 내리란다. 이 사창가에서 놀다 가면 아까 제시한 그 금액에 숙소까지 다시 데려다준다는 것이었다. 홍등가에서 커미션도 받고 툭툭 요금도 받는 운영방식이었다. 싫다는 나에게 숙소까지 가려면 합의된 금액의 두 배를 지불해야 한다고 억지를 부리기 시작한다. 말다툼을 하다 괘씸한 마음에 돈도 지불하지 않고 그냥 돌아섰다. 기사가 소리를 지르니 근처에 기사들이 내 주변으로 모인다. 당당하게 그에게 돌아가 처음에 합의했던 금액을 주었다. 최대한 당당하게 보이려 했지만 누가 봐도 비굴한 뒷모습이었을 거다. 큰 도로로 나와 얼마쯤 걸었을까? 눈에 익은 거리가 나를 마중 나왔다.

어두운 밤거리는 위험하다는 사실을 잊은 채 터벅터벅 숙소로 향했다. 여행이 만든 욕망의 소용돌이가 이곳을 이렇게 파괴했구나 생각하니 여행자로서 안타까웠다. 나쁜 여행에 나도 모르게 일조하고 있진 않은가 돌이켜보았다. 좀 더 나은 여행을 해보자 생각했다.

여행자의 작은 손길이라도

이른 아침 시내가 분주하다. 도로에는 경찰 병력이 가득했다. 내가 어린 여학생을 가르친 모습이 전혀 영향을 미치진 않았겠지만, 미국의 영부인 미셸 오바마도 캄보디아 여성 교육 증진을 위해 처음으로 이 도시를 방문했다.

나는 삼엄한 시내와 유적지를 벗어나 우연히 알게 된 NGO 단체로 식당 봉사활동을 가기로 했다. 연락도 못 하고 무작정 찾아갔다. 예전에 서울에서 봉사활동을 한 기억을 떠올려 아침 7시에 숙소를 나왔다. 주소를 보여주자 다행히 툭툭 기사가 위치를 알고 있었다.

도착하니 문이 닫혀 있었다. NGO 건물 앞에 많은 학생들이 교복을 입고 기다리고 있었다. 그리고 길 건너편에는 장례식이 거행되고 있었다. 처음에는 어린 학생들이 식사를 기다리는 줄 알았다. 산 사람들은 밥이 없어 기다리는데 맞은편에서는 죽은 자를 위해 차린 음식이 넘쳐나고 있었다. 세상은 참 아이러니하다는 기분이 들었다.

나중에 알아보니 밥을 기다리는 것이 아니라 장례행렬에 참가하기 위해 학교에서 자발적으로 나온 학생들이라고 했다. 장례 행렬이 시작될 때쯤 직원들이 출근하기 시작했고, 잠깐의 기다림 후에 간단한 교육을 받고 봉사활동을 시작했다. 요리를 마칠 때쯤, 단체관광객들도 관광 프로그램 중에 하나로 이곳을 방문해 일손을 도왔다. 하루에 2달러 미만으로 살아가는 사람들이 사는 마을. 밥을 먹기 위해 한 시간을 걸어오는 아이들. 삶의 기본적인 권리조차 힘겨운 아이들을 위해 미천한 손길을 얹었다.

이 단체에서는 단순히 밥을 나누는 게 아니라 이들이 자립할 수 있는 도움을 주고 있었다. 사실 밥만 준다고 해서 가난의 굴레를 벗어날 수 있는 것은 아니다. 가난한 사람들에게 고기 잡는 배를 합리적인 이자로 장기임대해주기도 하고 아이들에겐 영어와 탁구 그리고 태권도를 가르치고 있었다. 또 집안일을 하는 여성들을 위해 소일거리 부업을 제공해 주기도 한다.

나는 이렇게 찾아오는 사람이 꽤 많을 거라 생각했다. 사무실 한편 화이트보드에 이달의 봉사자 이름이 적혀져 있었다. 권력을 잃은 반장이 칠판에 적은 떠든 아이 명단처럼 거의 비어있었다. 슬쩍 물어보니 단체 관광객 방문도 정말 가끔 있는 일이었고, 나처럼 개인적으로 오는 경우도 한 달에 두어 번뿐이라고 했다. 식당 봉사활동을 마치고 아이들 방과 후 교실에서 탁구 수업과 태권도 수업을 구경하는 기회를 얻었다. 안녕이라는 인사도 수줍어서 못하는 아이들이 눈동자에 담은 진한 아쉬움은 다시 발걸음을 이곳으로 이끌게 했다. 다음 날 관광 일정을 과감히 포기했다.

다음 날 봉사활동이 끝날 무렵 주방 매니저가 나에게 커피를 좋아하냐고 묻는다. 당연히 좋아한다 했더니 커피를 사주겠단다. 나처럼 열심히 한 사람을 본 적이 없다는 괜한 칭찬과 함께 캄보디아를 위해 일 해줘서 고마워서 사주는 거니 제발 거절하지 말아 달라고 부탁했다. 당연히 나는 몰래 내가 계산한다는 계획하에 승낙했고, 시엠립에서 가장 가난한 마을인 프놈크라운을 오토바이를 타고 구경하는 기회까지 얻었다.

그가 잠시 집에 들른 사이 진흙으로 얼룩진 오토바이를 닦아주려 우물을 찾았다. 펌프는 아무리 펌프질을 해도 물이 나오지 않았다. 매니저 B는 내가 마실 물을 찾는 줄 알고 물이 출렁이는 컵을 들고 급히 뛰어나왔다. 설명을 생략하고 그냥 고맙다는 인사를 건넨 뒤 건기라 물이 안 나오느냐고 물어보았다. B는 대답을 머뭇거리며 우물쭈물 넘어가려 했다. 생각해보니 건기에 물이 안 나오면 우물펌프가 무슨 소용일까 싶어서 고장 난 상태냐고 재차 물어봤다. 작동이 잘 안 된다는 다소 무심한 답변과 함께 우리는 커피를 파는 천막 안으로 향했다.

커피를 마시며 이런저런 이야기를 나누었다. 달라질 미래를 꿈꾸며 방법을 나누었다. 그럴싸한 결론이 나지는 않았다. 하지만 서로의 생각을 나누며 다른 세상과 밝은 미래를 꿈꾸는 것만으로도 따뜻함이 오갔다.

▸▸▸ 나중에 들어서 알게 된 이야기

캄보디아는 많은 자선단체들이 활동하고 있는 곳이다. 많은 단체들은 우물사업에 치중하고 있는 상황이다. 일부 단체들은 실적을 올리기 위해 실질적으로 작동하는 펌프를 설치하는 데에는 다소 소홀하다고 한다. 한정된 후원금액에 많은 우물 설치 개수를 홍보하려다 보니 충분히 깊이 파지 못해 쓸모없는 우물이 여기저기 산재해있는 게 현실이다. 성과중심사회 속 우리의 안일한 이타심이 만나 곳곳에 흉물을 들여놓고 있었다.

우연이 주는 선물

📍 톤레삽 호수

빈민가는 역설적으로 풍부한 물과 비옥한 토양이 있는 톤레삽 호수 근처에 있었다. 물과 넓은 평야가 있는 톤레삽 호수지만 주변에 거주하는 사람들 대부분은 하루 2달러 미만으로 살아가는 극빈곤층이다. 때문에 톤레삽 근처에 여러 자선단체들도 많이 있다.

미흡한 여행 준비는 문제를 드러냈다. 톤레삽 호수는 미리 현지 여행사에서 여행 프로그램을 구입해서 와야 했었다. 혼자 오니 횡포가 말도 못했다. 톤레삽 호수 입구까지 배를 타고 갔다가 다시 톤레삽 호

수 입구에서 다른 배를 타고 구경해야 하는데 톤레삽 호수까지 가는 배 값만 왕복 50달러를 요구했다. 50불이면 이틀 치 여행경비가 넘는 돈이다.

나는 그냥 걸어가기로 했다. 톤레삽 호수 가는 길은 운하 공사 중이었다. 배를 갈아타는 대신 단번에 시엠립까지 오는 뱃길을 만들고 있었다. 걸어가는 내내 먼지가 시야를 가렸다. 입과 코를 가리고 간신히 간헐적인 숨을 내쉬며 힘들게 걸어야만 했다. 숲길이 나오고 30분을 더 걸었을까 한참 전 내 옆을 지나쳤던 자전거 탄 외국인이 돌아오고 있었다.

희망이 보였다. 아무리 자전거라지만 얼추 계산해보면 30분만 더 걸으면 톤레삽 호수에 갈 수 있다는 계산이 나왔다. 외국인은 자전거를 멈추더니 나에게 톤레삽 가냐고 물었다. 자기는 절대 포기하지 않는 성격인데 너무 힘들어서 포기하고 돌아오는 중이라고 했다. 심지어 걷고 있는 나는 지금 포기하는 게 좋은 생각 같다고 조언해 주었다. 포

기가 빠른 나는 팔랑거리는 귀를 주체할 수 없었다. 누군가 무심히 툭 던진 한마디에도 한없이 흔들리던 나였으니깐. 힘든 걸음을 멈추고 진심 어린 조언을 건넨 그의 말을 무시할 순 없었다.

톤레삽 호수를 포기하고 돌아가는 길에 이번에는 고기를 잡던 캄보디아인 3명이 나를 붙잡는다. 낚시를 도와달라고 부탁했다. 자루를 다 채우면 오토바이로 톤레삽 호수를 구경시켜 주겠다고 했다. 자루를 보니 1/3 정도 채워져 있었고 물고기를 잡은 지, 네 시간이 넘었다고 했다. 자루를 다 채우려면 숨만 쉬면서 고기를 잡아도 내일까지 도와주어야 했다. 걷기에 지친 나는 그냥 구경이나 하자는 심산으로 그들의 제안을 받아들였다.

사실 낚시를 해본 사람은 안다. 배가 지나가면 물고기 잡기가 쉽지 않다는 것을. 이들은 신기하게도 배 지나가는 타이밍에 맞춰 물고기가 움직이는 방향을 읽었고, 미리 그곳으로 가서 그물을 던졌다. 반전이 있다면, 세 명 중 두 명이 그물 다루는 게 서툴렀다는 점이다. 고

기가 지나가는 건 보이는데 그물이 펴지지 않거나 너무 늦게 던져 그물 한 번에 열 마리도 잡지 못했다.

이들은 쉬는 날 저녁거리를 마련하기 위해 낚시를 하고 있다고 했다. 이들은 가난의 굴레를 끊고 있는 세대였고, 시내에 있는 호텔에서 일하고 있었다. 이들은 영어를 잘했기 때문에 고기를 잡으면서 많은 대화를 나누었고 장난을 주고받았다. 낚시 그물을 내려놓고 잠시 쉬는 동안 이 친구들은 한국인 관광객을, 나는 캄보디아 호객꾼을 따라 하며 장난쳤다. 서로 놀려대느라 재미있었지만, 이들이 한국인 관광객을 따라 하며 나오는 한국어 욕이 마음을 불편하게 했다. 한국어로 감사를 표현하는 말은 하나도 모르지만, 한국어 욕은 서너 개 알고 있는 그들.

나는 이곳을 여행하며 무엇을 남기고 갈까 조심스러웠다. 그래도 장난은 멈추지 않았다. 낚시하는 동안에는 유람선이 동양인을 가득 싣고 지나가면 일본인 관광객인지 한국인 관광객들인지 맞히는 놀이

를 하다가 지겨워지자 이 친구들은 소리를 질러 나를 중국인 악덕 사장으로 관광객들에게 소리쳐 고발하고, 나는 이들을 관광객 납치범으로 소리쳐 허위신고하기도 했다.

여행의 묘미는 계획이 막히면 우연이 다가와 나만의 추억을 선물하기도 한다는 점이다. 여행객과 한국어 혹은 영어로 한참을 떠들 뿐, 지역 주민들과 한 대화라고는 식당에서 주문을 하고 관광지 상인들과 가격흥정만 한 것이 대화의 전부였다면 나에겐 여행한 곳이 아닌 가본 적이 있는 곳일 뿐이었다.

나중에 돈 많이 벌어서 저런 배 한 척 사라고 했더니, 저 배들은 여기 빈민촌의 모든 재산을 다 팔아도 한 척 사기도 힘들다고 빈정댔다. 캄보디아인 소유의 배는 한 척도 없고, 다 베트남 사람들이 이곳에서 독점적으로 유람선을 운영하고 있다고 했다. 보통 사회주의 국가에 자본주의가 들어올 때는 민주적이고 합리적으로 들어오지 않는다. 자본의 이점보다는 폭력이 그렇게 많은 동남아시아에 무자비하고 폭력적으로 퍼지고 있었다. 재미있게 놀다가도 기분이 불편해진다.

저쪽에서 진행 중인 공사도 외국 자본이고 지금 있는 거대한 논은 리조트로 바뀔 거라고 한다. 자본이 휩쓰는 폭력의 현장이 될지 지역사회와 동반성장의 장이 될지는 오로지 캄보디아 정부의 역량에 달렸다. 이곳이 자본과 지역 주민의 윈윈의 현장이 되었으면 하고 바랐다.

"기대하지 않은 순간 얻게 된다."

– 앤디 워홀

다시 돌아오지 않아야 할 역사

슬리핑 버스를 타고 프놈펜에 도착했다. 슬리핑 버스는 잊지 못할 고생이었다. 1m 남짓한 너비의 바닥에서 캄보디아 아저씨와 7시간을 딱 붙어 잠을 잤다. 게다가 울퉁불퉁한 도로는 비좁은 내 잠자리를 월미도 디스코 팡팡으로 만들어 놓았다. 흔히 캄보디아의 도로 사정을 비꼬아 '장 마사지'로 표현하곤 한다. 수없이 이어진 심한 곡선의 비탈길에서는 아저씨와 수줍게 혹은 찜찜하게 몸을 맞댈 수밖에 없었다. 각자의 공간이 50cm도 채 되지 않았기에 서로가 뚱뚱하지 않음에 감사했다. 아저씨는 버스가 설 때마다 담배를 피러 나가곤 했지만 성가시게 하지 않기 위해 나를 아주 조심히 깨웠다. 잠을 수시로 깨야 해 번거로웠지만, 아저씨의 민망한 미소는 따뜻하게 내 불평을 지웠다.

그렇게 도착한 프놈펜. 버스에서 내리니 어지러움이 내 머리를 흔든다. 잠을 제대로 못 잤을뿐더러 자고 일어나니 발밑 선반에 얹어놓은 안경까지 들썩임을 견디지 못해 부러져 있었다. 게다가 배낭을 찾기 바쁜 내게 계속 들러붙는 호객꾼들이 내 정신줄을 마구 흔들어댔다. 눈을 부릅뜨고 가장 착해 보이는 툭툭 기사를 찾아 숙소로 향했다.

숙소에 짐을 풀고 프놈펜 관광에 나섰다. 아침에 많은 일들을 겪으며 결국 정신줄을 놓쳐버린 나는 툭툭을 바가지요금에 대여해 초응억 킬링필드으로 향했다. 바가지를 썼단 사실을 깨우치자 바가지로 한 대 맞은 듯 정신이 번쩍 들었다. 정신회복의 대가로는 그래도 싼 가격이라고 위로하며 흔들리는 툭툭 위에서 마음을 다잡았다.

초응억 킬링필드 (Killing fields of Choeung Ek)

2015년은 크메르 루주가 정권을 잡은 지 40주년 되는 해이다. 크메르 루주 정권은 1975년 4월 17일 캄보디아를 장악했다. 그리고 무자비하고 잔인하게 자국민들을 죽여 나갔다. 안경을 쓴 사람은 지식인이라는 이유로 배가 나온 사람은 부자라는 어이없는 이유로 살해하는 시대였다. 안경 쓰고 배가 나온 나는 당시에 캄보디아에 있었다면 분명히 죽을 수밖에 없었다.

크메르 루주 통치 기간 동안 학살당한 사람은 약 200만 명이다. 그 당시 캄보디아 인구가 약 700만 명이었다고 하니 전체 인구의 1/3가량이 죽임을 당한 셈이다. 얼마나 잔혹했던 정권인지 짐작할 수 있다. 시엠립에서 함께한 툭툭 기사 K도 고모와 고모부가 이 기간 살해당했다고 했었다. 내가 위로하자 한 다리만 건너면 누구나 이 기간 죽은 친구나 친척이 있다고 담담히 말했었다. 영화 〈킬링필드〉를 통해 어느 정도 크메르 루주의 잔인함을 이미 알고는 있었지만, 그 현장에 오니 더 깊은 침울함에 내던져졌다.

오디오 가이드를 들으며 묵념하는 마음으로 아주 천천히 걸었다. 비극은 너무나도 참혹해 시간에 지워지지 못한 채 너무나 깊고 선명하게 남아 있었다. 끌려온 사람들은 자신들이 왜 이곳으로 온지도 모른 채 아주 효율적인 방식으로 죽어갔다. 사람을 너무 많이 죽여야 해서 가장 낮은 비용으로 최대 많은 사람들을 죽인 이곳. 울분을 겨우겨우 누르며 걷다가 터진 지점에서 비참하게 사라진 영혼들을 작게나마 위로해보았다.

여자가 당할 수 있는 가장 큰 고통의 현장에서 한참을 서 있었다. 여자가 당할 수 있는 고문 중 가장 큰 것이라 감히 장담할 수 있는 고통을 당해야 했던 여성들이 눈앞에 어렴풋이 그려졌다. 자기 눈앞에서 아이가 죽임을 당하는 장면을 목도해야 했던 여인들. 그리고 울부짖는 엄마 앞에서 굵은 나무에 머리가 내리쳐지며 죽어야 했던 갓난 아이들.

이곳은 아직까지도 길에서 뼈가 발견되는 땅이다. 나도 걷다가 드러난 유골을 심심치 않게 발견할 수 있을 정도였다. 우기가 오면 흙이 쓸려나가면서 유골이 드러난다. 마치 무덤 위를 걷는 기분이 들어 죄송하고 불편했다. 이 땅에 아니 이 지구에 앞으로는 절대 이런 역사는 반복되지 않기를 간절히 기도했다.

뚜올쓸렝 박물관 (Tuol Sleng Museum, S-21)

무거운 마음으로 다시 시내로 나섰다. 다음으로 향한 곳도 크메르루주의 잔혹함을 보존한 뚜올슬렝 박물관이다. S-21Security Prison 21로 불린 이곳은 원래는 학교였지만 고문이 자행되던 교도소로 쓰였다.

크메르 루주 정권은 지식인들을 적으로 규정해 무참히 죽였다. 학교는 가장 먼저 폐쇄되고 대부분 감옥으로 바뀌었다.

이곳을 체계적으로 기록하고 보존한 사람들은 다름 아닌 크메르 정권 지도자다. 그들이 얼마나 광기에 휩싸여 있었는지 보여준다. 수치심과 죄책감이 아닌 영광과 자부심으로 이곳을 기록한 가해자들. 이곳에서 살아남은 수감자는 고작 7명.

정말 운이 좋게도 행사가 있어 생존자 중의 한 분을 이곳에서 만날 수 있었다. 나에게 보내준 그분의 미소는 나를 얼어붙게 만들었다. 알 수 없는 거대한 힘을 가진 미소였다. 비록 영어로 통역되지 않아 무슨 말씀을 하시는지는 알 수 없었지만, 영어로 통역된다 한들 내가 그 상처의 깊이와 삶의 고난을 어찌 감히 이해할 수 있을까?

학창시절, 나눔의 집을 방문해 일본군 위안부 할머니들을 만났을 때도 이런 기분이 들었다. 건강이 좋지 못한 할머니는 학생인 내 손을 잡으며 이런저런 말씀을 해주셨다. 웅얼거리듯 말씀하셔서 다 이해하지는 못했지만 훌륭한 사람이 되어서 더 나은 나라를 만들어 달라는 말씀을 계속 반복하셨다.

지금 나는 훌륭한 사람이 되지 못했고 이 나라는 잘 먹고 잘살고는 있지만, 아직 친일파들과 구조화된 폭력이 득세하는 세상이 되었다. 이해할 수 없어도 해결할 수 없어도 싸울 수는 있는 내가 그분 앞에서 한없이 작게 느껴졌다. 상흔만 남은 늙은 몸을 힘겹게 이끌고 아직까지 투쟁하시는 모습들이 겹쳐지며 건강하고 젊지만 비겁함과 나약함만을 보이는 내 모습을 더욱 초라하게 했다.

캄보디아 여행을 마무리하며

독립기념탑을 기점으로 시내 구경을 시작했다. 프놈펜의 유일한 언덕에 지어진 사원 왓 프놈에 올라 프놈펜 전경을 구경하고 국립박물관을 지나 왕궁으로 들어갔다. 고전적인 크메르 양식의 지붕이 금으로 도배되어 있는 아주 아름다운 곳이었다. 금이 다 벗겨지고 지금은 무너진 앙코르 유적의 옛 모습을 반추해본다. 크메르 왕조 전성기의 찬란함을 회복하고 크메르 루주의 잔인함은 되풀이하지 않았으면 했다.

무엇을 회복하고 무엇은 되풀이하지 않아야 하는지 분명히 기억하고 고민해야 한다. 캄보디아뿐만 아니라 나에게도 해당하는 이야기다. 도로의 경적 소리와 흙먼지 속에서 돌아가고 싶은 시간과 돌아가기 싫은 시간들이 그동안 나에게 무엇을 선물했는지 되짚어보았다. 그 생각이 어쩌면 캄보디아가 나에게 준 하나의 선물이었다.

굿모닝 베트남

호치민 시티

아침에 미리 예약해 둔 버스를 타고 베트남 호치민으로 향했다. 베트남 사람으로 보이는 두 아가씨가 내 자리 주변에서 서성인다. 혹시 내가 잘못 앉았나 싶어 표를 확인하려는데 한 중년의 여성이 타더니 아가씨들과 가벼운 실랑이를 벌인다. 그러더니 중년의 여성이 한숨을 쉬며 내 옆에 앉는다. 나중에 알았지만 이들은 호치민에 사는 세 모녀로 캄보디아에서 일하는 아버지를 만나고 집에 돌아가는 길이었다. 내 옆자리에 서로 앉기 싫어서 실랑이를 벌인 듯했다. 나는 한류열풍에도 빗나가 있었다.

아줌마는 영어를 못했지만, 베트남어로 오는 내내 내게 말을 걸었다. 두 아가씨 중에 한 아가씨는 잠을 자는 듯했다. 언니로 보이는 다른 아가씨는 베트남어로 자꾸 말을 거는 엄마가 귀에 거슬렸는지 휴대폰에 온 정신이 팔려있음에도 불구하고 우리 대화가 끝날 때마다 한 단어씩 영이로 통역을 해주었다. 아줌마도 문장으로 이야기하고 나도 문장으로 이야기했지만, 아가씨는 단어 하나로 축약하는 놀라운 통역 솜씨를 보여주었다. 아줌마는 대화가 잠시 멈추면 가방 안의 간식을 수시로 나눠 줬다. 대화가 시작되기 전 땅콩 한 봉지를 혼자 먹은 나를 부끄럽게 만들었다.

그러는 동안 버스는 배에 실려 강을 넘어 캄보디아와 베트남 국경에 도착했다. 캄보디아 국경에서 모든 짐을 들고 출국 절차를 마친 뒤 베트남 입국 사무소로 향했다. 캄보디아와 베트남 국경 사이에서 잠깐 서 있었다.

한 발은 캄보디아 다른 발은 베트남에 섰다. 유치하게 국경선을 사이로 왔다 갔다 하는 나를 사람들은 이상하게 쳐다봤다. 대한민국은 분단국가라 사실상 섬나라에 사는 나로선 육로 국경을 경험하는 하나의 통과의례를 놓치긴 싫었다. 대한민국 국민의 특권인 베트남 무비자 입국으로 나는 생각보다 수월하게 베트남으로 들어섰다. 나중에 베트남에서 라오스로 출국할 때는 베트남 출국장에서 생애 최악의 국경을 경험했다.

베트남에 들어서니 풍경이 캄보디아와 사뭇 달랐다. 개발된 도시 풍경이 차창 밖을 스쳐 갔다. 내가 캄보디아에서 왔기 때문일까? 우리나라와 비교하면 아직 발전이 더디다고 생각했던 베트남이 뉴욕의 맨해튼처럼 보였다. 촌놈이 서울구경을 하듯 차창 밖을 연신 두리번거렸다. 호치민 시티는 빠른 경제발전의 위상을 한껏 뽐내고 있었다.

높은 빌딩들을 신기해하던 내게 갑자기 불안감이 덮치기 시작했다. 호치민 버스 터미널에 하차하는 줄 알았는데 버스 안 승객들이 버스 기사와 잠시 이야기를 나눈 뒤, 내리기 시작한다. 세 모녀가 간단한 인사를 하고 내릴 때만 해도 그런가 보다 하며 멍하게 창밖만 바라보고 있었다.

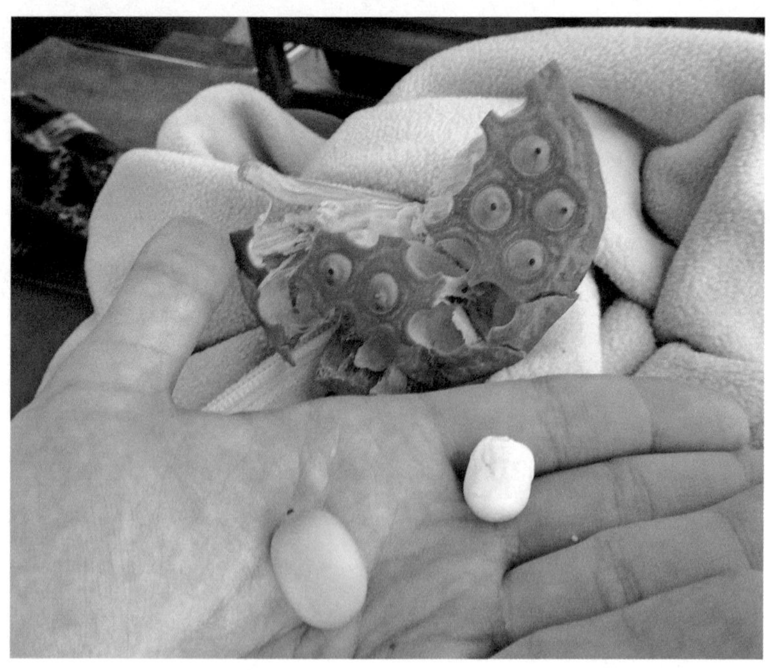

그런데 시내버스처럼 정차하는 버스에서 노랑머리 외국인들까지 각자 원하는 위치에서 내리기 시작했다. 불안해지기 시작했다. 어쩌면 버스터미널이 시내와 멀지 않을까? 나도 같이 내려야 되는 게 아닐까? 두 자매가 작별인사로 건넸던 "Good Luck!"이 귓가에서 메아리치며 나를 더욱 불안하게 만들었다.

목적지를 정확히 알지 못하는 여정은 불안하기 마련이다. 삶도 이럴 것이다. 우리는 그곳에 가본 적이 없기 때문에 가고자 하는 곳에 대해 정확히 알지 못한다. 그래서 미래는 항상 불안하다. 그렇다고 도착지를 분명하게 아는 게 여행이고 삶이 될 수 있을까?

버스에 덩그러니 혼자 남은 나는 결국 내리라는 곳에서 내렸다. 다행히 시내 한복판 같았다. 높은 건물들과 셀 수도 없는 오토바이들, 그리고 나를 연신 귀찮게 하는 택시기사들. 시내가 확실하다. 요금폭탄이 두려워 사설 택시를 외면하고 국영 택시를 기다렸다. 국영 택시에 올라 호텔 위치가 적힌 쪽지를 건네줬다. 기사가 나를 한심하게 쳐다보면서 쪽지를 돌려준다. 그리고서는 반대편을 가리킨다. 반대편 도로에 떡 하니 내 호텔이 있었다. 흔하게 여행자가 택시에서 당하는 레퍼토리대로 돌고 돌아 길 건너에 내려주는 방법 대신 퉁명한 친절을 베풀어준 택시 기사에게 미안하단 말과 고맙다는 말을 번갈아 건넸다.

베트남 도로 위에서 춤을 추며 인생을 배우다

문제가 해결되니 더 큰 문제가 기다리고 있었다. 도로 어디를 가도 횡단보도가 없었다. 무엇보다 오토바이가 너무 많았다. 오토바이가 범람하는 도로의 강을 건널 자신이 없었다. 멍하게 건너편 호텔을 바라보았다. 인도와 차도를 한발씩 내딛고 돌아오기를 반복하며 내 등에 딱 달라붙은 20kg짜리 배낭 애인과 도로변에서 블루스를 추었다.

5분 정도 춤을 출 무렵, 어색한 춤사위가 안타까웠던 걸까? 한 남자가 내 손을 잡는다. 파트너가 바뀌는 순간이다. 이 남자는 날 리드하기 시작했다. 신기할 정도로 가벼운 발놀림과 경쾌한 리듬감으로 춤을 추듯, 도로를 건널 수 있었다. 정중하게 마지막 인사를 나눴다. 남자 손이 스치는 것도 끔찍하게 생각하는 나였지만 그 손은 내 여행의 가장 따뜻한 손길로 기억되고 있다.

그는 길 건너는 노하우를 말과 몸으로 전수해주었다. 지나는 차 뒤를 스치듯 건너라는 가르침이었다. 절대 뛰지 말 것. 운전자들과 눈을 맞추며 서로 눈빛을 교환하라고 했다. 그래도 안 되면 주저 없이 건너라는 마지막 충고도 잊지 않았다. 알아서 피해 갈 테니. 인생의 가르침이었다.

— 위험한 순간을 급하게 피하지 마라.
한걸음 떼기 전에 어디로 움직일지 먼저 생각하라.
모든 위험과 눈을 마주치며 마음의 대화를 나누어라.
장애물을 넘고 위기의 순간을 지날 때마다 그 촉감을 느껴보라.
가야 할지 알 수 없을 때에도 용기를 내어 앞으로 나아가라.

삶과 전쟁

베트남에 대해선 많이 아는 것 같아도 별로 아는 것이 없다. 생각나는 대로 나열해보면 호 아저씨라 불리는 '호치민', 베트남 사람들이 쓰는 삼각모자 '논', 베트남 여성들의 미모를 잘 보여주는 '아오자이', 그리고 쌀국수와 월남쌈을 비롯한 맛있는 음식들 정도다. 그중에서도 가장 먼저 베트남을 알게 해 준 것은 베트남 전쟁이다. 어렸을 적, 어른들의 대화에 월남전 이야기는 빠질 수 없는 단골 소재였다. 그런 전쟁의 모습은 이들에게 어떤 기억으로 남아 있을지 궁금했다.

구찌터널로 향하는 버스에 몸을 실었다. 버스를 타고 어제 시내로 들어왔던 그 길을 되돌아갔다. 불안하게 주변을 살피던 어제의 내 모습이 떠오른다. 불과 하루 만에, 고작 한 번 지나쳤다고 이렇게 담담할 수 있을까?

구찌터널에 도착하니 가이드의 설명이 이어졌다. 가이드의 설명과 곳곳에 흩어져 있는 전시품들에서 미국과 그의 동맹국을 홀로 이겨냈다는 자부심이 넘쳐나고 있었다. 분명 길고 강렬했던 전투에서 당연히 발생할 수밖에 없는 크고 작은 희생의 흔적은 보이지 않았다.

우리는 인원이 적은 그룹이라 구찌터널을 통과하는 체험에 특별한 선택이 주어졌다. 가이드는 관광객용 터널이 있고 개발되지 않은 곳이 있는데 두 개 중 하나를 택하라는 것이었다. 프랑스에서 온 여행자 4명은 관광객용 터널을 완강히 거부했고, 나는 보통의 한국 사람이 그렇듯 어느 쪽에도 손을 들지 않고 멍하게 있었다.

결국 수풀이 제멋대로 자란 곳에 도착했다. 미식의 나라에서 한껏 살을 찌운 그들은 입구에 들어가지도 못했다. 말라 보이는 여자는 폐소공포증이 있다고 했다. 모두 비교적 왜소한 나를 쳐다보며 눈치를 준다. 가이드는 길을 설명해줬다. 쭉 직진하다 갈림길이 나오면 왼쪽으로 두 번 오른쪽으로 한 번 그렇게 10m 정도 떨어져 있는 출구로 나오면 3분 정도 걸린다고 했다. 출구를 못 찾으면 호치민으로 연결되어 있으니 일주일 정도 기어오면 시내에 갈 수 있다는 농담을 뒤로 하고 나는 터널 속으로 끌려 들어갔다.

한 치 앞이 보이지 않는 곳을 작은 불빛을 비추며 어느 정도 엉금엉금 기어가니 어두움에 갇혀 있던 박쥐 무리들이 내가 반가운지 내 뺨에 하이파이브를 하며 날아다니기 시작했다. 갑작스런 만남에 나도 격하게 소리 지르며 환호했다. 끔찍한 환영인사에 나는 출구로 가는 법을 잊어버렸고 입구로 다시 기어갔다. 햇빛을 따라 엉금엉금 기어가자 출구 쪽에서 기다리던 일행들은 입구로 나온 나를 손가락질하며 비웃는 얼굴로 반겨주었다. 저들은 과연 이 터널이 처음에는 프랑스로부터 독립하기 위해 만들어졌다는 걸 과연 알고 비웃는 걸까? 비록 비웃음만 샀지만 숨 막히게 좁은 터널을 파고 그곳에 몸을 숨기면서까지 목숨을 지켜내야 했던 그들의 험난했던 투쟁을 실감하기에는 충분했다.

— 전쟁과 삶은 혹시 이런 것일까?
아무리 객관적인 능력이 뛰어나다 해도 정신에 그 승패가 좌우되는 걸까? 뻔한 결과가 예측되는 상황에서 의외의 결과가 나오는 이유는 무엇일까? 모질고 질겼던 베트콩. 그들은 무엇을 위해 무자비한 공격을 견뎌냈을까?

시내로 오는 내내 결론 내리지 못한 질문들만 속으로 되뇌었다.

양면성의 아름다운 조화

오토바이 강이 흐르는 빌딩 숲을 거닐면서 수많은 호치민 얼굴과 마주쳤다. 호치민이 원했던 모습대로 베트남은 나아가고 있는 것일까? 시내 이곳저곳 사람들이 사는 모습을 관찰했다. 호치민이 과연 지금의 베트남을 보면 만족할 수 있을까? 여러 가지 생각이 들지만, 이방인인 내가 감히 판단할 수는 없는 부분이다. 더 이상 깊은 생각에 빠지지 말라고 오토바이의 경적이 수없이 나를 긴장시켰다. 주제넘게 판단하기보다는 그저 바라보라고……. 그렇게 두리번거리며 나는 베트남의 과거와 현재를 지나쳤다.

다리도 쉬어갈 겸 카페에 앉아 베트남 커피인 카페 쓰어다를 주문했다. 쓴 커피에 단 연유를 듬뿍 넣어 먹는 커피다. 쓴맛과 단맛이 한 곳에 어우러져 오묘한 맛을 이룬다. 정말 베트남 커피다.

베트남의 모습이 담겨 있기 때문이다. 자본주의와 공산주의의 이점과 폐해를 모두 담고 있는 곳. 전쟁의 승리와 관련된 자랑스러운 기록들과 곳곳에 숨어있는 전쟁의 상처들. 프랑스식 건물에서 가장 베트남다운 모습으로 살아가는 사람들. 커피 한잔을 음미하는 일이 마치 베트남이라는 거대한 책의 요약본을 훑어보는 것 같았다.

베트남에서 가장 큰 도시인 호치민 시티는 수도는 아니지만 많은 양면성을 지니고 있었다. 한마디로 규정되지 않고, 하나의 이미지로 표현되지 않는 도시 호치민은 그렇게 나에게 어떠한 작위적인 판단도 무력하게 만드는 매력을 지닌 곳이었다.

위험하고도 따뜻한 착륙

후에

사실 여행하면서 비행기를 크게 선호하지 않는다. 여행자가 현지의 생활을 엿볼 수 있는 기회는 대부분 버스나 기차 창문 뒤에서 주어진다. 돈과 체력이 아닌 시간만 남아도는 장기여행에서는 시간 때문에 공간을 희생할 필요는 없었다. 하지만 베트남에서는 달랐다. 2주간의 베트남 무비자 체류 기간은 가고 싶은 곳들을 둘러보기에는 너무도 짧았다.

무이네, 나트랑, 달랏 그리고 후에, 호이안, 다낭. 이 두 그룹 중 하나를 선택해야 했다. 그러던 중 저녁을 먹으러 간 식당에서 우연히 구찌터널 투어가이드를 만났다. 혼자 여행을 하기 때문에 투어에서 가이드 옆에 앉는 특권 아닌 특권을 누릴 수 있었다. 호치민으로 돌아오는 버스에서 한국과 베트남 중 어디가 더 살기 힘든지 시답지 않은 토론을 했던 사이라 서로 쉽게 알아보고 인사를 나누었다.

가이드에게 이 여섯 도시에 대해 물었다. 첫 번째 그룹은 관광지의 성격이 너무 짙었다. 무이네와 나트랑에서 참가할 수 있는 액티비

티 투어프로그램, 베트남의 파리라는 달랏에 대한 설명은 내 개인적인 여행 취향과 잘 맞지 않았다. 후에, 호이안을 설명할 때 언급됐던 역사와 전통 그리고 고요함이라는 단어가 나의 고민을 깔끔히 해결했다. 나는 그렇게 후에로 가는 비행기에 몸을 실었다.

후에로 가는 비행기는 자리가 좋아 편히 쉬면서 갈 수 있었다. 하지만 여행은 언제나 그랬듯이 나에게 친절할 수만은 없었다. 후에 공항에 다다를 무렵 날씨는 급격하게 나빠졌다. 그리고 비행기는 엄청난 위험에 부딪혔다. 비행기가 착륙하기 직전 갑자기 수직으로 급상승했다. 착륙 직전, 착륙에 실패했고, 비행기는 엄청난 각도와 속도로 다시 하늘로 솟구쳤다. 놀이기구라면 엄청난 짜릿함을 느꼈겠지만 이곳은 비행기였다. 모두가 놀란 가슴을 쓸어내리고 있을 때 기장은 기내 방송을 했다. 후에 공항에는 착륙할 수 없으니 다낭에 비상 착륙한 다음 다시 후에로 돌아온다고 했다. 다행히 기장은 살아있었다.

하지만 그 약속은 지켜지지 않았다. 두어 시간을 대기한 후에 후에가 아닌 다낭에서 한국 돈으로 8,000원도 안 되는 보상금을 받고 공항을 빠져나가야 했다. 한국이었으면 난리가 났겠지만, 베트남 사람들은 순순히 공항 밖으로 나섰다. 내게는 비행기에서의 경험보다 비행기 밖에서의 경험이 더 큰 혼란이었다. 국내선이라 승객의 대부분이 베트남 사람이었고, 그들은 능숙하게 공항에서 다른 곳으로 향했다. 이곳저곳 물어보고 다녀야 했지만 긴박하고 초조한 관광객으로 보여 호객꾼들의 먹잇감이 되기는 싫었다. 아무렇지 않은 척 서 있었다. 하지만 누가 봐도 난 초조해 보였을 거다.

한 백인 커플이 말을 건다. 혹시 영어를 할 줄 아냐는 질문에 "yes." 라고 대답했더니 영어 할 줄 아는 베트남 사람을 만나서 다행이라고 좋아한다. 더 멍해진다. 나를 왜 베트남 사람으로 봤을까? 멀어져 가는 정신줄을 붙잡고 미안하지만 나는 영어를 할 줄 아는 한국 사람이라고 알려줬다. 다소 실망하며 어떻게 할 거냐는 질문을 한다. 난 무조건 후에로 가겠다고 대답했다. 자기들도 그렇다며 같이 택시를 타고 공항에서 버스터미널을 가겠냐고 제안했다. 마다할 이유가 없었다. 택시비를 나눠 내기로 하고 택시터미널로 향했다.

가장 착해 보이는 한 택시기사에게 후에로 가는 버스터미널까지 얼마냐고 물어봤더니 반가워하며 우리 셋을 끌고 어디론가 데려갔다. 가격협상을 시도했을 뿐인데 계속 끌고 가니 불안했다. 도착한 곳은 택시 터미널 맨 뒤였다. 그곳에 이미 베트남 가족들이 대형 택시를 타고 있었다. 다짜고짜 내 짐을 싣더니 여기 타란다. 단순 합승인 줄 알고 우리 셋이 타겠다고 하니 베트남 가족 중 남자가 후에까지 택시를 빌렸다고 같이 가자고 했다. 한 명당 한국 돈으로 10,000원 정도 내면 된다고 했다. 남은 자리는 비록 좁았지만 가장 좋은 선택이었다.

택시 뒷자리에서 서로 몸을 웅크린 채 나눈 많은 대화는 비좁은 택시 속의 작은 공간을 웃음소리로 채워나갔다. 택시 안의 모든 사람이 비행기에서 아찔한 경험을 공유하고 있었기 때문이다. 베트남 가족은 한 부부와 한 자녀 그리고 남편의 여동생과 어머니. 이렇게 가족끼리 여행을 하는 중이었다. 비행기가 심하게 흔들리는 동안 남자는 부인과 아이만 챙겼다고 시누이와 시어머니의 원망이 자자했다. 호주에서 온 커플은 그 시간에 남자친구가 여자친구의 손을 잡고 진심으로 사랑한다고 고백했는데 여자친구는 닥치라고 소리 질렀다는 웃기지만 다소 슬픈 서로의 일화를 나누었다.

전혀 알지 못하는 사람들이 공중에 떠 있는 원형의 금속 통에 갇힌 운명공동체가 되어 공유한 짧은 순간이 우리를 빠르게 이어주었다. 가는 길에 마치 함께 여행하는 사람들인 마냥 해변에 들러 바람도 쐬고 작은 사원들도 구경했다. 생각지 못한 결과는 예상치 못한 상황을 불러오고 이는 때로 특별한 추억되기도 한다. 한 치 앞길도 알 수 없는 삶이 우리에게 가끔 허락하는 선물이다.

그렇게 도착한 후에. 오는 중간, 베트남 중부지방 음식으로 점심을 해결하고 여러 곳을 구경했더니 7시간이 걸렸다. 짐을 풀고 비좁은 공간에 갇혀 쪼그라든 엉덩이를 풀고자 무작정 밖으로 향했다. 허름한 여행사에서 시내투어를 예약하고 강변에 있는 야시장으로 향했다.

시장에는 저녁시간을 즐기는 현지인들과 간단한 쇼핑을 즐기는 관광객들이 모여 있었다. 흐엉강을 따라 이어져 있는 야시장 끝자락에 다다르니 유람선 투어 상품을 파는 상인들이 나를 잡는다. 투어를 할 생각이 없는 나를 붙잡고는 오늘 불꽃놀이를 유람선에서 편하게 보란다. 내일 보겠다는 내게 불꽃놀이는 오늘만이라며 놓치지 말고 유람선에 타라고 더 힘주어 말한다.

유람선을 탈 마음은 없었지만 불꽃놀이는 보고 싶었다. 종전 60주년 되는 행사라 엄청난 불꽃축제가 있을 거라 들었기 때문이다. 일단 불꽃축제 유람선 탑승시간을 알아 놓았다. 8시와 9시 사이에 모든 배들이 출발하는 걸로 봐선 축제 시작은 9시가 유력했다. 일단 배들이 서 있는 곳을 찾았다. 야시장 끝 다리 위에서 강을 둘러보았다. 시타델 앞 강에 몰려 있었다. 왕궁 요새는 관광객들뿐만 아니라 현지인들에게 중요한 곳이니 이곳이 불꽃놀이의 현장이라는 것은 어쩌면 당연할 수밖에 없었다. 이미 불꽃축제 전에 다양한 공연들이 펼쳐지고 있었다. 불꽃축제 지역으로 추정되는 곳에는 많은 사람들이 있긴 했지만, 이곳이 진짜 맞나 싶을 정도로 생각보다는 적은 사람들이 몰려 있었다. 불꽃놀이를 구경해 본 사람들은 안다. 불꽃놀이는 어느 정도 떨어져서 보는 것이 가장 멋있다는 것을. 그래도 베트남 사람들과 함께 보고 싶었다. 관광객들을 위한 행사가 아닌 베트남 사람들을 위한 행사다. 현지인을 위한 행사는 현지인과 함께하는 것이 더 큰 의미가 있다고 생각했다. 그래서 사람이 없는 명당자리를 포기하고 현지인들 속으로 들어갔다.

9시, 사람들의 들뜬 마음이 불꽃보다 먼저 하늘 높이 솟아오른 듯했다. 하지만 내 마음은 불안해지기 시작했다. 사람들에 둘러싸여 위태롭기 그지없는 내 손가방 때문이 아니었다. 사람들이 입고 있는 우의 때문이었다. 신기하게도 9시에 첫 불꽃이 솟아오르는 순간 비가 쏟아지기 시작했다. 어떻게 사람들 사이를 뚫고 숙소로 돌아갈까 고민했다. 정신을 차려보니 비가 많이 오는데 나는 거의 젖지 않고 있었다.

나무 때문인가 했지만 아니었다. 어느 아주머니가 자기 우의를 들어올려 비를 막아주고 있었다. 나는 그렇게 한 베트남 가족과 훈훈하게 불꽃놀이를 즐겼다. 불꽃을 보면 가슴이 보통 이륙을 시작하지만 내 마음은 차분히 내려앉았다. 우비가 머리 위에 올라앉아 머리를 쓰다듬는다.

아주 따뜻한 착륙이었다.

시련

후에는 베트남 마지막 왕조의 수도였다. 마지막 베트남 왕조인 응우옌 왕조는 베트남을 통일하고 그 이름을 베트남이라는 국가명의 기원이 되는 '비엣남'이라고 정했다. 사실상 베트남의 현재 영토와 가장 비슷한 영토를 가진 최초의 통일 왕조이자 마지막 왕조다. 또한, 후에는 베트남 전통의상인 아오자이의 고향이기도 하다. 투어프로그램에 참가해 유일한 통일 왕조의 흔적들을 따라가 보기로 했다.

투어에 참가하기 위해 어제 불꽃놀이가 있었던 깃발 탑 뒤로 갔다. 세계문화유산으로 등재된 '후에 왕궁' 바로 앞에 있어 좋은 관광 시작점이었다. 왕궁으로 걸으며 후에의 구시가지와 신시가지를 연결하는 장띠엔 다리를 마주했다. 어제 불꽃놀이를 보고 숙소로 올 때도 많은 인파와 함께 이 다리를 건넜었다. 돌아와 숙소 직원의 설명으로 알게 된 장띠엔 다리의 역사가 오늘 다시 이 다리를 건너는 나의 태도를 다르게 만들었다. 장띠엔 다리는 에펠탑을 설계한 구스타프 에펠이 설계한 다리다. 19세기 말 프랑스 정부가 지은 이 다리는 워낙 튼튼하게 지어져 베트남 전쟁 당시 수차례 폭격에도 무너지지 않고 버텼다. 사람들에게 잘 알려지지 않아도 자랑치 않고 한 곳에서 세월의 폭력을 묵묵히 견뎌온 다리 위를 건너니 괜히 숙연해졌다.

참가자들이 다 모이자 다시 비가 오기 시작했다. 어젯밤부터 간헐적으로 내린 비는 구름과 함께 마지막 왕조의 유적지들을 더욱 운치 있게 적시고 있었다. 새끼손가락 손톱만 길게 기른 가이드는 베트남인 특유의 억양이 섞인 영어로 진지하게 응우옌 왕조를 설명했다. 13이라는 숫자를 키워드로 설정해 다양한 이야기를 늘어놓았다. 응우옌 왕조는 총 13대 동안 이어졌다. 13이 11번인 143년 동안 통치를 했다. 한 황제는 13살에 왕위에 올랐으며 한 황제는 죽은 시각이 오후 1시. 즉, 13시였다는 식의 알기 쉽고 흥미로운 설명이었다. 상당히 재미있는 설명이었지만, 나는 ADHD주의력결핍 과잉활동장애 증상을 보였다. 문득 조지 오웰의 소설 『1984』가 생각났다. 그 책의 첫 문장 "4월, 맑고 쌀쌀한 날이었다. 괘종시계가 13시를 알렸다." 지금은 4월. 날씨는 쌀쌀하고 가이드는 13이라는 숫자를 13번 정도 이야기한 것 같았다. 날씨만 맑았으면 하는 괜한 아쉬운 마음이 들었다. 그렇게 나는 마음속으로 억지 논리를 피우기 시작했다.

펼쳐진 우산들로 인해 멀리 떨어져서 베트남 특유의 억양이 섞인 영어를 이해한다는 것은 참 힘들었다. 덕분에 나는 그들과 섞이지 못하고 빗속에서 우뚝 서 있는 깃발 탑을 바라보았다. 비를 맞고 있는 베트남 국기가 눈에 먼저 들어왔지만, 이윽고 부러지고 다시 세워지기를 반복한 깃발 탑이 내 생각을 사로잡았다. 깃발 탑은 처음에 나무로 지어졌다가 태풍에 부러져 무쇠로 지었지만, 전쟁에 또다시 파괴되어 콘크리트로 제작한 것이 지금까지 유지되고 있다. 처음 나무로 만든 깃대가 19세기 초반에 세워졌다고 하니 그간의 베트남 역사와 닮아있다. 나는 무너지고 넘어졌을 때마다 얼마나 단단해졌을까? 아니면 오히려 더 나약해졌을까? 하는 잡념에 빠졌다. 나는 우연한 시련이 주는 혹독한 훈련에 단련되어 세련되어지는 못하고 미련해지고 처연해졌는지도 모른다.

묻다! 묻다? 묻다

왕궁을 잠시 구경한 뒤 작은 버스를 타고 관광객들이 방문 가능한 3개의 왕릉을 둘러보았다. 그들의 무덤들을 바라보면서 그들을 어느 정도 이해할 수 있었다. 같은 왕조임에도 황제마다 다른 양식을 갖추고 있었다. 주변 자연환경과 아름답게 조화를 이루고 있는 뜨득 왕릉. 웅장한 규모의 민망 왕릉. 유럽의 양식이 융합된 카이딘 왕릉을 흐엉강을 따라 내려가며 차례로 구경했다. 건축 양식을 통해 그 당시 시대상을 엿볼 수 있었고, 규모를 통해 그들의 야욕과 권력을 어림짐작할 수 있었다.

무엇보다 그들의 장묘문화는 흥미로웠다. 순장 풍습은 그렇다 치더라도 왕들의 시신을 아무도 알지 못하는 곳에 위치시킨 점. 그 비밀을 유지하기 위해 장애인을 기용하거나 비밀을 아는 사람들은 죽이는 관습. 그들은 죽어서까지 무엇이 그렇게도 두려웠던 것일까? 나는 무엇을 두려워하고 있나? 무엇을 감추기 위해 바동거리며 살고 있을까?

그들의 시신의 위치를 상상해 보면서 내 마음속에 나도 모르게 묻혀있는 것들을 끄집어냈다. 분명 좋은 것도 묻혔을 것이고 나쁜 것도 묻혔을 게다. 한 가지 더 확실한 건 그들의 시신이 퇴화되어 자연으로 돌아갔듯이 그것들도 나도 모르는 사이에 나의 일부가 되어 있다는 점이다. 나는 나도 모르게 무엇을 받아들이고 무엇을 묻고 살았을까? 나는 무엇을 묻었는가? 나는 묻는다. 이런 쓸데없는 궁금증이 빗물처럼 내 머리에 묻었다. 묻은 것을 묻게 되는 묻음을 씻어내듯 왕릉의 돌 틈 사이로 스며드는 빗물을 바라보았다. 우리의 삶도 어제를 기억

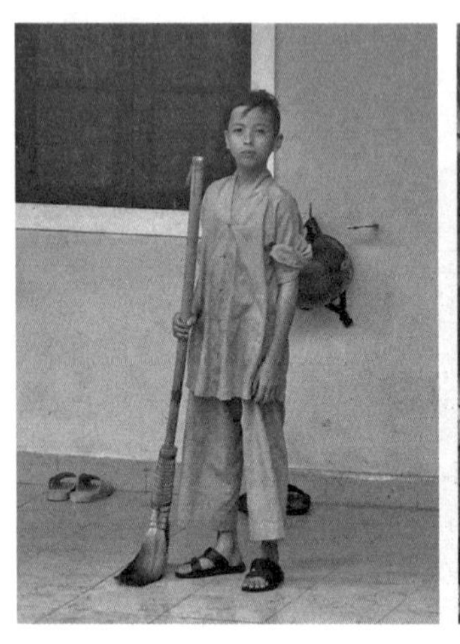

속에 묻어두고 오늘을 삶의 옷자락 한구석에 얼룩처럼 묻히고 내일을 묻는 일상의 반복이 아닐까?

비에 젖은 돌바닥을 한참 바라보니 '스며듦'이라는 단어가 머리에 스며든다. 단어가 주는 느낌이 상당히 좋았다. 왕릉의 모습도 모두 저마다의 특색이 있었다. 그들의 시대와 문화가 스며들어 왕조 고유의 특성을 만들어내고 있었다.

'스며듦'

묻음은 정적이지만 스며듦은 동적이다. 누군가 말했다. 스치면 인연이고 스며들면 사랑이라고. 무엇이 나에게 스며들어 내 안에 번져 왔을까? 나 또한 누군가에게 감지되지 않은 채 어떻게 스며들고 번져나갔을까?

비가 땅에 스며들 듯 상념이 나에게 스며들었다.

비가 오면 흔히 발생하는 정신이상증세다.

지난밤,
나는 평화를 꿈꾸었네

📍 호이안

호이안에 도착했다. 버스에 내려 오토바이 택시와 흥정을 했다. 다른 여행자를 통해 소개받은 민박집 주소를 내밀었다. 호이안에는 호텔을 제외하면 묵을 곳이 별로 없었다. 민박집 개가 사나우니 조심하라는 경고를 들었지만, 가격이 워낙 저렴해 그 민박집으로 숙소를 정했었다.

버스에서 내린 여행자들은 호텔 픽업 차량을 타기도 하고 걸어가기도 했다. 나머지 여행자들은 흥정하며 기사들과 짝을 맞춰 씨클로베트남 삼륜자전거나 오토바이에 몸과 짐을 싣고 버스터미널을 빠져나가기 시작했다. 나는 단체미팅에 혼자 남은 남자 혹은 주말에 클럽에서 늦은 새벽까지 짝을 찾지 못해 맥주나 홀짝이는 남자 마냥 쓸쓸함과 초라함을 애써 감추는 연기를 했다.

_내가 짝을 못 찾은 이유는 당연히 가격이다. 주소를 내밀자 금요일 늦은 밤 강남역에서 단거리 승객을 거부하는 택시기사들처럼 대부분

나에게 등을 돌리고 다른 여행자들을 찾아다니며 구애 행각을 펼쳤다. 기사들은 나에게 다른 여행자들이 흥정하는 금액보다 두 배 가격을 불렀다.

한 오토바이 기사가 오더니 이곳은 꽤 멀다며 남들 가격으로 갈 수는 없다고 귀띔했다. 그가 내민 지도를 보니 보통 여행자들 숙소보다 꽤 떨어져 있는 곳이었다. 하는 수 없이 그 기사에게 합리적인 가격을 물었다. 약간의 흥정을 마친 다음, 그의 허리춤을 부여잡고 민박집으로 향했다.

오토바이가 시내 뒤편으로 향하자 또 축제가 있는 듯 여러 축제 장식용품들이 길가에 널브러져 있었다. 베트남은 종전 기념일을 나라 전체가 같은 날에 기념하지 않고 도시마다 남베트남과 미국으로부터 각 도시를 재탈환한 날을 승전기념일로 정해 도시 단위로 각자의 기념일에 맞춰 축제를 열고 있었다. 운이 좋게도 마치 미리 계획한 듯이 각 도시의 승전기념일에 맞춰 베트남의 중부 도시들을 이동하고 있었다.

오토바이가 한 마을 입구에 도착하자 한 개가 미친 듯이 짖어댔다. 이 집이구나 싶었다. 택시비를 계산하고 주인아주머니와 인사하고 집으로 들어서는데 왼쪽 정강이가 따끔하다. 결국 물렸다. 그 집에 묵고 있는 영국인 부부가 낄낄댄다. 남자는 매일 물린다며 인사 정도로 생각하면 된다고 걱정 말라며 위로 아닌 위로를 해준다.

개를 혼내며 야단 떠는 주인아줌마를 내가 오히려 달랬다. 개가 광견병 예방주사를 접종했다는 종이를 나에게 보여준다. 베트남어로 쓰여 있어서 확인할 수 없었지만 사실이려니 했다. 나도 여행 전에 광견

병 예방주사를 접종했고, 그 집 개가 광견병이 없다는 것도 전에 묵은 여행자에게 들었던 터라 연고로 간단한 응급처치를 하고 짐을 풀었다.

개가 방 앞에서 너무 짖어대는 통에 방에 있을 수가 없었다. 무료로 오토바이를 빌려준다고 들었는데 영국인 부부가 오토바이 두 대를 지금 모두 빌려 쓰고 있었다. 주인 아주머니는 두 대 중 하나는 내가 쓰게 해주겠다며 영국인 부부에게 양해를 구하러 갈 채비를 했다. 주인아주머니를 붙잡았다. 베트남에서 오토바이를 운전하는 것은 미친 짓이라 생각했다. 대신 아주머니 큰아들의 안 쓰는 자전거를 빌렸다. 3일 내내 내 것처럼 사용하라고 했다. 3일간 허락된 자전거를 타고 5km 남짓 떨어져 있는 시내로 나갔다.

호이안의 밤은 너무나 아름다웠고 평화로웠다. 어둠이 내려앉은 도시는 투본강을 중심으로 밝게 빛나고 있었다. 마치 후에의 밤을 밝혔던 불꽃이 강에 내려앉은 듯, 강 위로 각자의 소원을 실은 연등이 천천히 떠내려가고 있었다. 수없이 울려대던 오토바이 경적과 호객꾼들이 없는 한적한 이곳에서 고요한 평온을 누릴 수 있었다. 하지만 이 평온은 오래가지 않았다.

주린 배를 달래고자 강변에 있는 포장마차에서 길거리 음식을 사 먹기로 했다. 하지만 아주머니와 대화가 안 통해 주문이 어려웠다. 마침 지나가던 대학생 친구들을 붙잡고 영어를 할 줄 아냐고 물어봤더니 영어를 꽤 잘했다. 내가 음식 주문을 도와달라고 부탁하니 자기들과 같이 저녁을 먹자며 무작정 내 손을 잡아 이끈다. 이때 그 손을 뿌리쳤어야 했다. 그 손은 나를 구렁텅이로 이끌었다. 베트콩에게 끌려가는 포로처럼 그들 손에 끌려갔다.

똑같은 옷을 맞춰 입은 대학생들이 스무 명 정도 모여 있었다. 베트남식 샌드위치를 나에게 하나 던져준다. 시계 방향으로 돌아가며 이름을 소개하기 시작했다. 아이돌 걸그룹 멤버 이름도 헷갈리기 시작하는 내가 이름을 다 기억하기는 불가능했다. 상급생으로 보이는 몇 명과 예쁘장한 여학생들의 이름만 끊임없이 되뇌었다. 간단히 베트남식 샌드위치를 먹고 게임을 했다. 술은 없었지만 게임 규칙이 딱 대학생 MT 술자리 게임이었다. 술자리 게임은 어느 정도 자신이 있지만 모두 베트남어로 진행되는 게임이라 나는 대부분의 벌칙을 수행해야 했다. 샌드위치를 얻어먹었으니 밥값이나 하자는 심정으로 모든 벌칙을 성실히 수행했다. 그러던 중 잠시 자리를 비웠다가 나타난 리더가 갑자기 나를 한 곳으로 끌고 간다. 베트남 춤을 가르쳐 준다면서 음악에 맞춰 이런저런 춤을 가르쳐줬다. 동작이 쉬워 익히기가 그리 어렵지 않았다. 내가 제법 따라 하자 박수를 치며 좋아한다. 나를 다시 무리로 끌고 가더니 베트남어로 뭐라 이야기한다. 갑자기 무리 전체가 환호하기 시작한다. 그들이 입은 단체복을 주면서 갈아입으라고 했다. 다 갈아입지도 못한 나를 끌고 급하게 이동하기 시작한다.

이들은 승전기념일에 맞추어 플래시몹을 계획하고 있다고 했다. 나는 손사래를 치며 이런저런 핑계로 빠져나갈 구멍을 파내기 시작했다. "나는 한국에서 왔다. 우리나라는 너희들의 적으로 참전했다. 우리는 엄연한 패전국이다. 춤추는 건 예의가 아니라고 생각한다." 했더니 승전을 기념하는 것이 아니라 이 땅의 평화를 기념하는 행사라며 한 때는 적이었지만 지금은 친구국가인 한국 사람이 참가해주면 더욱 뜻깊을 거라며 나를 무리 속으로 밀어 넣었다. 동남아시아 여성의 설득력은 내 빈약한 논리가 감당하기에는 버거웠다.

사실 호이안에서 멀리 떨어지지 않은 꽝남성 마을에 한국군 증오비가 있다. 방문해보려 했지만, 교통편이 여의치가 않아 포기했었다. 우리 군은 군사 작전 중에 어떠한 사정이 있든 간에 민간인을 무참히 학살한 과오를 저질렀다. 한국군이 4만 명의 베트콩을 사살했다고 보도되었지만, 이 중에는 9천 명의 무고한 민간인도 포함되어 있다. 내가 이곳에서 평화를 기념하는 행사에 함께하는 것도 의미 있다고 생각했다. 빚진 마음이 내 발걸음을 이끌었다.

30분이나 몸을 허우적대다가 싸이의 〈강남스타일〉이 나오자 맨 앞에서 혼자 춤을 춰야 했던 나에게 그들은 음료 한 잔을 대접해주었다. 강변 포장마차 간이의자에 빙 둘러앉았다. 강을 뒤로 하고 그들은 나의 춤을 놀려대기 바빴고 나는 민망함을 달래기 위해 연신 주스를 들이키기 바빴다. 집으로 돌아가는 길은 마침 민박집 근처에 사는 L이 오토바이로 데려다주었다. 다음날, 아침 다시 시내로 데려다주기로 약속하고 밤늦게 사나운 개를 깨우지 않기 위해 조용히 집으로 들어갔다.

오랜만에 몸을 혹사했던 터라 나는 깊게 잠을 잤지만, 아침 밥상 앞에서 영국인 남자는 난리다. 농촌 지역이라 닭들이 그렇게 새벽에 울었었나 보다. 이 주변 닭을 다 사들여 잡아먹겠다며 과도한 정복욕의 피가 흐르는 대영제국 후손임을 드러냈다. 나는 강대국의 눈치를

보며 살아야 했던 민족답게 개가 혹시 날 또 물지 않을까 조마조마해 하며 서둘러 아침을 해치웠다.

어제 만났던 L은 나를 자전거 묶어둔 곳에 내려주고 아르바이트를 하러 갔다. 시내는 차가 없는 거리로 자전거를 타고 돌아다니기 좋은 환경이었다. 통합 입장권을 사서 전체가 세계문화유산으로 지정된 구시가지를 여기저기 구경했다. 2만 동 화폐의 모델인 내원교에서 2만 동 지폐를 들고 사진을 찍는 것으로 여행을 시작했다. 구시가지는 중국과 일본의 문화가 베트남과 만나면서 다소 복잡한 주거형태와 거리 풍경을 자아내고 있었다. 가장 베트남 같은 도시이자 가장 개성 있는 도시였다.

대부분의 카페에서 훌륭한 음식들을 판다고 들어 가장 멋있는 식당에서 한 끼를 해결하고자 했다. 하지만 가인광주리를 매단 나무막대을 어깨에 메고 논베트남 삿갓을 쓴 아주머니를 보자 카페는 더 이상 눈에 들어오지 않았다. 페달을 멈추고 한 공터에서 아주머니에게 찹쌀밥과 돼지고기를 야자수 잎으로 싸고 쪄낸 바엥쩌와 튀긴 빵 몇 개를 샀다.

점심을 먹으며 어린 학생들의 야외 수업을 바라보았다. 북한과 비슷한 교복을 입은 학생들이어서 더욱 신기하게 느껴졌다. 그런데 여자아이가 다가오더니 나를 한참 바라보고선 뭐라 말을 건다. 대답 대신 옆에 챙겨둔 빵을 내밀자 손을 저으며 도망간다.

내가 신기해서 말을 걸었겠지 하고 대수롭지 않게 넘겼는데 선생님 손을 잡고 다시 온다. 선생님에게 나를 신고한 건가 괜한 의심이 들었

다. 선생님에게 내가 지을 수 있는 가장 선량한 미소를 보여줬다. 선생님의 통역을 들으니 어젯밤에 날 봤다고 사인을 해달라는 말을 했다. 카드 긁을 때만 사인 부탁을 받아왔던 나는 어리둥절할 수밖에 없었다. 고민하다 사인 대신 선생님 휴대폰으로 같이 사진을 찍어주었다. 선생님이 어제 뭘 했기에 이러냐고 물어보기에 아무것도 안 했다고 시치미를 뗐다. 미안하다며 돌아가는 선생님에게 아이는 뭐라고 한참 떠들어 댄다. 선생님은 걸음을 멈추고 나를 다시 돌아본다. 서둘러 자리를 떴다.

영화 〈님은 먼 곳에〉에서 수애가 수없이 외쳐댔던 호이안. 숫기 없는 여자는 이 땅에서 숨겨진 끼로 스타가 되었지만 나는 아이의 작은 관심도 부담스러웠다. 마냥 부끄러웠다. 이곳에서 단지 평화를 꿈꾸었을 뿐이었다.

다시 일어서지 못하는 이유

미손 유적지로 향하는 날 아침, 미손 유적지에서 바라보는 일출이 유명하기 때문에 새벽 일찍 출발해야 했다. 나는 닭 울음소리 덕분에 일찍 잠에서 깰 수 있었다.

베트남 중부는 원래 참족의 땅이었다. 인도네시아계로 분류되는 이 민족은 참파 왕국을 세워 1500년 넘게 이곳을 통치했다. 힌두교를 믿었던 그들은 산으로 둘러싸인 분지 지역에 물이 흘러 요니여성의 성기를 닮은 이 땅에 링가남성의 성기를 닮은 미손 유적지를 세웠다.

미니버스에는 나, 중국인 아주머니 세 명 그리고 기사와 가이드가 타 있었다. 미손은 'My Son'으로 표기된다. '마이 손내 아들'으로 읽지 말라는 가이드 농담에 나만 웃었다. 가이드와 나는 이내 알 수 있었다. 중국인 아주머니들은 엄청 엄격한 유머 수준을 지니고 있거나 아니면 영어를 거의 못한다는 것을.

얼마 지나지 않아 아주머니들은 영어를 전혀 하지 못한다는 것을 확신할 수 있었고, 덕분에 나는 개인 가이드를 고용한 혜택을 누리며 미손 유적지를 거닐기 시작했다. 미손 유적지는 태양과 맞닿아 있을 때는 아름다운 장면을 연출했지만 이내 태양이 떠오르며 거리를 두기 시작하자 연인과 서서히 멀어지는 사람처럼 쓸쓸한 모습을 드러냈다.

세월에 무너지고 전쟁에 부서진 모습. 복원이 늦어지는 이유는 전쟁과 세월의 냉혹함이라기보다는 과거 찬란하게 발달했던 건축기술 때문이었다. 벽돌을 접착제 없이 아치형으로 쌓아 올린 유적은 동남아시아에서 보기 힘든 독특한 형식을 갖추고 있다. 특별한 기술로 빚어진 벽돌의 제작비용이 상당히 비쌌다. 현재 쓰이는 벽돌은 싸게 구할 수 있지만, 이 당시 제작방식으로 벽돌을 빚으려면 수십 배가 넘게 드는 비용이 든다고 한다.

유네스코의 지원이 없으면 복원이 계속 늦어진다는 미손 유적지. 예전 인류는 이곳에 독특한 장식을 조각했지만, 지금의 인류는 여기에 총알과 폭탄 상흔을 새겨놓았다. 물론 11세기에도 참파 왕국은 많은 전쟁을 치렀고 그 당시에도 많이 파괴되었다. 하지만 그 후에 왕조가 다시 복원하며 다양한 모습을 보이는 유적지로 거듭났다. 지금은 피폐한 모습 그대로 남아있는 미손 유적지를 보며 우리는 진정한 문명의 진보를 이루고 있는 것인지 의문이 들었다.

혹시 무너지고 으스러진 유적을 복원하지 못하는 것은 어떤 면에서 퇴보해버린 현재의 모습 때문이 아닐까? 무너진 잔해 속에서 새로운 가능성을 찾지 못하는 것은 다른 잠재력을 찾지 못하기 때문일까? 몸은 의술의 힘으로 나름 훌륭하게 복원했지만 삶은 다시 추스르지 못하고 처연한 모습을 보이는 나와 많이 닮아 있는 참파 왕국의 미손 유적지는 그렇게 미묘한 동질감이 드는 곳이었다.

행운과 불운의 시소게임

하노이

'후에'에 갔을 때와 똑같은 항공사를 이용했지만, 다행히 이번에는 하노이 공항에 무사히 내렸다. 하지만 국내선 공항이라 그런지 외국인 여행자도 없고 시내로 들어가는 방법도 알기가 힘들었다. 말이 통하는 사람을 못 만났을 뿐만 아니라 택시기사들의 호객행위가 너무 심했다. 하는 수 없이 택시에 몸을 실었다. 미터기를 켰으니 걱정 말라고 다독이며 기사는 오늘의 훌륭한 먹잇감을 안심시키려 애썼다. 새벽에 일어나 몸이 피곤했던 터라 별 대응하지 못하고 잡아먹혀 보기로 했다.

시내에 도착하니 내가 예약한 숙소가 있는 거리 이름이 적힌 간판이 보였다. 내려달라고 하니 이곳에는 차를 못 세운다며 숙소 입구 앞에 정차해주겠다며 시내를 돌기 시작한다. 길을 모르는 척하며 여기저기 길을 물어보는 택시기사의 어설픈 연기가 시작되니 고단한 몸에 짜증이 밀려왔다. 시내의 복잡함은 내 짜증만큼 택시 요금도 솟구치게 만들었다. 무작정 택시를 세우고 거리로 튀어나왔다. 호기롭게 내렸지만 막막함은 어쩔 수 없었다. 엄청나게 복잡한 거리를 상세히 표기할 만큼 내가 갖고 있는 지도는 친절하지 않았다. 이른 아침이라 문을 연 상점도 없었다. 거리를 이리저리 헤매다가 문을 열고 있는 한 여행사를 발견했다.

"관광을 하는 사람은 중국인이 싫어지고 여행을 하는 사람은 중국인이 좋아진다."

내가 수년 전 만들어 전파했던 이야기다. 긴 여행 혹은 오지 여행을 하다 보면 중국인들의 도움을 받을 때가 상당히 많다. 한국 음식점이 없는 외진 지역에도 어김없이 있는 중국 식품점은 낯선 음식에 질린 위를 달래준다. 숙박 시설이 없는, 더 외진 곳에서도 중국인들은 간이 숙박시설을 운영하기도 한다. 무엇보다 이들은 휴가나 큰 축제 기간에도 마트, 세탁소, 환전소 등 여행자가 필요로 하는 시설을 운영해 며칠 동안 꼼짝 못 할까 전전긍긍하는 여행자들에게 편의를 제공한다. 또한 여행지에 도착해 어디를 가야 할지 모를 때에는 중국인 관광객 깃발만 따라다니면 관광 명소를 놓치지 않고 다닐 수 있다.

택시기사의 꼼수는 결과적으로 생각지도 못한 좋은 곳으로 나를 인도했다. 길을 물으러 들어간 여행사는 중국인 여성이 운영하고 있었다. 세세한 지도에 내 숙소를 표시해준 친절이 고마워 여행상품을 물어봤다. 사실 무비자 체류 기간이 얼마 안 남지 않아 사파와 하롱베이 그리고 라오스를 넘어가는 교통편까지 완벽하게 이어야 했다. 불가능해 보였던 이 숙제는 베트남 여행 내내 골칫거리였다.

내일 하롱베이로 출발해 1박 크루즈를 하고 도착하자마자 사파로 가서 트레킹을 마친 뒤, 하노이에 아침에 돌아와 그 날 저녁 야간버스를 타고 라오스에 도착하는 완벽한 일정을 짜주었다. 게다가 무척 싼 가격을 제안했다. 순간 의심이 들었다. 내 인생에 이런 행운은 흔하지 않을 뿐만 아니라 오더라도 트로이 목마같이 곧 행운의 탈을 쓴 불행으로 탈바꿈하곤 했다. 혹시 내가 시세를 착각하고 있는 건 아닌지 초저가 상품이라 질이 참을 수 없을 정도로 떨어지는 건 아닌지 꼼꼼히 따져봐야 했다.

와이파이를 빌려 인터넷 검색 찬스를 쓰는 내게 아주머니는 오늘 처음으로 가게에 들어온 손님이라 무조건 팔려고 원가에 가깝게 해주는 거라 설명했다. 첫 손님을 놓치면 그 날 장사를 망친다는 징크스를 갖고 있는 모습이 꽤나 중국인다웠다. 지금 예약만 해놓고 더 싼 곳을 발견할 때까지 기다려 주겠다는 호기도 부렸다. 나도 대륙의 정기를 이어받아 호탕하게 그 자리에서 예약과 계산까지 완료했다. 이 가격이면 바가지 택시비를 상쇄하고도 남았다. 여러 여행사를 기웃거리며 물어봐도 비슷한 가격조차 찾기 힘들었다. '혹시'가 불러온 의심 때문이 아니다. 불운 뒤에 찾아온 행운이 반가워서 자꾸 확인해보고 싶었다.

사실 불친절한 숙소를 예약한 탓에 기분이 상했지만 한 사람의 친절이 두 사람의 불친절을 상쇄했다. 오자마자 투어 프로그램을 소개하는 숙소 주인은 내가 이미 다른 곳에서 예약했다고 말하자 퉁명스럽게 돌변했다. 하노이의 많은 숙소가 이렇다. 싼 숙박비로 여행자를 유혹한 후 투어 상품을 비싸게 팔아 수익을 올리는 전략을 쓰고 있었다. 하필 내 방만 청소가 안 됐다며 이른 체크인이 안 된다고 했다. 이후에 들어오는 숙박객들은 모두 객실에 투숙하기 시작했다. 어차피 아침 일찍 도착한 터라 숙소에 미리 짐을 푸는 것은 기대도 안 했었다. 짐만 호텔에 맡기고 다시 거리로 나섰다.

10일이라는 기간은 나를 어느 정도 베트남에 적응하게 만들었다. 호안끼엠 호수 근처에서 심하게 들러붙는 호객꾼들을 그럭저럭 무시할 수 있었고, 무법천지의 넓은 도로를 코코넛 아이스크림을 먹으면서 건너는 여유도 생겼다. 호안끼엠 호수에서 아침 체조를 하는 무리를 등지고 앉아 무질서한 오토바이 행렬을 바라보며 영화 〈굿모닝 베트남〉의 OST인 루이 암스트롱의 'what a wonderful world'를 들었다.

마치 영화 〈라붐〉의 소피 마르소가 이런 기분이었을까? 혼잡하고 정신없는 장면도 차분한 음악과 함께 아름다운 풍경으로 전환되었다.

검을 돌려주었다는 뜻의 호안끼엠. 전설의 거북이를 기리는 터틀타워를 구경하고 하노이서 가장 핫하다는 36거리에서 끼니를 해결했다. 그리고 '호 아저씨'라고 불리는 호치민을 만나러 발걸음을 옮겼다. 70년 전, 호치민이 독립선언문을 낭독했다는 바딘 광장을 들러 호치민 묘소로 갔다. 그는 독립선언을 한 1945년 9월 2일로부터 정확히 24년 뒤인 1969년 9월 2일 세상을 떠났다. 하지만 내가 방문한 날은 묘소가 공개되지 않는 날이었다.

아쉬운 마음을 뒤로 하고 호치민 생가로 향했다. 공산주의의 탈을 쓰고 실상은 잔혹한 독재를 휘두른 지도자들과는 달리 호치민의 방과 유품들은 소박했다. 회사의 사장실은커녕 직원 휴게실보다 못한 공간에서 그는 국가의 진정한 자유를 꿈꿔왔다. 호치민이라는 이름은 '깨우치는 자'라는 뜻을 가지고 있다. 나는 그를 통해 삶의 가치는 향유하는 곳의 크기와 화려함이 아닌 향유하는 꿈의 크기와 화려함이 결정한다는 것을 다시금 깨우쳤다.

무 무 무

몇 년 전까지 내가 라오스에 대해 알고 있는 거라곤 숨겨진 여행자들의 천국이라는 소문과 탈북인들의 주요 탈북경로라는 정도뿐이었다. 하지만 유명 여행프로그램에 노출되면서 대한민국에도 많이 알려지게 되었다. 라오스는 1893년부터 프랑스의 보호령이 되어 지배를 받다가 1949년 7월 독립했다. 그리고 1975년, 공산혁명으로 사회주의국가가 되었다.

라오스는 불교 국가다. 종교 생활을 하지 않지만, 종교 설문조사에는 가톨릭이라고 응답하는 많은 유럽국가와 그 성격이 다르다. 대부분 공산주의 국가처럼 처음에 라오스 공산당도 불교를 핍박했지만, 이 순박한 사람들의 뜨거운 불심을 꺾을 수는 없었다. 다른 사람에게 해를 입히면 분명히 벌을 받는다는 불교 교리에 따라 순수하고 차분히 삶을 살아내는 모습에 감동하던 순간들이 내가 라오스를 기억하는 모습이다. 이들은 깜마인과응보가 자신들의 인생을 결정짓는다고 생각한다. 그래서 돈보다는 덕을 쌓기 위해 노력한다.

방비엥 버스터미널에 지갑을 놓고 왔다는 사실을 숙소에 도착하고서야 깨닫고 미친 듯이 자전거 페달을 밟아 방비엥 버스터미널로 간 적이 있다. 한 시간 가까이 지났지만 내가 앉았던 의자 위에 그대로 놓여 있었다. 비엔티안에서는 느긋하게 자전거를 타다 무심코 뒤를 돌아봤더니 내 느린 자전거 속도에 맞춰 차분히 뒤따르던 자동차들의 행렬은 감동과 미안함을 동시에 선사했다. 루앙프라방의 야시장에서는 나의 어설픈 어리광에도 순순히 가격은 내려갔다. 각 도시에서 만났던 이런 개인적인 경험들뿐만 아니라 이들이 낯선 여행자에게 항상 보여준 수줍음을 한껏 머금은 수수한 미소와 소소한 베풂은 라오스의 상징이다.

캄보디아 사람들은 쌀을 파종하고, 베트남인은 그 쌀을 수확하며, 라오스 주민은 쌀이 자라는 소리를 듣고 산다는 인도차이나반도 속담이 있다. 필요한 물건이 마을에 없으면 중국 사람은 이웃 마을에 가서 잔뜩 사온 다음 자신의 마을에서 비싸게 팔고, 태국 사람들은 자신의 것만 달랑 사 온 뒤 마을 사람들을 불러 모아 그 앞에서 자랑한다. 라오스 사람들은 물건이 마을에 들어올 때까지 하염없이 기다리다가 결국 구경도 못 하고 죽는다는 우스갯소리도 있다.

라오스 사람들의 느긋하고 소박한 삶의 방식은 어떻게든 살아남아야 하는 치열한 경쟁중심사회, 물질만능주의 사회에서 사는 나에게 많은 것을 깨닫게 해주었다. 실제로 아직까지 라오스에는 우리에게 익숙한 자판기, 글로벌 패스트푸드점, 터널이 없다. 이런 삶의 방식이 132개의 소수민족이 평화롭게 공존하는 비법인지도 모른다.

소의 걸음처럼 느긋하게 삶을 연주하는 그들의 속도.

Allegro빠르게 혹은 Vivace화려하고 빠르게로 연주되는 세상에서 Adagio침착하고 느리게의 매력을 알고 있는 사람들.

일부 사람들은 그것을 '무능'이라 부르지만, 오히려 '무욕'에 가깝다. 그들은 '무안'이라 부른다. '무안'은 즐거움을 뜻한다. 이 '무안'이 없으면 물질적 성공이 보장되어 있다 하더라도 그만둔다. 그럼에도 불구하고 그들은 결코 게으르지 않았다. 파티 일색인 방비엥 거리도 아침에는 깔끔하게 치워져 있으며 1년 중 가장 큰 삐 마이 축제 기간에도 동트기 전, 그들은 거리를 깔끔하게 정돈했다. 라오스보다 잘 산다고 자부하는 나라에서도 길가에 개똥은 가득했었던 반면, 라오스에서도 길가에 개들이 흔하게 지나다니지만, 개똥 하나 찾기 힘들다.

라오스는 크게 자랑할 만한 관광지가 있는 것은 아니다. 동남아에서 흔히 마주할 수 있는 모습들이다. 그럼에도 불구하고 라오스가 매력적인 이유는 사람들이다. 풍광이 아닌 사람들이 가슴에 남는 나라. 그 순수함과 너그러움이 여행자의 마음을 흔드는 나라가 라오스였다.

▸▸▸ 지명표기가 두 개인 이유

프랑스식으로 표기한 라오스 지명을 영어식으로 읽는 바람에 여행자가 부르는 지명과 현지 사람들이 부르는 발음이 다르다. 원래 지명을 표기하고 괄호 안에 영어식 표현을 기입하였다. 글에서는 편의를 위해 영어식 지명을 사용했다.

너무나도 쉽게 잊힌 비극

위앙짠 (비엔티안)

가장 조용한 수도라 불리는 비엔티안. 특별히 봐야 할 유적지는 없다. 베트남 옆에 있는 국가의 수도고 베트남과 같이 프랑스의 지배를 받았음에도 불구하고 베트남의 수도와는 정반대로 너무나도 조용하다. 버스 터미널 앞 툭툭 기사들은 다소 요란하긴 해도 베트남에 비할 정도는 아니었으며 터미널을 벗어나 한적한 길가에서 툭툭을 잡으니 오히려 외국인인 나를 보며 쑥스러워한다. 비엔티안 여행 내내 만날 수 있는 장면이었다. 나에게 관심 없다는 듯 서 있다가 눈을 마주쳐야 쑥스럽게 "툭툭?" 이라고 묻는다. 하지만 조용한 도시를 여행하는 법은 툭툭보다는 자전거를 타는 게 낫다고 생각했다.

가로수가 펼쳐진 넓은 아스팔트 거리를 자전거로 달리는 기분은 의외로 상쾌했다. 오로지 나만의 동력으로 가장 빨리 갈 수 있는 속도를 내며 위대한 불탑인 파탓루앙으로 먼저 향했다. 관광지 중에서 가장 멀리 떨어져 있어 힘이 좋은 초반에 방문하는 전략적 계획을 세웠다. 이곳에서 라오스 사람들은 부처의 가슴뼈 한 조각을 봉인하고 스투파탑를 세웠다. 화려한 황금탑 주변으로 승려들은 사원을 청소하고 닭들은 열심히 땅을 쪼아댄다. 개들은 느긋하게 낮잠을 자고 있는 풍경이 이제는 익숙하지만 다시금 낯설다

자전거를 타고 시내 입구에 있는 전승기념탑인 빠뚜싸이로 향했다. 꼭대기에 올라서니 주변에 웅장한 건물과 잘 닦여진 도로가 펼쳐져 있다. 1969년 미국이 공항을 지으라며 라오스에 시멘트를 원조했다.

하지만 라오스는 활주로를 까는 대신 전쟁에서 숨진 라오스인들을 기리기 위해 이 개선문을 세웠다.

시내로 들어가기 전, 전쟁의 실태를 더 알고자 COPE센터로 향했다. 전쟁 기간 중 약 2억6천만 개에 자탄이 1964년부터 10년 동안 뿌려졌다고 한다. 2억6천만 개. 폭탄 하나에 만 원으로 계산해도 2조 6천억이 든다. 실제 보고서를 보면 '하루'에 투하된 폭탄의 가격은 200만 달러약 25억 원가 넘었다고 하니 그 폭력의 광기가 얼마나 심했는지 알 수 있다. 이때 투입된 폭격전투기만 58만 대다. 이 중 약 8천만 개의 폭탄은 폭발하지 않았고 어른들을 제외하고도 만 명 가까운 어린 아이들이 이 불발탄에 희생당하고 있다. 지뢰 제거를 하고 있지만, 현재 속도로는 100년이 넘게 걸린다고 한다.

이 단체는 치료와 재활활동 그리고 의족을 희생자들에게 제공하고 있는 단체다. 베트남 전쟁의 광기는 제네바 협정에서 중립국으로 선포됐던 이 나라까지 휩쓸었다. 패전국의 전범은 처형되는 것이 일반적인 역사의 흐름이었지만, 왜 이 전쟁은 책임지는 자가 없을까? 독일 나치는 온 세계가 증오하고 경멸하면서 왜 다른 전쟁의 전범들에게는 이토록 관대한 것일까? 잊혀져 간 희생자를 도울 마땅한 방법을 몰랐던 나는 이 재단이 운영하는 카페에서 간단하지만, 최대한 화려하게 식사를 했다.

악화가 양화를 구축한다

방비엥(왕위앙)

한 여행프로그램의 여파로 방비엥은 마치 강원도의 MT촌 느낌이었다. 비엔티안에서 방비엥으로 가는 미니버스 안 승객의 반이 한국 사람일 때부터 짐작은 했었지만 명동에 놀러 온 중국 사람이 이런 기분일까? 남이섬을 구경하는 일본인이 이런 기분이었을까?

라오스 속 작은 한국이 되어버린 방비엥에는 여행자의 바른 옷차림을 알려주는 안내판이 여럿 있다. 불교국가라 노출이 심한 옷을 불편해하는 지역주민을 위해 옷을 좀 더 단정히 입어 달라는 문구는 그 앞을 수영복 차림으로 돌아다니는 관광객들 앞에서는 공허한 외침이었다. 지역주민들에게 무신경한 여행자들이 많이 지나다니는 거리에서는 무례한 여행자들을 질타하는 문구도 보였다.

여행에는 욕망과 욕심이 우선한다. 즐거워야 하고 내가 원하는 목표가 가장 앞에 서게 된다. 그래서 때론 윤리와 예의는 뒷전이 되곤 한다. 이런 모습은 어떤 장소에서는 너무 빈번히 일어나기도 한다. 이럴 때는 관광지만 둘러보는 게 오히려 예의다. 혐오시설은 주거지에 거리를 두어 배치하듯 지역민과 분리된 곳에서 관광객들끼리 모여 노는 편이 오히려 피해를 덜 주는 방법이다. 그래서 첫날은 관광지만 둘러보는 투어 프로그램에 참가했다. 동굴 튜빙과 카약킹도 하면서 관광객들 틈 사이에서 방비엥의 자연을 엿보았다. 그래도 숙소가 시내와 조금 떨어져 있는 덕분에 돌아오는 길에 지역주민들의 삶을 조금이나마 염탐할 수 있었다.

호기심이 생긴 둘째 날, 자전거를 빌려 조용히 그들의 삶을 아주 조금이나마 관찰해보기로 했다. 초등학교와 병원을 지나고 시장도 기웃거리며 블루라군으로 가기 위해 시내로 나왔다. 위태하게 흔들리는 다리 위로 오토바이가 무심하게 지나다닌다. 나는 소심하게 자전거에서 내려 자전거를 끌면서 다리를 넘었다. 이후 작은 촌락을 지나 라오스의 고즈넉한 농촌을 가로지르며 달렸다. 비가 온 뒤라 질퍽한 진흙도로는 심하게 울퉁불퉁했지만 튼튼한 자전거와 질펀한 엉덩이는 격한 부딪힘에도 어느 것 하나 부서지지 않았다. 틈틈이 멈춰 서서 카르스트 지형을 카메라에 담기도 했다. 관광객을 피해 이른 아침에 도착한 덕분인지 블루라군에는 거의 사람들이 없었다.

생각보다 작은 규모인 블루라군에서 손에 주름이 잡힐 때까지 다이빙을 하니 관광객들이 모이기 시작했다. 다이빙을 하는 나무에서 벗어나 한적한 물가로 갔다. 거칠고 요란하게 몸을 물에 내던지는 다이빙 대신 차분히 몸을 물 안으로 깊숙이 넣어 보았다. 물 안은 참 아늑했다. 호흡이 허락하는 짧은 시간 동안 고요하고 평온함 속에 피어나

는 먹먹한 차분함이 좋았다. 물이 그리 맑지 않아 물 안에서 눈을 뜨면 각종 세균으로 위험할 수도 있었다. 하지만 상관하지 않았다. 탁한 시야 사이로 울렁이는 침묵을 바라보는 일이 좋았다. 그러다 이내 물 밖으로 큰 숨이 터져 나오면 여행자들의 북적거림이 들려오곤 했다.

편안한 몸, 불편한 마음

체크아웃을 하고 약속시간보다 조금 이르게 K형의 숙소로 향했다. K형은 블루라군에서 만난 여행자로 나에게 동행을 제안했었다. 그는 여행자 숙소들이 밀집한 구역에 한 한인민박집에 묵고 있었다. K형이 준비하는 동안 식당에 잠시 앉아 있었는데 사람들이 말을 건다. 아침을 먹고 있던 한인민박 투숙객들은 혼자 여행하는 나를 신기해했다. 한식을 먹어서 그런지 넘치는 오지랖으로 이래저래 내 라오스 여행에 훈수를 둔다. 조촐하게 라오스식 아침으로 끼니를 해결했던 나는 힘이 부족한 탓에 건성으로 대답하며 한 귀로 흘러들어온 말들을 한 귀로 열심히 흘려보냈다.

K형이 차 주인은 아니었다. 비엔티안에서 민박집과 가이드 업무를 겸업하는 C형이 차주이자 운전을 담당했다. 그의 일행 T형도 자연스레 나의 루앙프라방 동행이 되었다. 여행지에 승용차라는 엄청난 매력

적 무기가 있음에도 남자 네 명이라니. 여자 복이 지지리도 없는 남자 넷은 간단한 간식거리를 사서 루앙프라방으로 향했다.

루앙프라방으로 가는 길은 새 도로와 옛 도로 두 가지 길이 있다. 버스를 타고 갔다면 옛 도로로 간다. 새 도로는 짧은 대신 길이 험하기 때문이다. 그래서 버스가 다니기에는 위험하다. 과연 길은 험했다. 산 여기저기가 무너져 있었고 심한 사고를 겪어 전복된 차량은 여기저기 도로변에 처박혀 있었다.

차 안의 어색한 공기를 어떻게든 쫓아내고자 모두가 고군분투하고 있었다. 나는 그냥 그 분위기를 뒤로하고 창밖을 멍하게 바라봤다. 차 주변의 풍경은 라오스 남부와는 많이 달라 보였다. 베트남에서 라오스를 넘어올 때 대부분 비행기를 타지만 내가 긴 버스 이동을 택한 이유는 넘어올 때 풍경이 너무나도 훌륭하다는 여행자들의 추천 때문이었다.

북부로 향하는 길옆의 산에는 고급 목재로 이용되는 티크나무와 고무나무가 많이 자라고 있었다. 중국 자본이 들어와 중국의 폭발적인 목재 수요를 감당하기 위해 심었다고 한다. 중국뿐만 아니라 베트남 가구 공장에도 넘어가고 가구들은 유럽과 북미에 수출된다고 하니 앞으로 산림파괴가 더 심각해진다는 것은 분명했다. 메콩강 또한 중국이 20개가 넘는 댐을 건설할 계획이라 물줄기가 가늘어질 위기에 처해있다. 내가 라오스를 방문했을 때도 이상기후가 나타나고 있었다. C형에 따르면 5년 전부터 이상기후 증세가 뚜렷해졌다고 하는데 이런 지엽적인 영향도 분명 어느 정도 일조하고 있으리라 생각된다.

이 외진 곳의 원시적인 자연에도 자본이 들어와 잠식하고 있는 모습에 가슴이 답답하다. 지속적인 환경 파괴의 해결책 중 하나는 관광의 순기능이다. 라오스 국가수입의 절반이 관광업에서 창출된다고 하니 여행자의 태도가 중요하다고 생각했다. 자연유산을 지키는 여행을 할 것인가 몰려다니면서 온 산과 강을 술집으로 만들 것인가는 여행자의 선택이다. 청춘의 쾌락만이 부각되어 라오스를 여행하는 사람들의 모습이 참 안타깝게 느껴졌다.

어머니 강,
메콩

우리 일행은 각자 숙소에서 짐을 풀고 메콩강으로 향했다. 강가에 앉아 저녁을 먹었다. 메콩강이 휘감고 있는 루앙프라방의 밤은 형형색색의 조명으로 아름답게 빛나고 있었다. 베트남 여행의 시작인 호치민 시티에서 메콩강을 만난 것을 시작으로 라오스 비엔티안에서도 자전거 타고 메콩강가를 누비면서 건너편 태국을 바라보며 한동안 시간을 보냈었다. 인도차이나반도를 굽이굽이 흐르는 메콩강. 탁한 색의 강은 많은 생명들을 품고 있는 동시에 풍부한 물과 영양을 제공한다.

그래서일까? 생명의 근원인 메콩강은 어머니 강이라고 불린다. 더 많은 생명을 더 안전하게 품기 위해 스스로 흙빛을 택한 듯한 모습이 자신이 품고 있는 생명의 풍요를 위해 남루하고 비루한 모습이 되기를 자처하는 어머니의 사랑과 닮아 있었다. 그렇게 깊고 넓어 어머니를 닮은 강은 자식들의 삶을 재촉하지 않고 천천히 그리고 잔잔히 깊게 흐르고 있었다.

아름다운 나눔 그리고 수행

루앙프라방. 딱밧(탁발)

방음이 안 되는 허름한 숙소. 새벽 4시가 되자 여러 방에서 울리는 알람 소리가 벽 사이를 부지런히 통과하며 여행자들을 깨운다. 고양이 세수를 하고 입구에 놓인 바나나 두 개를 집어 들고 거리로 나섰다. 4월은 라오스에서 가장 더운 달이지만 새벽 공기는 제법 쌀쌀했다. 해가 떠오르면 이 공기의 온도가 그리워짐이 분명하기에 공기의 한기寒氣를 한껏 온몸에 담으며 시내로 향했다. 우리 일행은 탁발 행렬을 구경하기 위해 아침 일찍 루앙프라방의 중심인 시사방봉시사왕웡 거리에서 만났다. 탁발은 루앙프라방을 상징하는 모습으로 이른 아침 곳곳의 사원에서 출발한 오렌지색 승복을 입은 승려들이 길 위로 나오면 신도들은 무릎을 꿇고 미리 준비한 음식을 공양한다. 신도들은 스님에게 공양하는 것으로, 스님들은 공양받은 음식을 다시 가난한 이웃들에게 나눠주는 것으로 라오스의 아침은 시작된다. 이는 단순한 걸식이 아니라 부를 재분배하는 나눔의 실천이다.

신도들은 보통 라오스 전통 찰밥인 카우 니아우를 기본으로 과일과 과자까지 준비한다. 아직 어둠이 흐릿하게 묻어있는 거리에는 카메라를 든 여행자들이 하나둘 나타나기 시작했다. 미처 공양식을 준비하지 못한 사람들을 위해 음식이 든 발우음식을 담는 그릇를 팔러 나온 상인들이 조용하게 여행자들 사이를 서성이고 있었다.

고요한 분위기를 깨고 나타난 것은 승려들이 아니라 단체 관광객들이었다. 중국인 한 팀, 한국인 한 팀이었다. 어림잡아 50명이 넘는 이들은 여행사에서 미리 준비해 놓은 발우 앞 방석에 줄을 맞춰 앉기 시작했다. 이내 관광객들이 만든 시끌벅적한 분위기 속에서 스님들의 행렬이 시작되었다. 상상했던 차분하고 성스러운 분위기가 아닌 소란스럽고 혼란스러운 모습은 스님들을 마치 줄지어 공항을 나오는 아이돌 그룹처럼 만들고 있었다. 차이가 있다면 사람들은 기다렸던 대상이 아닌 자신들의 사진을 찍는다는 점이었다. 원하는 사진이 나오지 않으면 승려를 붙잡는 열성적인 팬들이었다.

요즘 세상을 감당하기에는 승려들의 수행이 더욱 고되어야 하는 걸까? 무례함을 나무라지 않고 그릇에 찰밥을 눌러 담듯 불편한 감정을 눌러 참아내는 듯한 모습에 마음이 숙연해졌다. 그들의 벌거벗은 발이 걸음걸음마다 만나는 뜨거움과 따가움 때론 질펀임과 차가움을 견디듯 오롯이 수행을 이어나가는 모습을 묵묵히 바라보았다. 승려들이 만들어내는 오렌지색 점선이 좁은 골목길로 점점 사라져가자 C형님이 정말 제대로 된 탁발을 보기 원하면 다른 곳으로 데려다주겠다고 했다. 이 거리는 관광객들을 위한 지점이고 진짜 탁발을 하는 곳은 따로 있다고 했지만 우리는 내키지 않았다. 사실 C형님도 다소 실망하는 우리를 달래려는 제안일 뿐 진심은 아니었다. 그들의 삶을 침범하고 싶지 않았다. 쓰레기는 쓰레기통에 있어야 된다고 생각했다.

대신 아침 시장을 구경했다. 조용히 하지만 부지런하게 그들은 아침을 열고 있었다. 아침을 먹고 루앙프라방 곳곳에 점처럼 흩어져 있는 사원들을 걸으며 선으로 이어 보았다. 다양한 얼굴의 불상들을 쳐다보며 내 감정과 가장 닮은 불상을 찾아보았다. 다시 만난 일행들과 루앙프라방 최고의 카오소이로 점심을 해결하고 방비엥에서 만났던 새로운 일행 D와 합류해 꽝시폭포로 향했다.

꽝시폭포는 루앙프라방 시내에서 30km 정도 떨어져 있는 곳으로 옥빛 폭포수와 석회암 퇴적층이 아름다운 모습을 이루는 곳이다. 피마이라오스 설를 맞아 몸을 씻는다는 기분으로 수영하고 폭포에 올랐다. 폭포 구경 뒤에는 싼 가격에 배를 채울 수 있는 만낍 뷔페에서 배를 채우고 몽족 야시장을 구경했다.

몽족은 산에 사는 소수민족 중 하나로 가장 소외된 민족이다. 베트남 전쟁 때 미군 편에 서는 바람에 갖가지 핍박을 받았다. 그들이 만들어 파는 물건들은 짠돌이의 지갑을 열게 만들 정도로 훌륭했다. 하루가 마무리되듯 라오스 여행도 마무리되는 듯했다. 하지만 아직 이번 여행의 하이라이트가 남아 있다.

나를 적시는 순수한 축복

피 마이(Pi Mai) 축제

기다렸던 라오스의 피 마이 축제가 시작하는 날이 밝았다. 루앙프라방에 올 때 비어라오 맥주를 가득 실은 트럭들을 지나쳐가며 나의 기대를 한껏 부풀리곤 했었다. 라오스 설날인 이날은 건기가 끝나고 우기가 시작하는 시점에 3일 동안 열린다. 축제 분위기는 일주일 정도 이어진다고 한다. 라오스 사람들은 피 마이 축제를 위해 1년 동안 돈을 모으고 그 돈을 축제 기간에 다 써버린다는 소리가 있을 정도로 큰 축제다. 사원의 불상을 깨끗이 씻는 것을 시작으로 사람들에게 물을 뿌려준다. 태국의 쏭크란 축제와 비슷하다.

다른 일행들은 메콩강변에 숙소를 잡았다. 나는 궁상떠느라 조금이라도 싸게 묵기 위해 멀리 떨어져 있는 숙소를 잡았다. 그 바람에 푸시산 불상을 씻는 피 마이의 시작을 구경하진 못했다. 메콩강 주변에 모래 탑 수천 개를 쌓아 악한 기운이 오지 못하도록 기원하는 행사도 놓쳤다. 하지만 피 마이의 전통대로 몸을 씻고 방을 청소했다. 일행을 만나 라오스 전통 국수인 까오소이로 또다시 이른 점심을 해결하고 시내로 돌아와 물총도 하나 장만했다. 퍼레이드에 참가하는 미스 낭 송크란미스 라오스들을 만나 인사하고 사진을 찍는 행운도 누렸다.

루앙프라방 지명의 유래가 된 프라방 불상이 앞장서고 승려들이 뒤따르면서 퍼레이드가 시작되었다. 이내 라오스 전설 속 인물들의 분장을 한 사람들, 미스 낭 송크란, 여러 지역의 주민 대표들이 뒤따랐다. 나도 때론 카메라 셔터를 누르고 때론 손을 흔들며 피 마이 축제의 시작을 축하했다. 그렇게 시작된 피 마이 축제에 나도 동참했다. 이틀 동안 현지인들과 여행자들이 한곳에 어울려 물을 뿌리고 쏘며 서로의 한 해를 축복했다.

너무 신나게 놀아서 정신줄을 놓은 것일까? 이 축제에서 사업계획서가 머리에 그려졌다. 주민들은 물총에 담을 물과 맥주를 공짜로 나눠주고 있었다. 심지어 자신들이 이 축제를 위해 특별히 마련한 트럭에도 먼저 손 내밀어 태워주었다. 훌륭한 수입원이 무료로 제공되는 친절에 탐욕의 무자비를 접목시키는 망상이 떠올랐다. 역겹고 천박한 생각을 하는 내 자신을 질책했다.

그때 한 아이가 나에게 물을 뿌린다. 멍하게 있다가 물을 맞으니 흠칫 놀랐다. 어린아이의 누나가 뛰어와서 아이를 나무란다. 내가 카메라를 들고 있었는데 아이는 모르고 내 손에 물을 뿌렸다. 하지만 내 카메라는 방수카메라라 아무 지장이 없었다. 누나 손에 붙들려 사과하는 아이를 괜찮다고 타일렀다. 직접 그 아이의 물통에 카메라를 직접 푹 담그며 안심하라고 다독여 주었다.

내 삐뚤어진 마음은 여행자를 축복해주는 순수한 그들의 마음에 총을 난사하고 있었는지도 모른다는 생각이 들었다. 아이가 들고 있는 반으로 잘린 페트병과 내 고급 물총을 교환했다. 이들의 아름다운 정신에 물들어 보겠다는 의미로 내 발로 직접 찾아가서 기꺼이 현지인들이 뿌리는 물벼락을 맞았다. 그리고 답례로 페트병에 담긴 물을 그들의 몸에 조심히 뿌려주며 새해 인사를 주고받았다. 왜곡된 자본주의와 극단적인 경쟁사회에 물들어 생긴 삐뚤어진 시각과 태도라는 얼룩을 라오스의 느리지만 순수한 삶이 씻어주길 바랐다.

푸시산에 올라 일몰을 보며 라오스 여행을 마감했다. 옷은 이미 말랐지만 그들의 순수함이 적신 내 마음은 다시는 마르지 않기를 기도했다. 푸시산에는 부처의 발자국을 볼 수 있다. 부처의 발자국을 보며 그의 발자취를 따라가는 삶의 여정을 잠시 소망해보았다.

섣부른 판단, 그 위험함에 대하여

껌으로 생각한 여행, 덕분에 껌이 된 몸

"매진이라고?"

내가 놀라며 묻자 매표소 아줌마는 고개를 끄덕인다. 다른 버스 회사를 여기저기 돌아다니며 표를 구해봤지만 러이 터미널에서 치앙마이행 버스표를 구할 수 없었다. 큰일이다.

루앙프라방에서 치앙마이를 가는 방법은 크게 두 가지다. 배를 타고 가는 방법과 버스를 타고 가는 방법. 배는 2박 3일이 걸리기 때문에 버스를 24시간 타기로 마음을 정했다. 더운 날 제대로 씻지도 못하고 태양이 강하게 내리쬐는 강 위에 반사광을 맞는 일은 상상 이상으로 힘들다는 것을 잘 알고 있었다. 버스로 흔히 가는 경로가 있다. 하지만 그 대신 러이로 가서 치앙마이로 가면 더 빨리 갈 수 있다고 들었다. 18시간이라는 가장 짧은 시간이 걸리는 여정에 귀가 솔깃했다.

"러이에서 치앙마이 가는 버스표는 많을까요? 표 없으면 어떡하죠?"

"엄청 많아요. 없으면 자기들이 추가배치 하겠죠. 엄청 소심하네."

한 거만한 여행자의 말을 믿은 내 잘못이다. 한 번 탔으면서 자기 경험이 진리인 양 믿어버리는 사람을 나도 너무 쉽게 믿었다. 낯선 도시에 머물면서 여행이 주는 의외의 선물을 경험할 수도 있었지만, 치앙마이에서 하고자 하는 계획이 있었다. 하루라도 빨리 가야 했다. 엄마 잃은 아이처럼 이리저리 뛰어다니는 나를 한 아줌마가 부른다.

"꼭 오늘 치앙마이 가야겠어?"

무조건 가야 한다는 내 대답에 방법이 하나 있긴 있단다. 여기서 30분 뒤에 출발하는 버스를 타면 핏사눌룩으로 가는데 그 도시에서 치앙마이행 마지막 버스를 탈 수 있을 거라 했다. 단서가 붙는다. "운이 좋다면" 또 한 번 믿어보기로 했다. 내 운을 믿을 바가 못 되니 또 낯선 이의 말을 믿을 수밖에. 버스표를 파는 태국 현지의 아주머니니깐.

생각지도 못한 어려움이 기다리고 있었다. 차라리 러이 터미널에서 노숙을 하는 게 나을 것 같았다. 이 버스 안에서 4시간은 너무나도 가혹했다. 타국을 여행하며 24시간이 넘는 버스를 다섯 손가락으로는 셀 수 없을 정도로 타봤지만, 이 버스에 비하면 아무것도 아니었다. 이번 여행 동안 내가 탔던 버스를 한 번에 다 타야 한다 하더라도 그 고통의 총합은 이 버스의 끔찍함을 넘지 못한다. 발을 땅에 대고 앉을 수도 없이 좁은 앞뒤 간격. 의자 위에서 무릎을 굽혀 엉덩이와 발을 붙이고 쪼그려 앉아 있는데 앞에 앉은 아저씨는 의자를 계속 뒤로 젖힌다. 내가 하지 말라고 부탁했지만 막무가내다. 앞을 보고 앉을 수 없는 공간 속에서 몸을 통로 쪽으로 비틀어 앉아야 했다. 고문에 비할 바는 아니었지만 풀려날 수만 있다면 있지도 않은 공범의 이름을 밝히고 싶었다.

꼬박 하루를 타야 하는 버스도 꽤 많이 타봤는데 4시간 버스는 껌일 거라고 멋대로 판단한 탓이라 생각했다. 내가 껌이 되었다. 버스는 의자로 나를 잘근잘근 씹어댔다. 고문의 효과일까? 분명 잘못한 것이 없는데 잘못한 일들이 머릿속에 떠오르기 시작했다.

인내의 시간이 더 길다고 해서 그 고통이 더 큰 것도 아니며 아픔의 총합이 크다고 해서 그 아픔이 반드시 더 치명적인 것도 아니다. 다른 사람의 인내를 나의 고통을 기준으로 함부로 재단하지 말자. 고통의 부피와 밀도, 질량을 정확히 측정하기 전에 이를 놓고 가타부타할 수는 없다. 게다가 정확하게 파악하는 것조차 불가능하다. 그래서 각자의 고통을 비교하는 행위는 위험하다. 때론 10년의 사랑을 잃는 것보다 반년도 안 되는 짧았던 사랑이 잔혹하게 삶을 베어낸다. 심지어 같은 이별을 경험한 사이라 하더라고 이별의 상처는 다르다. 완전히 무너져 깨진 사랑을 붙잡고 간신히 숨만 쉬는 나. 그리고 나 따위 잊어버리고 행복하게 새 출발을 이미 시작한 상대방.

누구나 각자의 사연이 있다. 보이는 고통이 내 고통보다 작아 보여도 어쩌면 보이지 않은 고통의 내막이 존재할 수 있다. 섣부른 판단은 상처가 될 수도 있다. 절대 나만의 잣대를 들이밀어 남을 속단하는 실수를 반복하지 말자고 다짐했다.

라오스를 여행하면서 느낀 점은 관광객들이 행복해 보인다고 해서 그들이 진정 행복한 것은 아니며 현지인들이 불행해 보인다고 해서 그들이 진정 불행한 것은 아닐 수 있다는 것이었다. 남의 삶을 곁눈질하며 대충 눈대중으로 비교하는 습관이 내 인생을 더욱 불행하게 만들었다. 4시간의 고통의 대가라고 하기에는 다소 식상한 깨달음이다. 하지만 원래 어려워 보이는 진리는 단순하고 간단하다.

— 어쩌면 여행은 이런 것인지도 모른다.
모르는 사람에게 과감히 내 운명을 맡기고
말 한마디, 사진 한 장에 흔들려
나를 곤경에 빠뜨리는 위험을 기꺼이 감내하는 것.

북적 in 한적 vs 한적 in 북적

치앙마이

쏭크란 축제가 끝난 지 얼마 안 된 치앙마이는 그 흔적을 모두 지운 듯했다. 많은 여행자들이 치앙마이에서 쏭크란 축제를 즐기고 다른 도시로 이동하고 있었다. 하지만 여행자들의 기억 속 열기는 아직도 식지 않았다. 아직까지 치앙마이에 남은 여행자들은 그 날의 추억을 되새김질하고 있었다.

우연히 아는 여행자들을 만나 같이 점심을 먹었다. 운하의 도시 네덜란드와 호수의 나라 핀란드에서 온 이들은 물놀이를 처음 해 본 사막의 어린아이처럼 신나있었다. 웃느라 말도 제대로 못 잇는 그들의 무용담을 정확히 알아들을 수 없었지만, 아직 식지 않은 그들의 열기와 맥주를 가득 채운 소방차까지 등장했다는 말에 쏭크란 분위기를 어느 정도 짐작할 수 있었다.

나도 이들처럼 여행하면서 겪은 색다른 경험으로 들떠 지내본 적이 있다. 구름 위를 걷는 기분으로 내 이야기, 들은 이야기, 상상한 이야기를 모두 섞어 하나의 거대한 무용담을 만든다. 그 무용담은 이내 말하는 사람을 꼰대, 듣는 사람을 촌놈으로 구분 지어 버린다. 나는 라오스 피 마이 축제를 묻는 그들에게 "피 마이도 재미있었어." 라고 간략하고 차분하게 대답하고 마시던 커피를 내려놓고 거리로 나섰다.

치앙마이의 구시가지는 도시를 물로 두르고 있는 해자와 성벽에 둘러 쌓여있다. 딱히 할 일이 없던 나는 이곳의 중심인 타패를 시작으로 천천히 둘러보기로 했다. 치앙마이는 다른 태국 도시들이 그렇듯 사원이 많다. 그 사원 주위는 각종 상점과 노점시장이 둘러싸고 있다. 대국이 끝난 바둑판에 흑과 백이 얽혀 있는 것처럼 차분함이 혼잡함을 품고 있는 건지 혼잡함 속에 차분함이 조용히 솟아난 건지 알 수 없는 이 도시를 기웃거리며 서성였다. 쏭크란 축제 기간 이곳의 불상도 몸을 깨끗이 단장한 듯했다. 빛나는 불상이 차분하게 승려와 신도를 바라보고 있었다. 어제만 해도 축제의 열기로 혼잡했던 이곳은 다시 일상의 차분함으로 옷을 갈아입고 있었다.

한낮의 차분함도 잠시. 저녁이 가까워오자 일요 야시장이 열린다. 어디서 나오는지는 정확히 모르겠지만, 노점과 사람들이 엄청난 속도로 불어나기 시작한다. 태국에서 가장 큰 규모로 열린다는 이곳은 훌륭한 수공예품과 먹거리가 가득했다. 관광객과 현지인들이 뒤섞이며 인산인해를 이루고 있었다.

거대한 공간에 다양한 물건들이 놓인 이곳을, 나는 사람들에 휩쓸려 걸었다. 과일을 먹으며 가판들을 기웃거리고 있는데 국가가 울려 퍼진다. 경쾌한 행진곡 같기도 하고 우아한 클래식같이도 들린다. 사람들은 조용하게 국왕에 대한 예의를 표한다. 국가 연주가 끝나자 이내 또 언제 그랬냐는 듯 시장은 소란스러워지기 시작했다. 어쩌면 삶도 인생도 복잡과 고요의 수레바퀴 속에서 번뇌와 고독을 되풀이해 가는 일인지도 모른다며 손에 남은 과일을 마저 삼켰다.

중독

골든 트라이앵글

치앙라이에서 눈부시게 아름다운 백색 사원을 구경하고 골든 트라이앵글로 향하는 길. 가슴이 괜히 쿵쾅댄다. 태국, 라오스, 미얀마 세 국경이 맞닿아 있는 골든 트라이앵글. 메콩강이 흐르며 비옥한 토양을 만든 이곳은 과거 아편 생산지로 유명했다. 지금은 녹차 밭이 아편 밭을 어느 정도 대신하고 있지만, 아직도 마약이 생산되고 있다. 과거 악명이 높았던 이곳은 아름다운 경치로도 유명하다.

주요 수입국은 중국. 이곳에서 생산되는 아편의 70%가 중국으로 흘러들어 간다고 한다. 아편 전쟁의 역사로 인해 중국에서 마약범은 사형으로 다룬다는 뉴스를 본 적이 있었는데 중국이 주요 수입국이라고 하니 조금 의외다. 과연 무엇이 역사의 교훈과 죽음의 위험을 무시할 정도로 강하게 이들을 마약으로 이끌까? 중독이란 이런 것일까?

돈이든 마약이든 중독될 게 많은 이 세상에서 나는 무엇에 중독되어 살아갈까?

그 중독은 나를 어디로 이끌고 있을까?

답할 수 없는 질문들을 이어가다 보니 미얀마 국경 쪽 시장에 도착했다. 버스에서 내리기 전 버스 기사가 조언을 던진다. 절대 낯선 사람과 이야기 하지 말라는 당부와 함께 소지품은 밖이 불안하면 차에 두고 내리고, 안이 불안하면 소지품과 함께 내리라고 했다. 태국인 관광객이 두 명 있어 물어봤더니 한 명은 두고 내리고 한 명은 들고 내린단다. 이유를 묻자 한 명은 차가 털릴 것 같아서 자신을 믿기로 했다고 대답했고 한 명은 밖에 들고 나가면 뺏길 거 같다고 자신을 믿지 못해 차에 둔다고 말했다. 고민하다가 나도 손가방을 의자 밑에 숨겨두었다. 아직 나는 내 자신을 믿지 못한다는 걸 조금 슬프게 확인했다.

시장 골목을 지나 미얀마 국경에 도착하니 갑자기 엄청난 비가 쏟아지기 시작한다. 구경도 잠시 두려움도 잠시 서둘러 골든 트라이앵글로 향했다. 다른 사람들은 배를 타고 이곳을 구경했지만 나는 걸어서 이곳을 둘러보기로 했다. 전망대에 올라 삼각주를 바라보니 상념에 젖어든다.

MYANMAR
LAOS
THAILAND

지금 내 영혼을 구성하는 세 가지는 무엇일까?

— 아픔, 슬픔, 서글픔
혹은
외로움, 괴로움, 그리움

다소 부정적인 단어들이 떠올랐다. 마약 같은 감정들이 메콩강 같은 내 동맥을 흘러내리고 있는 것 같았다. 이런 부정적인 감정은 나를 어느 곳으로 이끌고 있을까? 끊어낼 방법이 없다면 이용할 방법은 과연 없는 것인가?

그런 나에게 메콩강은 떨칠 수 없다면 품고 천천히 흘러라. 흘러가는 데로 가다 보면 차츰 변하게 되고 언젠가는 예비된 길을 만나게 될 것이라고 말하는 듯했다.

물은 낮은 곳으로 흐른다.
낮아짐을 부정적으로 생각할 필요는 없다고 메콩강은 내게 말한다.
낮아지자. 대신 더 깊어지자. 더 많은 것들을 품을 수 있도록.
그렇게 나는 어떤 것도 긍정할 수 없는 인생의 굽잇길을
아무것도 부정하지 않고 흘러가 보기로 다시 한 번 결심했다.

상처를 마주하기

코끼리 치유 봉사 프로그램

치앙마이에 온 가장 큰 이유를 꼽으라면 코끼리 재활센터에서의 봉사활동이었다. 코끼리 재활센터는 미리 한국에서부터 가고자 했던 유일한 봉사활동이었다. 하지만 재활센터 홈페이지는 한 달 넘게 접속이 원활하지 않았고, 현지에서 직접 신청하는 수밖에 없었다.

러이에서 하룻밤 머무르지 않고 급하게 왔지만 내가 참가하고자 하는 프로그램인 일주일 참여 프로그램은 보름 뒤에나 신청이 가능하다고 했다. 좀 더 짧은 견학 프로그램은 삼 일 후에 참여 가능하다는 말에 아쉬움을 삼키고 신청했다.

오늘은 코끼리 재활센터에 봉사활동을 가는 날이다. 동남아를 여행하면서 한 국가에서 꼭 하나의 봉사활동 프로그램을 참가했었다. 착한 여행이라는 거대한 타이틀 때문도 아니었고 봉사에 큰 뜻을 지닌 사람도 아니었지만, 그냥 누군가에게 작은 손길이라도 뻗을 수 있다는 점이 내 삶을 회복시켜주는 힘이 되리라 생각했다.

아침에 일어나 "sorry. sorry."를 염불 외우듯 중얼거렸다. 깊은 잠에 빠진 룸메이트들은 나의 부스럭거림을 크게 신경 쓰지 않는 듯이 보였다. 알코올에 절은 몸으로 침대를 짓이기느라 정신이 없었다. 이들이 벗어놓은 옷가지와 떨어진 담배 그리고 빈 맥주병들을 발로 조용히 가르며 춥춥한 숙소를 나섰다.

차 안에서 동영상 교육을 받고 도착한 Elephant Nature Park. 이곳에서 코끼리에게 직접 음식을 주는 것으로 체험활동은 시작되었다. 상처 입은 코끼리들에게 음식을 먹이고 산책에 동행하며 목욕을 시켜주었다. 상처를 입은 코끼리들이 회복하는 모습을 바라보며 어렴풋하게나마 나도 회복할 방법을 떠올릴 수 있지 않을까 생각했다.

코끼리들은 '파잔의식'이라는 혹독한 훈련을 통해 강압적으로 길들여진다. 동물을 길들이는 것은 인류 역사와 거의 동시에 시작되었고 길들인다는 것은 전혀 문제가 되지 않는다. 하지만 비인간적인 훈련방식이 심각한 문제다. 무자비하게 동물을 폭행하고 그 두려움과 공포를 이용해 동물의 본능을 억제시킨다. 그렇게 인간의 편의대로 행동하도록 체득시키는 비인격적인 방식이 많은 동물들을 고통의 구렁텅이로 몰아넣고 있다. 이런 고통 속에서 동물들은 관광객들의 주머니를 열도록 훈련받는다. "당신의 꿈은 우리에게는 악몽이다."라는 미국 흑인 인권운동가의 외침이 이곳에도 똑같이 적용되고 있었다.

내 삶을 더듬었다. 그동안 받은 상처에만 주목했던 나에게 이날의 경험은 내가 준 상처까지 시선을 확장시켰다. 나는 상처를 은밀히 감추면서 끙끙대는 데에도 큰 재능이 있지만 이에 못지않게 누군가에게 모진 상처를 주는 능력도 특출나다. 나도 누군가에게는 분명 떠올리기 싫은 기억이고 상처일 수 있다. 나의 삶을 돌이켜보면 분명 그랬으리라 확신할 수 있었다. 비열한 내 기억 속에 내가 받은 상처는 선명하고 또렷해진 반면 내가 준 상처는 너무나도 흐릿해져 있었다.

"나의 어느 부분도 원래부터 있었던 것이 아니다.
나는 모든 지인들이 한 노력의 집합체다."

– 척 팔라닉

나의 보잘것없는 성공은 진정 나의 땀과 노력으로만 이루어졌을까?

혹시 다른 사람의 눈물과 고통으로 이루어진 것은 아닐까?

본디 꿈이란 이기적인 측면이 있다. 꿈은 언제나 누군가의 희생을 필요로 했다. 사랑하는 사람들의 희생이 없다면 꿈을 꾸는 게 불가능할 때가 있다. 나의 꿈을 위해 사랑하는 사람들의 꿈을 희생한다. 물론 사랑하는 사람을 위해 나의 꿈을 희생해야 할 때도 있다. 그래서 사랑은 위대하다. 내 행복이 누군가에게는 불행으로 나타나지 않기를 소망했다.

"보이는 것이 보여지기 위해
보이지 않는 영역의 희생이 필요한 것이다."

– 윤태호, 〈미생〉

그 날, 유일한 한국인 참가자였던 나는 한국 방송국의 다큐멘터리 제작팀과 만날 수 있었다. 인터뷰를 하는 대가로 나는 프로그램이 끝난 다음 날도 이곳을 방문할 수 있었다. 오전에는 장기 자원봉사자들과 함께 코끼리의 식사준비에 참가했다. 하루에 300kg을 먹는 코끼리의 식사준비는 만만치 않았다. 코끼리를 잔혹한 폭력으로 길들이는 파잔 의식과 밀렵에 상처 입은 코끼리, 필요가 없어져 버림받은 늙은 코끼리의 식단은 만들기가 꽤 까다로웠다. 다큐멘터리 제작팀과 만나 점심을 먹고 오후에는 촬영제작을 구경했다. 뒤를 따라다니며 코끼리들을 살펴보았다.

비록 사람들에게 상처받았지만, 사람들에게 다시 마음을 여는 코끼리들. 육체의 상처를 치유하는 방법이 그러하듯, 시간이 치유하지 못하는 상처 또한 상처를 정확히 바라보고 드러낼 수 있는 용기가 필요하다고 코끼리는 가르쳐주었다. 삶을 회복한다는 것은 삶을 숨기지 않고 담대히 대면하는 일이었다.

"잊을 수 있는 건 이미 상처가 아니다.
마주해야 한다. 그래야 살 수 있다.
이런 몸, 마음을 평생 짊어지고 갈 것인가?
살다 보면 스스로에게 회초리를 들 수 있어야 한다.
흉하게 자라지 않게 하려면, 연민의 괴물이 되지 않게 하려면,
스스로 문을 열어야 한다."

– 윤태호, 〈미생〉

Life of Pai

파이

기록할 수 없는 평온한 아름다움과 펜마저 쉬게 하는 여유 그리고 긴 늘어짐이 있는 곳. 움직이는 것이라고는 박자 맞춰 부지런히 흔들리는 기타 현과 그에 맞춰 기울어지는 술병뿐이었다. 술의 인력으로 인해 파도처럼 내 몸을 쓸고 가는 나른함. 걱정과 두려움마저 쉬게 만드는 이곳에서 나는 한없이 멍청하고 게으르게 머물렀다.

사실 치앙마이에서 이곳을 오기로 결정한 것도 쉼이 필요했기 때문이다. 잠시 여행을 같이한 D도, 코끼리 치유 봉사 프로그램에 함께 참가했던 영국 여행자들도 파이로 간다고 했다. 내가 "파이에 가면 뭐가 있는데?"라고 물었다. 그들의 대답은 파이행 버스를 바로 구매하게 만들었다. 그렇게 나는 762개의 커브를 돌아 파이에 도착했다.

그들의 대답은 "Nothing to do. 할 게 없어."

라오스에서 처음 만나 한동안 여행을 같이하다 갈라져 먼저 파이에 도착한 D와 재회했다. 함께 오토바이를 빌려 낮에는 오토바이를 타고 주변 도로를 달렸으며 밤에는 술을 마시고 아침에는 서로의 방문을 두드려 깨워 함께 해장했다. 그런 일상의 쳇바퀴를 열심히 돌렸다. 그러는 동안 새로운 인연을 만나 여기저기 주점을 돌아다니며 음악을 들었다. 그렇게 며칠 동안 우리는 철새가 계절을 따라 이동을 하듯 본능에 이끌려 똑같은 시간표에 맞춰 똑같은 동선을 그리며 하루하루를 허비했다.

이 단순한 일정 속에서 동남아에서 인연을 쌓았던 여행자들 또한 다시 만날 수 있었다. 베트남 사파에서 만나 여행 마지막까지 나에게 엄청난 응원을 보내준 S를 비롯해 짧은 인연을 함께 했던 여행자들을

이곳에서 다시 우연히 마주쳤다. 각자의 속도와 방향대로 부지런히 여행을 하던 우리들이었지만 어떻게 이 개미지옥에서 탈출할지 의미 없는 논의를 했다. 그렇게 며칠을 매일 만나며 각자의 시간을 허비했다.

그럼에도 파이 여행이 매력적인 이유는 모두 비슷한 시간에 비슷한 동선을 그리며 움직이지만, 모두가 매일매일 각자 다른 이야기를 갖게 된다는 점이다. 매일 비슷한 사람을 만나고 뻔한 곳을 돌아다니지만, 각자가 마주치는 상황과 생각이 다르다. 같은 시간과 공간에서 각자의 이야기를 만들어 간다는 점이 파이의 큰 매력이었다. 그렇게 맥주잔을 기울이며 비슷하지만, 너무나도 다른 하루의 이야기를 나누곤

했다. 여행도 삶도 이러하다는 생각이 든다. 모두가 비슷한 곳을 보고 유사한 모습으로 살아가지만 각자 느끼는 바가 다르다. 같은 곳을 바라보지만 다른 생각과 이야기를 얻는다. 그래서 이곳에는 "내가 해봐서 아는데, 내가 가봐서 아는데." 라는 무식한 말이 통하지 않는다. 모두가 같은 시공간을 향유하지만, 모두가 다른 경험을 지닌다.

이를 확인하는 일이 너무 좋았다. 그래도 나는 이곳을 떠나야 했다.

행복하고 기뻐도 멈춰 서서 작별인사를 하고 떠나야 할 때가 있으며 슬프고 고통스러워도 끝까지 머물며 버텨야 할 때가 있다.

여행자의 성지는 여행자들이 머물러야 하는 곳이 아니라 많은 것들을 내려놓고 떠나야 하는 곳임을 나에게 가르쳐 주고 있었다. 그렇게 나는 게으르고 느긋하게 방콕행 야간 버스에 몸을 실었다.

두리안과 망고스틴

방콕

"누군가는 성공하고 누군가는 실수할 수도 있다.
하지만 이런 차이에 너무 집착하지 마라."

– 생텍쥐페리

장기 여행자들이 잠시 쉬어가기도 하고 정보를 공유하는 곳인 카오산 로드. 여행의 시작점이자 끝점이 되기도 하는 장소로 여행자들의 성지라고 불린다. 참 동남아엔 여행자들의 성지가 많다. 배낭 여행자들의 거리라고 불리는 카오산 로드에서 많은 여행자들이 여행의 흥을 온몸으로 표출하고 있었다.

알 수 없는 이유로 나는 이들의 유흥이 다소 시시하게 느껴졌다. 다른 사람들은 오늘이 생애 마지막 날인 것처럼 신나게 노는 모습이었지만 나에겐 인생의 괴로움을 표출하는 몸부림처럼 다가오기도 했다. 나는 결국 이곳에 섞이지 못하고 멍하게 그들을 바라보았다. 그래도 여행자들의 거리라서 종종 마주쳤던 한국인 여행자들과 만나 시간을 보냈다. 혼자 앉은 테이블에 한 명, 두 명 합석이 되며 자리가 채워지기 시작했다.

혼돈과 혼란이 가득한 이곳에 소소한 사연을 품은 연약한 가슴들이 만나 각자의 여행을 나누었다. 그들이 본 여행의 민낯은 그들의 여행을 흔들고 있었다. 나는 워낙 여행에 대한 기대치가 낮았기 때문일까? 내놓을 만한 이야기가 없었기에 잠자코 그들의 이야기를 들었다.

나도 예전에 여행의 민낯을 보았을 때 "여행은 자학이다."라는 문구에 크게 공감한 적이 있다. 부풀려진 다른 여행자의 이야기와 멋진 사진에 맞춰 부풀어 오른 환상이라는 화장이 벗겨지면 그곳과 나의 벌거벗은 민낯이 보인다.

여러 불쾌한 감정이 섞이면서 노랗게 질린 내 얼굴색처럼 여행 신호등에 노란 불이 켜진다. 계속 가야 할지 멈춰야 할지. 무엇이든 원했지만 정확히 무엇을 원했는지 모르는 여행자들의 갈망이 그들을 불편하게 만들고 있었다. 간절함은 허무함으로 바뀌어 여행을 혼돈으로 몰아넣고 있었다. 여행의 고민은 청춘의 고민과도 많이 닮아 있었다.

옆에 노점에서 손도끼 같은 칼로 뾰족뾰족한 두리안을 내려친다. 잠시 뒤 고약한 냄새가 풍겨온다. 두리안을 집어 든 사람들은 맛있다며 좋아한다. 이전 손님들은 썩은 시체를 먹는 표정을 하며 괴로워했었는데 지금 손님은 두리안의 맛에 익숙한 듯 보인다. 이곳에서는 우리의 뾰족뾰족한 마음들이 열리니 고약한 냄새가 나는 말들이 쏟아진다. 하지만 우리도 결국 여행이 익숙해지고 삶이 친숙해진다면 그 특유의 달콤함을 느낄 수 있지 않을까? 그래서 우리는 여행을 떠나는 것인지도 모른다. 믿었던 희망과 꿈이 깨어지고 의심과 질문이 쏟아지게 만드는 여행. 익숙한 것을 벗어나 새로움을 맞이하고, 낯섦에 대한 달콤한 기대가 고약한 파괴와 충돌로 바뀌는 불편하고도 괴로운 과정. 그래서 여행은 자학이다. 이 과정은 우리를 피곤하고 불편하게도 하지만 성장시키기도 하고 다른 삶의 자세를 받아들이는 계기가 되기도 한다.

한 무리의 여행자들이 바로 옆 술집에서 큰소리로 노래를 불러가며 춤을 춘다. 주변 클럽 앰프에서 흘러나오는 소리를 덮어가며 대화를 해 오던 우리는 잠시 대화를 멈추고 그들을 바라봤다.

"왜 나는 저렇게 놀지 못하지? 나이가 들어서 그런가?"

나보다 먼저 30대를 넘어선 한 여행자가 가벼운 자책을 한다. 한마디 위로 대신 맥주병을 부딪쳐 주었다. 여행의 흥미를 잃어가는 동시에 허무하게 비어가는 마음처럼 맥주병이 비워질수록 부딪히는 소리가 점점 더 크게 울린다.

'이곳이 여행자들의 거리가 된 이유는 어쩌면 절대적인 가치가 지배하지 않는 곳이기 때문일지도 몰라. 규율과 규칙이 없는 자유의 공간이지. 자유는 우리에게 많은 특혜를 부여하지만, 방향이 없으면 우리를 혼란에 빠뜨리기도 해.

저들은 저렇게 놀기 위해 이곳을 찾았을 수도 있지. 아니면 당신처럼 무엇을 해야 될지 몰라 잠시 모든 생각들을 내려놓은 것일 수도 있어. 몸에 생각을 채워 넣든, 주체할 수 없는 흥을 채워 넣든 어차피 우리는 똑같은 취객이듯, 같은 여행자들이야. 무언가를 찾아 길로 나선 여행자들. 취한 정도가 다르듯 여행의 촉감 또한 다를 수도 있어. 방법이 달라도 찾고자 하는 것이 달라도 무엇인가를 찾아 각자의 모양대로 떠난 여행자일 뿐. 그 길이 꽃길일 거라는 생각은 하지 않는 편이 좋아.

어쩌면 여행은 불확실한 고난 속으로 우리를 밀어 넣는 자학일지도 몰라. 악보를 벗어나 마구 연주하고 노래하는 저들의 음악처럼 때론 연속되는 불협화음이 우리를 괴롭힐지라도 혹시 알아? 언젠가는 각자 자신만의 멜로디를 만들어낼지. 박자와 어긋나며 우리의 몸과 삶을 흔든다 하더라도 결국 우리는 제 박자를 찾아갈 거야. 방황하는 자유도, 무의미하게 돈과 시간을 흘려보낼 자유도, 젊음을 낭비할 자유도 우리에게 있으니까. 그런 흐름 속에서 삶을 살아가고 결국 무언가를 얻게 되겠지.'

라는 미더운 조언을 맥주와 함께 목구멍으로 그냥 삼켰다.

숙소로 흩어지는 길, 여행자들에게 두리안을 팔던 과일 가게에서 내가 좋아하는 과일 망고스틴을 한 봉지 샀다. 망고스틴은 아주 달콤한 과일이다. 하지만 겉만 봐서는 잘 익었는지 속이 상했는지 좀처럼 알기 힘들다. 복불복이다. 결국 속을 까 봐야 알 수 있다. 우리도 겉만 봐서는 알 수 없다. 겉이 매끈하고 좋아 보인다 해서 그 속까지 그러리라 확신할 수 없다. 그래서 인생은 살아봐야 하고 여행은 떠나봐야 한다.

방콕의 태국 내 공식 이름은 천사의 도시라는 뜻의 '끄룽텝'으로 시작해서 70글자나 된다. 가장 긴 도시 이름으로 기네스북에 등재되어 있다. 방콕은 톤부리 시대 지역을 의미하는 '방꺽'이 서양에 알려져 지금까지 쓰이고 있다. 보통 이 도시를 방콕이라 간단히 부르지만 어떤 때는 70글자로 표현해야 한다. 버겁다. 그 필요에 따라서 그 이름을 달리한다. 모두가 여행을 한다 해도 그 무게와 모양은 다를 수 있다. 각자 필요한 밀도만큼 짊어지고 가되 비교하며 나의 길을 탓하지 말자고 생각했다.

식당 벽에 걸린 푸미폰 아둔야뎃 태국 국왕의 초상이 나를 보며 웃는다. 그는 1946년 즉위해 약 70년간 태국을 통치해 오고 있으며 나이는 87세로 지금은 병마와 싸우고 있다. 공식 석상에 모습을 드러내지 않는 탓에 이미 서거했다는 루머도 끊이지 않고 있다.2016년 그는 서거했다 현실에서는 늙고 병들었지만 사진 속의 그는 젊고 총명함을 잃지 않은 모습이다.

어쩌면 여행도 우리에게 이런 모습으로 다가오는지도 모른다. 여행의 가장 아름다운 순간만 부각시켜 현실을 직시하지 못하게 할 때도 있다. 그렇다고 해서 곁눈질을 하며 서로의 여행을 비교하는 어리석은 모습을 보이지 말자고 다짐했다. 내 여행이 어떤 모습이든 간에 묵묵히 내 여행을 감당해 내야 할 일이었다.

카오산 로드는 무엇이든 있어 여행자들이 모인다. 각자 찾고자 하는 것을 찾아 떠난 사람들이 모일 수밖에 없다. 그래서 여행자의 성지라고 불리는 듯싶다. 그럼에도 이곳에서조차 아무것도 얻지 못하고 떠날 수도 있다. 우리가 애타게 찾고 있는 것은 생각보다 가까운 곳에 있기도 하고, 이미 지나쳤거나 아직 발걸음과 시선이 닿지 못하는 곳에 있을 수도 있다. 그래서 우리는 떠나고 다시 되돌아올 수밖에 없는 외롭고 고단한 여행자일 수밖에 없다.

산 너머 저쪽으로 멀리 가면
행복이 있다고 사람들이 말하기에.
아아, 나는 남들과 함께 행복을 찾아갔지만
눈물로 얼룩진 얼굴로 되돌아왔다.
산 너머 저쪽으로 가면
행복이 있다고 사람들이 말하기에.

– 카를 부세, 「산 너머 저쪽」

아까운 특권

코팡안

비행기에서 내려 태국 축제의 섬 코팡안으로 향하는 배에 올라탔다. 음력 보름에 보름달이 뜨면 풀문 파티가 열리는 이곳은 외국인 여행자들에게는 상당히 유명하다. 버스뿐만 아니라 비행기 또한 선박회사와 연계한 이동편을 구할 수 있다. 코사무이와 불과 20km 떨어져 있는 이곳에 일을 하러 왔다. 라오스를 같이 여행했던 K가 운영하는 리조트에서 일을 거들어주며 약간의 수고비와 무료숙식을 제공받는 특혜를 얻었다.

푸른 바다에 하얀 선을 그리며 달리던 배는 통살라 항구에 도착했다. K는 나를 반갑게 맞이했다. 우리는 태국 현지 음식점에서 다양한 음식으로 배불리 점심을 먹었다. 아직 풀문 파티가 열리는 때가 아니라 섬은 한산해 보였다. 미리 이곳에 도착해 리셉션 업무를 익히고 주변 지리를 익혀야 했다.

전공도 이 분야고 다년간 호텔에서 근무한 경험이 있어 별일 아니라 생각했다. 리셉션 업무야 금방 익힐 수 있었지만, 주변 지리를 익히는 데에는 꽤 애를 먹었다. 리조트는 풀문 파티가 열리는 핫린비치에서 도보로 10분 정도 거리였다. 핫린은 '핫'은 태국어로 해변, '린'은 '혀'라는 뜻으로 혀 모양처럼 길게 뻗은 모습을 하고 있다. 그래서 동쪽의 해변을 '핫린녹선라이즈 비치'라고 하고 서쪽 해변을 '핫린나이선셋 비치'라고 한다. 풀문 파티가 열리는 곳은 '핫린녹'이고, '핫린나이'에는 선착장이 있다. 그 가운데는 식당과 상점이 가득 들어서 있다.

이곳에는 미얀마에서 온 이민자들이 많이 살고 있었다. 같이 일하는 직원에게 물어보니 이 섬에만 만 명 정도의 미얀마 사람들이 일하고 있다고 했다. 미얀마 여자들이 주로 바르는 천연 자외선 차단제인 '타나카' 반죽을 바른 사람들을 곳곳에서 만날 수 있다. 얼굴에 진흙을 바른 듯한 여자들에게 "밍글라바미얀마 인사"로 인사하면 상점과 식당에서 은근한 서비스를 받을 수 있다는 게 내가 깨달은 유일한 코팡안 여행법이었다.

파티를 즐기기 위한 투숙객이 몰리면서 나는 이런저런 질문에 답을 해야 했지만 익숙지 못한 환경에 버벅대기 일쑤였다. 맛있는 식당과 분위기 좋은 술집 이름은 외우고 있었지만 다소 복잡한 골목이 많은 탓에 가는 법을 잘못 설명하기도 했다. 친절한 여행자들은 한심한 눈으로 때론 의심의 눈초리로 나의 잘못된 정보를 매번 수정해 주었다. 정중하게 사과할 뿐 기죽지 않기로 했다. 빈센트 반 고흐의 말을 떠올리며 당당히 업무를 담당했다.

"확신을 가질 것. 아니 확신을 가진 듯이 행동할 것."

젊음은 인생에 너무 빨리 온다

서툰 업무에 익숙해지기 시작하니 풀문 파티가 시작되었다. 나는 하루 저녁 휴가를 받았다. 일부 사실 대부분의 사람들은 섹스와 마약을 위해 이곳을 찾지만 나는 나를 믿고 고용한 K에게 흠이 될까 싶어 조용히 놀고자 했다.

이제 진정한 휴가의 시작이다. 투숙객들을 풀문 파티장으로 안내만 하면 내 일과는 끝이었다. 물론 손님들과 놀기로 한 건 아니었다. 약속이 있었다. 한 클럽 앞에서 같이 놀기로 한 친구들은 스웨덴에서 온 세 여자들이었다. 라오스 국경에서 처음 만나서 거의 동일한 일정과 경로로 여행하고 있었다. 여행자의 특성상 금세 친해질 수 있어 우리는 종종 같이 시간을 보내곤 했었다.

풀문 파티 이후로는 일정이 달라져 이곳에서 오늘 마지막 축제를 즐기기로 했다. 길게 이어진 해변에 위치한 클럽에서 음악이 쏟아져 나오고 공연이 곳곳에서 펼쳐졌다. 세계 각국에서 온 젊은이들이 해변을 가득 메우고 일탈을 즐기고 있었다. 광기의 디오니소스 축제를 현대 버전으로 보는 듯했다. 모두 다 술과 음악에 도취되어 있었다. 하룻밤 사랑을 찾아 음악에 몸을 흔들며 구애 행위를 하고 있는 사람들을 보고 있으니 조지 버나드 쇼의 문장이 생각났다.

"젊음은 젊은이들에게 주기에는 너무 아깝다."

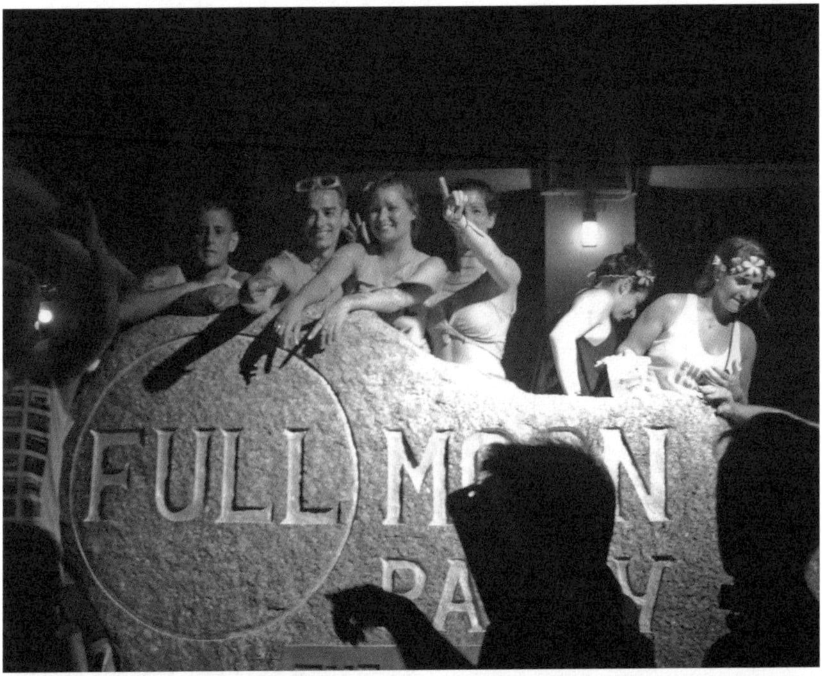
FULL

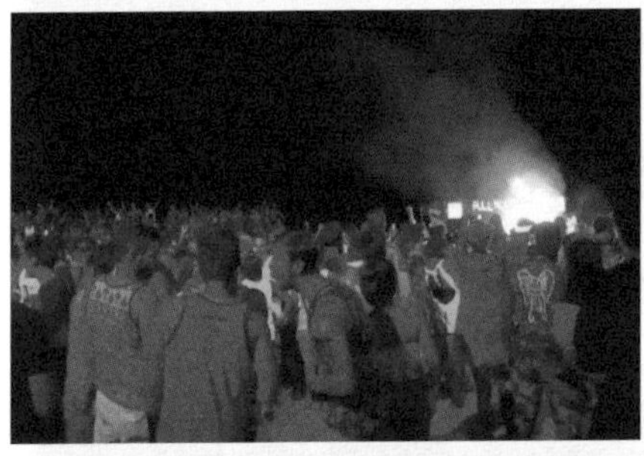

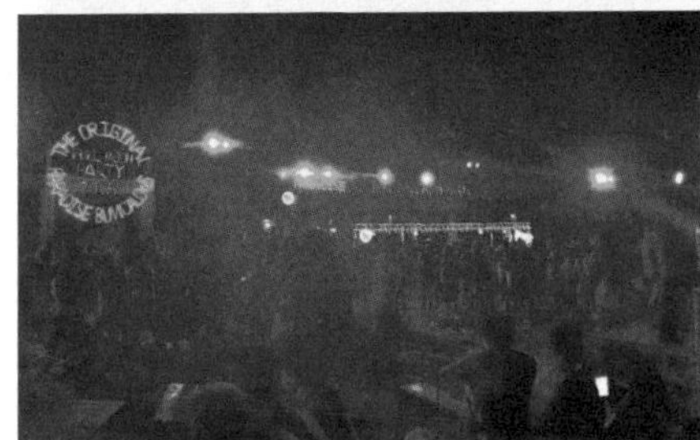

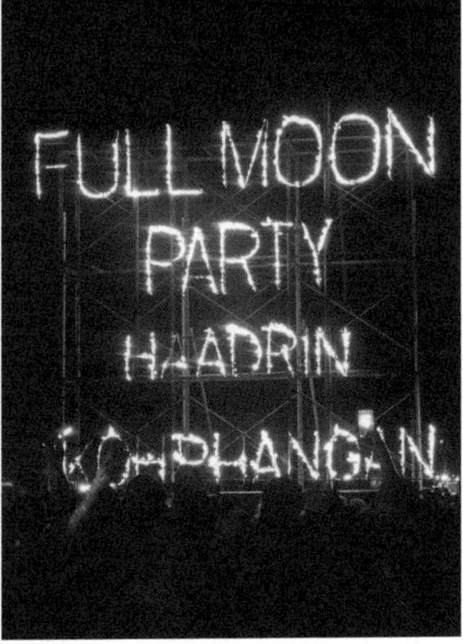

FULL MOON
PARTY
HAADRIN

젊음을 허비하고 있는 청춘들 사이에서 욕망 대신 흥을 분출하다 이내 지쳤다. 슬며시 그곳을 빠져나오려는데 스웨덴 친구 A가 나를 붙잡는다. 혼자 가지 말고 4명이 같이 쉬자고 말한다. 그들은 20살임에도 불구하고 체력이 나처럼 금방 소모된 듯했다. 밤에 혼자 돌아다니며 알게 된 전망 좋은 바Bar로 향했다.

한바탕 수다가 이어졌다. 한 남자와 눈이 맞아 해변에서 키스를 한 C. 키스를 하다 남자가 바지를 벗는 바람에 놀라서 도망친 그녀를 놀리는 것을 시작으로 술잔을 신나게 부딪치기 시작했다. 떨어뜨린 지갑을 줍다가 엄청 야한 춤을 추는 여자들에 둘러싸여 어쩔 줄 몰라 하던 나를 놀리며 분위기는 금세 불이 붙었다. 누가 더 비슷하게 야한 춤을 따라 하는지 겨루느라 온통 정신이 팔렸다. 모두 약간의 정신적 충격을 받은 듯했다. 우리가 오기에는 풀문 파티가 너무 아까운 형국이었다.

내가 호주에서 지낼 때, 옆집에는 유럽에서 온 친구 3명이 살고 있었다. 그들은 토요일마다 파티를 즐겼다. 그리고 그 파티에 매번 나를 초대했다. 내가 뭐가 필요하냐고 물으면 너는 스웨덴 여자 4명만 구해와. 항상 이런 식으로 대답했었다. 스웨덴 여자들이 예쁘다는 정설은 유럽을 관통한 듯 보였고, 실제로 북유럽 사람들의 외모가 흔히 생각하는 백인 미인의 전형과 많이 닮아있기도 하다. 나와 여행 중에 우연히 마주칠 때마다 같이 놀았던 스웨덴 친구들도 모두 미인들이었다. 그들이 그렇게 애타게 찾던 스웨덴 미녀 3명이 지금 나와 시간을 보내고 있다. 나와 스웨덴 미녀가 놀기에는 스웨덴 미녀들이 너무 아까운 형국이었다.

"인생의 맨 끝에 청춘이 있어야 한다는 생각을 할 때가 있어."

– 신경숙, 〈어디선가 나를 찾는 전화벨이 울리고〉

익명성의 두 얼굴 – 디오니소스의 축제

가장 트렌디하고 핫한 축제의 모습은 역설적이게도 원시의 모습과 닮았다. 이성은 망각한 채 본능에 온몸을 맡기고 노는 젊은이들. 마약과 음악에 몸을 흔들고 낯선 이와 몸을 섞는 그들을 우리 넷은 멍하게 관찰했다. 분위기와 익명성에 기대어 숨겨왔던 욕망을 마음껏 분출하는 모습. 고도로 파편화된 시대 속에 사는 우리는 은밀하게 각자의 욕망을 분출하며 살아가듯 끈끈함 없는 모래사장 위에서 그들도 감춰왔던 욕망을 마음껏 터뜨리고 있었다. 하룻밤 동안의 지극히 짧은 만남이고 어차피 안 볼 사이라는 시한부 관계 속에서 그들은 거리낌 없이 욕망을 배설하고 있었다. 하룻밤 분량만큼만 매력을 지니고 있다면 오늘 하루 마음껏 욕망의 속주머니를 채우는 것도 이곳에서는 그리 흉한 일이 아니었다.

금기가 무너진 이 날에는 많은 욕망들이 만나고 충돌했다. 많은 사람들이 금기를 깨는 상상을 하고 산다. 사회적 금기를 넘어설 때, 위험하고 흥분되는 경험을 한다. 그러니 이곳의 이날은 모두가 흥분한 상태에서 위험하게 놀기 마련이다. 이성의 제약과 절제가 없이 욕망이 지배하는 곳은 일시적으로는 가능할지 몰라도 지속된다면 끔찍할 거

라는 생각이 들었다. 요즘은 이성과 본능의 역사적 시소게임에서 탈이성 쪽으로 무게가 실리는 듯하다. 우리 사회는 합리적 절충안을 찾아갈 수 있을까? 한쪽으로 치우치며 극단으로 치닫는 과오를 되풀이하는 것은 아닐까? 이성을 중시하면서도 조화와 균형을 위해 그리스 사회가 디오니소스를 숭배한 역사를 다시금 되새겼다. 광취의 디오니소스 축제와 닮은 곳에서 이성과 탈이성의 조화를 생각할 정도로 나는 제정신이었다. 어찌 보면 나는 참 안타깝고 답답한 여행자였다.

익명성은 단점만 있는 것도 아니었다. 스웨덴 친구들과 나는 이 여행이 끝나면 멀리 떨어져서 각자의 삶을 살아갈 여행자들이다. 같이 여행한 것은 아니었지만, 일정이 비슷해 약속을 따로 하지 않았음에도 베트남 버스에서 만난 것을 시작으로 3개국에서 10번 넘게 마주쳤다. 친해질 수밖에 없는 인연이었다. 그럼에도 불구하고 한 달 이상 우연이 맺어준 인연이라 할지라도 일정이 달라지면 다시 만날 수 없다. 우리는 앞으로 마주칠 일이 없을 거라는 걸 각자 너무 잘 알고 있었다. 서로를 한참 놀리고 다소 엽기적인 행동을 하는 커플들을 따라하면서 신나게 웃고 떠들다가 지치자 우리는 아무에게도 털어놓지 못했던 고민들을 익명성과 알코올의 힘을 빌려 조심스럽게 꺼내놓기 시작했다. 각자 서로의 이야기를 들을 뿐 어떤 조언과 의견도 꺼내놓지 않았다. 가슴 속의 흥을 분출하니 그 빈 공간에서 깊은 곳에 감춰 두었던 고민과 상처들이 드러나기 시작했다. 캠프파이어를 하며 신나게 놀다가 불이 사그라진 잿더미 앞에서 종이컵에 소주를 채우며 각자의 이야기를 하나둘씩 꺼내놓는 엠티촌의 분위기를 자아냈다. 마음속 이야기들을 조심히 꺼내 놓으면서 우리는 그렇게 각자를 치유하는 시간을 보냈다.

일상으로의 급작스런 복귀

이른 아침 프런트에 앉아 남자 방에서 몰래 나오는 여자들, 여자 방에서 몰래 나오는 남자들을 모른 척하며 주변을 정리했다. 아침에도 모기떼들은 나를 괴롭혔다. 말라리아, 뎅기열, 지카를 비롯해 이곳 모기는 위험요소가 워낙 많았다. "방에 들어가면 너희 식량이 두 배로 늘어나 있을 거야. 그만 괴롭혀!" 괜한 짜증을 부렸다.

허공에 박수를 치며 아직도 파티를 즐기고 있는 나에게 “좋은 일 있었어?” 라고 K가 음흉하게 웃으며 인사한다. K에게 “좋은 일이 있었으면 제가 이 이른 아침에 출근했을까요?” 라며 되물었다. 한심하게 나를 쳐다보는 눈빛을 애써 모른 척하며 괜스레 투숙객 명단을 뒤적거렸다. 뻘쭘해 하는 나를 두고 리조트를 돌아다니는 수탉만도 못하다고 놀린다. 이곳의 닭들은 한 마리만 빼고 나머지 스무 마리 닭들은 모두 암탉이다. 닭들이 너무 많아져 수탉이 자라면 모두 팔아버리기 때문이다. 운이 억세게 좋은 수탉은 하는 일 없이 땅만 쪼아대다가 심심하면 암탉 위에 올라타는 게 하루 일과였다.

파티가 끝났으니 일상 업무로 돌아가야 했다. 풀문 파티를 목적으로 오는 여행객이 많기 때문에 오늘 대부분의 투숙객이 퇴실을 한다.

“최대의 쾌락 뒤에는 항상 최대의 싫증이 온다.”는 키케로의 말이 생각난다. 손님이 빠져나간 뒤 해야 할 많은 일들이 있지만 가장 고된 업무는 한산한 리조트에 무언가를 생매장하는 일이다. 생매장해야 할 대상은 망고다. 한국에서는 망고가 귀하디귀한 과일이지만 이 리조트만 해도 땅에 떨어지는 망고만 하루에 수백 개다. 손님들에게 무료로 제공하지만 100명이 넘는 투숙객이 먹기에도 벅차다. 나도 이곳에서 평생 동안 망고를 못 먹는다 해도 아쉬움이 전혀 없을 만큼 망고를 먹어댔다. 그래도 하늘에서 눈처럼 떨어지는 망고는 감당하기 어렵다. 어쩔 수 없이 땅을 파서 땅속에 묻는다. 한국에서는 참 귀한 망고인데 여기서는 너무 흔해 버려야 한다. 어쩌면 망고도 이곳에 주기에는 너무 아까운 걸까?

일상으로 돌아와 리조트의 잔업을 돕기도 하고 시간이 나면 바닷가에 나가 스노클링을 하고 전망 좋은 곳에서 석양을 바라보기도 했다. 한가롭게 늘어져 있기 딱 좋았지만, 다시 여행자로 돌아가야 할 때다. 여행 계획을 다듬고 짐을 정리했다. 그렇게 무의미의 축제와 이별했다.

"쾌락은 우리를 자기 자신으로부터 떼어 놓지만,
여행은 자신을 다시 끌고 가는 하나의 고행이다."

– 알베르 까뮈

여행의 다채로운 모습들

다시 찾은 방콕. 이런저런 헛된 시간을 보내다가 남아있는 시간은 단 하룻밤. 이제 태국이 익숙해지고 있었다. 태국 국왕인 푸미폰 아둔야뎃의 초상화가 눈을 감아도 보였다. 짜오프라야 강변을 거닐면서 이런저런 한국 여행자들을 만났다.

모두가 장기여행자로 각자의 여행방식을 갖고 있었다. 한복을 입고 다니는 여행자. 독도는 우리 땅임을 알리고 다니는 여행자. 각 나라마다 그 나라의 언어로 된『어린 왕자』책을 모으고 있는 여행자. 방문한 나라별로 포르노 영상을 모으고 다니는 사람까지 여행의 방법도 참 다양했다. 나는 기념품으로 우표를 모으고 있었지만, 가방 속에서 샴푸가 터져버린 사고 이후로 어느 것도 소유하려 하지 않고 그냥 돌아다녔다. 이따금씩 뜬금없이 떠오르는 생각들을 기록할 뿐이었다. 낯선 사람들을 만나고 의외의 순간을 경험하는 여정 속에서 마주친 낯선 생각들을 수집해 나가는 게 이 여행에서 내가 하는 일이었다. 그러다 여행의 낭만을 찾을 수 있다면 되돌려놓고 싶은 괜한 욕심이 들곤 했다.

내가 방콕에서 가장 좋아했던 곳은 허름한 헌책방이었다. 많은 여행자들이 자신의 여행 책을 팔고 다시 떠날 곳의 책을 산다. 또한, 여행 중에 읽을 책을 구하기도 하고 각 나라의 책들을 읽으면서 독서를 통한 세계 여행을 하기도 한다. 책으로 여행을 준비하고 정리하는 낭만이 짙게 묻어있다. 다양한 언어로 기록된 책을 보고 있자면 몽환적인 기분에 빠지기도 한다. 아직 우리가 모르는 세계가 많다고 여행자들에게 말하는 듯하다. 국내에 들어오지 않은 소설이나 원서들을 이곳에서 구해 읽었다던 여행 선배들의 전설과도 같은 이야기들이 담겨있다. 이곳에서 그들은 무라카미 하루키를 발견하고 레이먼드 카버를 만나기도 했다. 지금은 인터넷이 발달해 많이 쇠락했다. 낭만은 점차 사라지고 있지만 그럼에도 불구하고 각자의 여행이 만나고 교차하면서 다양한 여행 이야기가 펼쳐지는 지점이다. 다양한 언어로 기록된 책들이 이곳을 무국적 지대로 만들어 놓고 있었다. 공간과 시간이 허물어진 지점에서 소소하고 위대한 여행이 탄생한다. 오랜 여행을 마치고 지금은 책장에서 묵묵히 다음 여행을 기다리는 책의 뽀얀 먼지를 털어주곤 했다.

고도로 발전된 경쟁사회에서 종종 낭만은 사치로 치부된다. 어리석게 느껴지고 낡은 것으로 여겨지기도 한다. 찌질함의 정신승리라고도 표현되기도 한다. 혹시 책을 훔쳐가지는 않을까 힐끔힐끔 곁눈질하는 주인의 눈초리를 무시하며 그렇게 나는 사라져 가는 낭만을 매만지고 있었다.

마지막은 큰 지진이 났음에도 네팔로 굳이 떠나는 P와 탭댄스 거리 공연을 해 여행 경비를 마련하는 J와의 술자리로 태국 여행을 마무리했다. 길거리에서 국수 한 그릇과 맥주 여러 잔 그리고 태국 럼주 '샹솜' 한 병을 다 비우고 나서야 숙소로 발걸음을 옮겼다. 이제 떠난다. 싱가포르로.

"나는 책 한 권을 책꽂이에서 뽑아 읽었다.
그리고 그 책을 꽂아 넣었다.
그러나 나는 조금 전의 내가 아니다."

– 앙드레 지드

싱가포르

전설에 따르면, 스리비자야Srivijaya 왕국의 수도 팔렘방Palembang의 상 닐라 우타마Sang Nila Utama 왕자가 이곳에 사냥을 나왔다가 지금껏 한 번도 보지 못한 동물을 발견한다. 이를 좋은 징조로 생각한 왕자는 그 동물을 발견한 자리에 도시를 세우고 '사자의 도시'라며 '싱가푸라Singapura'라고 이름을 붙였다. 산스크리트어로 '심하simha'는 '사자'를, '푸라pura'는 '도시'를 뜻한다.

오랜만에 비행기를 타고 국경을 넘는다. 몸은 말라가지만 가방은 살이 쪘다. 가방이 채워지는 만큼 내 여행에는 무엇이 채워지고 있을까? 가방이 묵직해지는 만큼 내 인생도 묵직해지고 있을까? 딱히 산 것도 없는데 무거워진 가방과 딱히 한 것도 없는데 버거워진 인생이 참 많이 닮았다.

싱가포르 창이 공항에 내리니 전혀 다른 세상에 온 기분이었다. 우리나라도 그렇지만 싱가포르도 세계적으로 유명한 공항을 가지고 있다. 금융, 해운업, 관광업을 중심으로 번성한 도시국가. 국가가 작은 도시임에도 불구하고 1인당 국민소득이 우리나라 두 배에 육박한다.

1965년 영국으로 독립한 이 작은 나라는 대부분의 교역도시가 그렇듯 다양한 문화가 혼재되어 있다. 장기 배낭여행자들에게 싱가포르는 안 맞는다는 구질구질한 충고를 많이 들었다. 태국에서 인도로 가서 네팔로 넘어가야 진정한 세계 일주라는 거들먹거림. 나도 그 길을 생각해보았지만, 인도는 기록적인 폭염이 들이닥쳤고 네팔은 엄청난 지진이 일어났다.

여행에 가짜와 진짜가 있을까? 라는 생각으로 싱가포르로 들어섰다. 싱가포르 세관원은 많은 입국자 중에 나만 따로 불러 짐 검사를 다시 했다. 가방에 생각보다 많은 물건들이 있었지만, 다행히 싱가포르의 반입금지물품은 없었다. 나는 싱가포르에서 입국하자마자 태형을 당할 거라던 일부 몰지각한 친구들의 예언과는 달리 무사히 통과했다.

이번 여행에서 처음으로 교통카드도 구입했다. 싱가포르 지하철인 MRT의 이지링크 카드를 구입하는데 다행히 소액으로 환전한 금액이 딱 맞는다. 숙소는 이번 여행에 가지 못할 아랍 출신의 사람들이 살고 있는 아랍지구로 정했다.

숙소로 향해 있는 거리는 듣던 대로 깔끔하다. 이렇게 깔끔한 거리를 오랜만에 걸으니 낯설다. 이렇게 깨끗함을 유지할 수 있는 비결은 분명 강력한 법 때문이라고 생각할 수 있지만 100m마다 쓰레기통을 설치한 배려가 크게 한 몫을 담당하고 있었다. 쓰레기통이 눈앞에 있는데 굳이 바닥에 버릴 이유가 없었다. 쓰레기를 제대로 처리할 수 있는 편의는 제공하지 않고 사람들을 쥐 잡듯이 잡는다고 해서 도로가 깨끗해지지 않는다. 오히려 더 높은 비용으로 도시를 삭막하게 만들 뿐이다. 싱가포르의 강력한 법체계는 수도 없이 들었지만, 보행자를 위한 훌륭한 인프라 시스템은 들어본 적이 없다. 역시 와봐야 보이는 것들이 있다.

언젠가는 독이 될지도 모르는 그의 업적

내가 방문한 해는 싱가포르가 독립한 지 딱 50년이 되는 골든 주빌리Golden Jubilee였다. 리콴유의 죽음으로 도시는 침착한 분위기를 어느 정도 유지하고 있었지만, 50주년을 맞아 화려하고 다양한 축제 또한 열심히 준비하고 있었다.

사실 50년 전 싱가포르는 말레이시아로부터의 독립을 원치 않았다. 싱가포르 정치인들이 비말레이계의 단결과 지지를 호소했다는 이유로 말레이시아연방으로부터 추방 아닌 추방을 당하는 바람에 강제적으로 독립했다. 당시 세계 언론들은 비좁은 국토를 지닌 싱가포르의 존속 자체가 어렵다는 비관적인 전망을 내놓았다.

이 작고 보잘것없는 도시국가가 세계와 당당히 어깨를 마주하게 된 배경에는 '리콴유'라는 지도자가 있었다. 그는 26년간 총리로 재직한 후, 1990년 11월에 퇴임하고 2004년까지 선임 장관을 맡았다. 이후 2004년부터 2011년까지 고문 장관을 맡았다. 인구 300만의 작은 나라 싱가포르를 아시아의 작은 용으로 일으켜 세운 인물이자, 냉철한 현실감각과 능수능란한 정치술, 대중적 인기에 영합하지 않는 확고한 신념을 가진 지도자로서, 20세기 세계의 지도자 가운데 한 사람으로 꼽힌다. 그의 아들 리센룽은 2004년 8월 싱가포르의 3대 총리로 취임했다.

일찍이 공산주의자들과 결별하고 사회민주주의를 정치 이념으로 삼았지만, 때로는 제국주의와 손을 잡기도 하고, 공산주의자들을 포섭하기도 하면서 차례차례 당면한 문제들을 해결해 나갔다. 그로써 작은 도시국가 싱가포르를 아시아는 물론, 세계의 금융과 물류의 중심지로 탈바꿈시켰다.

나는 베트남 다낭에서 TV 뉴스로 리콴유의 장례식을 지켜봤다. 그가 자신이 세상을 떠난 뒤 자신의 집을 허물라고 지시했다는 앵커의 말을 듣고 리콴유답다고 생각했었다. 싱가포르는 리콴유를 잃은 지 고작 한 달 정도가 지났지만, 생각 외로 차분한 분위기였다. 보라색 리본으로 그를 추모할 뿐이었다.

싱가포르의 성공을 위해 자신의 삶을 포기했던 리콴유는 이제 영원한 휴식을 즐기고 있다. 그는 경제대국을 건설한 대신 국민들의 자유를 빼앗았다. 경제 선진국인 동시에 정치 후진국을 만들었다. 리콴유의 긍정적 평가와 부정적 평가가 엇갈리는 이유다. 경제가 발전하려면 권위주의가 필수적이라고 말했던 리콴유. 자유를 거세하고 경제적 풍요를 얻은 싱가포르는 마치 힘 있는 환관처럼 느껴졌다.

환관은 왕이 될 수는 없는 법. 이 나라가 어떻게 변해갈지는 모르지만 다소 부정적인 느낌을 지울 수는 없었다. 자신보다 국가를 더 생각했던 지도자 밑에서는 발전이 이루어졌지만, 자신의 이득을 위해서 정치를 하는 지도자가 나온다면 싱가포르는 급격히 무너지리라는 생각 때문이다. 리콴유가 세운 강경한 대책들은 포악한 지도자의 잔인한 무기가 되어 국민의 삶을 난도질할 것이다. 강력한 법치주의는 정부가 법 아래 있을 때 유용하다. 정부 밑에 법이 위치하게 된다면 큰 재앙이 될 것이다. 마치 2015년 우리나라처럼. 리콴유 사후의 싱가포르를 걱정하는 이유다.

싱가포르는 부패 척결로 유명한 나라지만, 가족들은 주요 요직에 있다. 리콴유의 장남은 현재 싱가포르의 총리다. 차남 리셴양은 싱가포르 최대 통신업체 싱텔의 최고경영자를 거쳐 현재 싱가포르 민간항공청의 회장이다. 며느리는 국부펀드 운용사 '테마섹 홀딩스'의 최고경영자다.

이건 26년간 국가를 통치한 명문집안인 점을 최대한 고려한다면 어느 정도 이해할 수는 있다 치더라도 싱가포르에는 언론의 자유가 없다. 세계언론자유지수에서 싱가포르는 북한과 어깨를 나란히 하고 있다. 2014년 175개국 중 150위를 기록했다.

국가보안법은 정부비판을 금지하고 있다. 이 국가보안법으로 검찰의 기소와 법원의 재판 없이 국민들을 무기한 구금할 수 있다. 정치적 탄압도 심하다. 여당이 국회 대부분을 차지하고 있으며 가뭄에 콩 나듯 야당이 국회의원이 된 지역구에는 보복성 예산 삭감이 이루어진다. 심심하면 이런저런 이유로 야당 의원을 핍박한다. 일반 국민들의 정치적 표현이나 집회가 모두 법적으로 금지되어 있다.

이런 나라에서 사리사욕만을 추구하는 지도자가 세워진다면 국가는 합법적으로 망가지게 된다. 그의 야욕을 제어할 수 있는 법적 시스템이 전혀 없다.

"히틀러의 만행이 당시 합법이었다는 것을 잊지 말아야 합니다."
(Never forget that everything Hitler did in Germany was legal.)

– 마틴 루터 킹

버릇처럼 나는 다시 나를 돌아본다.

── 나는 어떤 기준에 맞춰 무엇을 죽이고 무엇을 살리고 있을까?
그것이 나의 미래를 어떻게 이끌까?
아직까지 나도 운이 좋아 배부른 노예의 삶을 살고 있지는 않을까?
돈을 위해 나는 어떤 자유와 권리를 포기하고 있을까?

싱가포르 맛보기

아침 일찍부터 길을 나섰다. 어디를 가서 보기 위해서라기보다는 뭘 먹기 위해서였다. 여행자 입장에서는 맛집들이 한곳에 모여 있기를 바라지만 싱가포르의 맛집들은 드문드문 흩어져있다. 하지만 하루 정도 음식기행을 목표로 잡으면 싱가포르는 그렇게 크지 않은 도시국가라 걸어 다니면서 동네마다 다른 음식의 특색을 느낄 수 있다. 한마디로 목구멍까지 차오르는 음식을 달래느라 식사량을 조절할 필요가 없다는 뜻이다.

아침 일찍 코피티암으로 향했다. 다행히 이른 시간이라 사람들이 많이 없었다. 식당 한쪽에 자리를 잡고 가게 안에 메뉴판을 유심히 살펴보려는데 바로 음식이 나온다. 아직 주문 전이라고 말하니 관광객들은 다 이걸 먹으니 그냥 이걸 먹으면 된다는 말을 남기고 다른 테이블로 가버린다. 카야 토스트와 코피싱가포르식 커피 그리고 달걀로 구성된 세트메뉴 그리고 계산서가 내 앞에 놓였다. 가격도 비싸지 않고 많이 먹는 메뉴라니 그냥 먹어보기로 했다. 이른 시간부터 부지런히 카메라를 들고 이곳을 찾은 관광객들은 급식을 받아들 듯 모두 나와 같은 메뉴를 먹고 있었다.

미리 돈을 받으러 온 점원이 가르쳐 준 대로 달걀과 간장을 대강 섞었다. 그리고 카야 잼이 발린 바삭한 토스트를 찍어 먹었다. 한국에서 맛본 카야 토스트보다 훨씬 훌륭했다. 선택의 자유를 거세당한 채 즐겁게 배를 채우는 식당. 리콴유의 국가답다. 싱가포르의 정치가 음식에 고스란히 담겨 있었다.

잠시 걷다가 차이나타운 맥스웰 푸드센터에서 치킨라이스를 먹었다. 유명한 곳이라 점심시간 전에 왔음에도 불구하고 사람들이 꽤 많았다. 치킨 라이스를 받아 들고 푸드센터 밖에 있는 테이블에 겨우 자리를 잡았다. 숙소는 아니었지만 허름한 곳에서 처량하게 음식을 먹는 나의 모습이 영화〈영웅본색〉의 주윤발이 치킨라이스를 먹는 장면을 떠오르게 한다. 차이나타운에서 망고 빙수로 입가심을 한 뒤, 여행사에 들러 싱가포르 여러 관광명소의 입장권을 싸게 구입했다. 한적한 주거단지를 천천히 거닐면서 마주친 싱가포르 서쪽 티옹바루에서 유명한 타르트도 먹었다.

가득 찬 배를 자랑스럽게 내밀고 리틀 인디아 구역으로 갔다. 역 앞에 다양한 색깔의 소를 그린 벽화가 나를 맞이한다. 힌두교의 상징인 소와 다양한 색채를 표현한 그림을 보니 인도에 와 있는 기분이 든다. 그렇게 힌두사원을 들어가 보기도 하고 인도 의상을 입은 사람들과 어깨를 부딪치며 싱가포르 속 작은 인도를 거닐었다. 싱가포르 친구인 S가 추천한 카페가 리틀 인디아 안쪽에 위치하고 있어 리틀 인디아를 걸어서 구경하는 딱 좋은 코스였다.

Victoria St

'핫하다'는 카페 소개와는 달리 건물이 많이 낡았다. 역사보존지역이라 건물을 재건할 수 없으니 당연한 일이지만 입구를 찾지 못해 제대로 도착했다는 사실을 알아채지 못하고 입구를 몇 번이나 지나쳤다. 내부 구조는 다소 복잡했다. 원목과 금속재질로 꾸며진 공간에 카페와 작은 숍, 로스팅 공간 등이 옹기종기 모여 있다. 싱가포르와 닮아있는 카페였다.

나에게 '핫'함은 어색함이다. 메뉴에 적힌 커피 종류도 많거니와 이름이 생소하다. 어지러움을 느끼는 나에게 바리스타는 추천을 원하냐고 묻는다. 커피 맛도 사실 잘 모르는 터라 가장 많이 나가는 걸 달라고 했다. 가장 인기 있는 커피 대신 새로운 메뉴를 개발했다며 추천을 한다. 차갑게 만들 수 있냐고 물었고 가능하다는 말에 도전해 보기로 했다. 더운 날씨 속에서 타는 목을 적시느라 각진 얼음 사이 공간을 채우던 커피는 금세 사라지고 얼음만 남았다.

목이 마르기도 했지만, 커피 맛도 훌륭했다. 다른 커피를 한잔 더 주문하고 작은 테이블에 앉아 수다를 즐기고 있는 사람들 사이에서 책을 꺼내 들었다. 아침에 쓸데없는 소설책이 나도 모르게 가방에 숨어 따라 나온 상황을 탄식했었다. 하지만 지금 이 책은 유용하게 어색함을 달래주었다. 여행자로 보이는 사람은 나뿐이라 카메라를 꺼내기도 무안했는데 책을 보니 내 주변을 지배했던 어색함은 사라지고 졸음이 밀려온다.

바쁜 도시에서 한가로운 여유를 즐기고 나오는데 또 나를 당황케 한다. 계산하려고 카운터로 가니 가격이 정해져 있지 않다고 한다. 즐긴 만큼 내고 가면 된다는 룰이 있었다. 맛이 없었으면 안 내도 된다는 말이 큰 유혹이 되지 않을 정도로 커피 맛은 훌륭했다. 가격까지 추천을 받을 수 없었기에 커피 두 잔 값을 프랜차이즈 커피 가격보다 조금 높은 금액으로 지불했다. 프랜차이즈 커피보다 훌륭했다는 무언의 칭찬이었다. 결과물을 내어놓고 전적으로 수용자에게 평가와 선택을 맡기는 일. 정치, 경제, 문화 등 사회 전 분야에 필요한 모습이다.

부기스에서 아랍음식인 무르타박, 부커 센터에서 칠리크랩, 클락키에서 싱가포르식 해산물 요리와 수제 맥주에 이르기까지 나의 미식 여정은 계속 이어졌다. 관광도 빼놓지 않았다. 각 지역의 음식, 종교, 생활양식을 둘러보고 뎀시힐에서 싱가포르의 현재를, 덕스틴힐에서 변화하는 과거를 엿보았다.

머라이언 동상에서 누구나 그렇듯 사진을 찍고 관람차인 싱가포르 플라이어에 올라 싱가포르 전경을 구경했다. 맑은 날씨 덕분에 인도네시아와 말레이시아까지 볼 수 있었다. 싱가포르에서 말레이시아와 인도네시아는 당일 여행으로 다녀올 수 있을 정도로 가깝다. 물론 내가 바라본 곳이 정말 다른 나라인지는 확실하지 않다.

가든스 바이 더 베이에서 스카이워크를 걸어보고 화려한 조명 쇼도 관찰했다. 유람선에도 올라 싱가포르의 화려한 야경에 빠지기도 했다. 마리나샌즈베이 호텔에서 레이져 쇼도 관람하고 카지노에서 싱가포르 여행경비 일부를 마련하기도 했다.

하루는 싱가포르 무료 투어 버스에 올라 게으르게 싱가포르를 돌아다녔다. 마지막 날에는 센토사 섬에 들러 아시아 대륙 가장 남쪽의 땅에 발자국을 남기기도 했다.

조그만 도시 국가를 발로 걸으면서 맞이한 다인종, 다문화의 모습은 좋은 샐러드를 맛보는 기분이었다. 넓어지면 깊이는 얕아진다는 편견은 틀렸다. 각자의 삶을 존중함으로써 다양한 문화가 깊은 맛을 내는 좋은 음식이었다. 싱가포르의 힘은 지리적 이점이 아니라 다양성을 인정하는 배려심에서 나온다는 느낌을 강하게 받았다. 정치적 다양성도 갖추어지길 바라는 마음으로 나는 또 다른 다양성의 국가 말레이시아로 발걸음을 옮겼다.

삶 / 여 / 책 / 사

화려함은 때론 사람을 외롭게 한다

📍 쿠알라룸푸르

공항에서 택시를 타고 숙소가 있는 부킷빈탕에 도착했다. 야시장 주변이라고는 들었지만 찾기가 힘들다. 지도 어플도 내 숙소를 정확히 찾지를 못한다. 같은 곳을 빙글빙글 돈다. 도심 속에서 때로는 작은 원을 그리기도 하고 큰 원을 그리기도 하며 거리를 헤맸다. 도저히 찾을 수가 없었다.

어두운 골목 주변을 서성이는데 손톱을 정리하는 늙은 여인이 담배 연기를 내뿜으며 "호스텔?"하고 묻는다. "yes"라고 대답하자 어두운 골목 안쪽을 담배를 든 손으로 천천히 가리킨다. 아직 낮 시간이라 야릇한 등불은 켜있지 않았지만 야하게 차려입은 여성들이 의자에 앉아 손톱을 정리하거나 담배를 피우면서 고양이와 놀고 있기에 매음굴인 줄 알았다. 안쪽으로 들어가 보지 않았었던 이유다.

쿠알라룸푸르는 그 뜻이 '진흙 하구'인데 골목 바닥이 쿠알라룸푸르다. 엉성하게 포장된 도로 주변에는 쓰레기들이 널려 있었고 골목 한복판에는 검은 흙이 흠뻑 젖어 하수구 냄새를 풍기고 있었다. 코를 잡고 신발에 혹시 진흙이 튈까, 징검다리 건너듯 깡충깡충 뛰어서 늙은 여인의 담배가 가리킨 철문 앞에 섰다. 철문에 호스텔 이름이 쓰여 있는 하얀 플라스틱 안내판이 붙어 있었다.

입구는 마치 짝퉁 모조품 혹은 마약을 밀매하는 곳 같았다. 학창 시절 친구 따라온 청계천 상가와 분위기가 비슷했다. 잠깐 숙소를 옮길까 고민했지만 별다른 방도가 없는 나는 그냥 초인종을 과감히 눌렀다. 수염이 덥수룩한 인도인처럼 보이는 아저씨가 인사 한마디 없이 문을 열었다.

다행히 숙소는 생각보다 훨씬 깨끗했다. 알고 보니 정문 앞 도로가 공사 중이라 통행이 불가능해 후문으로 드나들어야 하는 상황이었다. 호스텔 밖에는 여인들이 멍하게 앉아 고양이와 자신의 손톱을 번갈아 가며 만지고 있었고 안에는 허름한 행색의 여행자들이 여기저기 흩어져 멍하게 앉아 각자의 스마트폰을 만지고 있었다.

요기를 하기 위해 근처 쇼핑센터로 향했다. 시장에서 한 끼를 때워도 상관없었지만 숙소 근처 화려한 빌딩들이 나를 유혹했다. 실제로 부킷빈탕에는 맛집 리스트가 우리나라 을지로나 가로수길 만큼 많다. 말레이 음식을 비롯해 중국, 태국, 인도 등 다양한 음식들이 즐비하다. 말레이식 국수 요리로 늦은 점심 혹은 이른 저녁을 해결하고 쿠알라룸푸르 거리를 걸었다. 정확히 이야기하면 쇼핑센터를 거닐었다.

쿠알라룸푸르는 쇼핑으로 유명한 도시다. 내가 알기로는 아이폰을 세계에서 가장 싸게 구입할 수 있는 도시일 뿐만 아니라 전 세계 유명 브랜드는 쿠알라룸푸르에 대부분 입점해있다. 나는 최대 70%까지 세일을 하는 메가세일 기간보다 몇 주 앞서서 방문했음에도 쇼핑준비로 여념이 없었다. 쇼핑몰이 서로 마주하고 살을 맞대며 엄청난 규모를 자랑하고 있었다. 걸어서 10분밖에 안 되는 거리에 거대한 쇼핑몰이자 호텔인 파빌리온을 비롯해 고급 명품상점이 몰려있는 스타힐 갤러리와 Lot 10, 파렌하이트 88, 숭아이왕 쇼핑몰이 있다. 이 거대한 쇼핑몰 이외에도 크고 작은 상점들이 빽빽이 들어서 있었다.

매장을 들락날락하기도 하고 쇼핑몰 곳곳에서 연주되는 음악을 들으며 BBKLCC Walkway로 향했다. 부킷빈탕 지역과 KLCC를 연결하는 거리다. 쿠알라룸푸르 쇼핑센터는 구경하기 편하게 설계되어 있었다. 무더운 날씨를 피해 화려한 콘크리트 굴을 이리저리 돌아다녔다. KLCC 밖으로 나올 때가 돼서야 해가 진 것을 알아차릴 정도였다.

화려함 속에서 시간을 보내다 보니 기운이 빠진 탓인지 알 수 없는 허망한 기분이 들었다. 꼭 한번 와봤으면 했던 페트로나스 트윈타워를 배경으로 사진을 찍었지만, 재미가 없었다. 그렇다고 쇼핑에 여념이 없는 관광객 사이에서 느끼는 고독한 여행자의 느낌은 아니었다. 충실히 계획한 경로를 따라왔지만 내 길이 아니었던 것 같은 불편한 이질감이 느껴졌다. 영화 〈엔트랩먼트〉에서 숀 코넬리와 캐서린 제타존스가 인상 깊은 액션 연기를 펼친 이곳에 왔지만 설렘은 10분을 넘기지 못했다. 훌륭한 영화 〈엔트랩먼트〉 속 최악의 베드신을 볼 때의 기분과 흡사했다. 그렇게 KLCC 앞에서 사진을 찍는 사람들을 뒤로 했다.

잘란 알로Jalan Alor 거리에 들어서서 저녁 메뉴를 고민했다. 낮에는 수수했던 골목이 수백 개의 등불이 켜지면서 화려한 먹자골목으로 탈바꿈했다. 마사지를 제안하며 붙잡는 손길과 음식점 앞 호객행위도 더욱 거세졌다. 낮에 가장 초라한 곳은 밤이 되면 가장 화려하게 바뀌곤 한다. 지구 대부분의 대도시가 지닌 모습이다.

홍등과 노천 식당이 길게 쭉 이어져 있는 거리 한복판에서 꼬치구이인 사태Satay와 맥주 한 병을 주문했다. 마치 빨간 옷을 입은 무용수들이 춤을 추는 무대 바닥에서 연기가 피어오르듯 흔들리는 홍등 아래로 꼬치 굽는 연기가 올라오고 있다. 그 아래 열심히 부채질하며 꼬치를 익히는 사람과 그 앞을 분주히 움직이는 배고픈 사람들. 가판대에 올려져 있는 다양한 과일들. 그렇게 거리의 풍경을 구경하며 맥주병을 기울였다. 연기 속에 흔들리는 홍등이 새벽안개 속에 흔들리는 동백꽃으로 보일 때쯤에서야 숙소로 향했다.

쇼핑의 도시에 아침이 찾아왔다. 차이나타운에서 이른 점심을 해결하고 1888년에 지어진 센트럴 마켓을 찾아갔다. 그 전통의 이미지와는 대조적으로 상당히 현대화 되어 있는 시장이었다. 밝은 하늘색의 건물 색깔만큼이나 실내에서 부는 에어컨 바람이 참 시원했다.

메르데카 광장으로 향했다. 높이가 100m로 세계에서 가장 높다는 게양대에서 말레이시아 국기가 가벼운 바람에 몸을 살며시 흔들며 나를 반긴다. 말레이어로 '자유'를 뜻하는 '메르데카Merdeka'. 1957년 영국으로부터 독립이 선포된 광장이다. 광장 맞은편에는 쿠알라룸푸르에서 가장 오래된 무어 양식의 건축물인 술탄 압둘 사마드 빌딩과 영국 식민지 시대에 지어진 오래된 건물들이 모여 있다. 불과 몇 시간 만에 시대와 국가를 이동한 착각이 든다. 시티 갤러리에 들러 이 도시의 과거와 현재 그리고 미래를 둘러본 다음 정처 없이 시내를 거닐었다. 엄청난 규모의 야외 식물원에서 태양을 피해 다리를 쉬었다.

서울을 모티브로 개발했다는 쿠알라룸푸르. 많은 인구가 오밀조밀 거주하는 도시답게 고층빌딩이 그 위용을 자랑하고 있다. 도심 한가운데 거대한 녹지에 누워 나무들 사이로 나를 내려다보는 빌딩들에 눈을 맞춰보았다. 서울을 모티브로 했다는 말에 서울 사람으로서 알량한 자부심이 들었지만, 왠지 모르게 서울보다 좋은 도시를 만들고 있다는 느낌을 받았다. 배타적이고 지나치게 현대화된 도시. 자본의 욕심으로 가득 채워진 모습도 분명 존재하지만, 이 도시는 다양한 것들이 아름답게 혼재되어 있다는 느낌을 이따금씩 주곤 했다. 문화, 자연, 역사가 다소 거칠지만 나름의 균형을 유지하며 녹아있는 모습. 이 용광로 같은 도시가 점차 어떤 작품으로 바뀔지 흥미로운 기대를 품었다.

그중에 제일은 사랑이라

식물원을 나와 여러 박물관을 둘러보고 국립 이슬람 사원으로 부랴부랴 발걸음을 옮겼다. 운이 좋게도 관람객 방문 허용 시간 끝자락에 입장할 수 있었다. 이슬람 의상을 빌려 입고 분주하게 사진을 찍고 있는 관광객들이 보였다. 관광객들을 피해 모스크 앞에서 이슬람 안내 책자를 구경하고 있는데 사원을 관리하는 한 여인이 나에게 어디서 왔냐고 묻는다. 한국에서 왔다고 짧게 대답했는데 다소 곤란한 질문이 다시 던져진다.

"이슬람교도이십니까?"

IS문제로 한창 시끄러울 때라 나는 괜스레 조심스럽게 대답했다.

"아닙니다. 저는 기독교인입니다. 한국에는 무슬림이 거의 없습니다."

내가 대화의 맥을 끊었다 싶어 조용히 책자를 내려놓는데 의외의 반응이 돌아왔다.

"아! 그럼 당신은 우리의 친구네요."

"아, 그런가요?"

머쓱해 하는 나를 보고 그녀는 웃으며 말을 잇는다.

"그럼요. 이슬람교도도 예수를 존경한답니다. 당신들은 예수를 신으로 믿지만 우리는 한 선지자로 믿을 뿐이죠. 이슬람교에서도 세상에 종말이 오면 예수가 다시 온다고 믿고 있습니다. 이건 당신들과 똑같지 않나요?"

"네. 성경도 그렇게 가르치고 있습니다."

"그럼 당신의 신과 우리의 신이 같다는 것도 알고 있겠네요."

"네, 그 정도는 알고 있습니다. 우리는 같은 아브라함의 자손이니까요. 믿는 방법과 방향이 다르다는 점 정도로 알고 있습니다."

정답을 맞혔다는 듯이 볼록한 배 위에 가지런히 모여 있던 손을 들고는 손가락을 허공에 꼭 집으면서 말한다.

"가장 중요한 사실은 우리의 신은 당신과 나에게 사랑을 가르치고 있다는 점입니다."

'사랑'이라는 단어를 강조하며 그녀는 말을 덧붙였다.

"IS문제로 우리를 오해하지 않았으면 좋겠습니다. 그들은 정확하게 따지자면 이슬람교도가 아닙니다. 코란의 한 부분을 과장하고 일부 왜곡해 자신들의 이익을 위해 신도들을 이용하고 있을 뿐이에요. 코란은 우리에게 사랑을 전하고 실천하라고 가르칩니다. 그들은 이슬람 정신에 위배되게 행동하고 있습니다."

"아, 그렇군요. 저도 어느 정도는 알고 있었지만, 미디어에서 다루는 이슬람교도의 모습은 너무 폭력적이라 내면에서는 저도 모르게 잘못된 인식이 자리 잡았던 것 같네요. 그건 기독교도 똑같습니다. 기독교 근본주의가 무고한 사람들을 탄압한 역사도 분명 존재합니다. 지금도 일부 행해지고 있다고 생각하구요. 그런 면에서도 당신의 종교와 우리의 종교가 닮긴 했네요."

어설픈 농담에도 그녀가 웃는다.

"우리 친구 맞죠?" 라며 그녀는 농담에 재치 있게 화답했다.

"다름을 인정하는 게 친구라고 생각합니다. 인정한다는 것은 그 사람 의견에 동의한다는 것과 다른 의미죠. 다름을 이해하고 그 차이를 존중하는 게 인정이라고 나는 생각합니다."

"네, 맞습니다. 근데 이제 갈 시간이 되었군요."

모스크의 예배 준비를 앞두고 관람객의 퇴장을 알리는 사람들을 가리키며 대답했다.

"바쁘시지 않다면 이슬람 예배를 보고 가시겠습니까?"

"바쁘지 않습니다만 이슬람교에서는 무슬림이 아니면 예배에 참석할 수 없는 것으로 알고 있습니다. 사실 저도 다른 종교의 예배에 참석하는 게 썩 내키지는 않습니다."

내 짧은 지식에 굉장히 놀라는 표정을 지으면서 내 오해를 바로잡아 주었다. 그렇게 뜻밖에 행운이 또 찾아왔다.

"예배에 참석하라는 뜻이 아니라 구경해도 좋다는 말이었습니다. 타 종교의 출입조차 허용하지 않는 게 사랑은 아니지 않습니까?"

"구경은 저도 영광입니다. 여러 나라에서 모스크를 몇 번 방문해 봤지만, 예배의 모습을 지켜본 적은 없습니다."

예배를 준비하는 동안 나는 사무실에 들어가 빵과 물을 대접받았다.

예배시간이 다가오자 한 젊은 술탄이 나를 회당으로 안내했다. 회당 밖에 간이 의자에 앉아 그 모습을 바라보았다. 사원 안에 있는 유치원 아이들이 예배하는 모습도 볼 수 있었다.

사원 구경을 허락해 준 사원 관리자분들에게 감사인사를 전하는데 몇몇 신도들이 와서 술탄과 관리자를 나무란다. 종종 손가락으로 나를 가리키면서 말을 하는 것을 보니 분명 무슬림이 아닌 내가 여기 있는 게 그들의 마음을 불편하게 한 것 같았다.

"죄송합니다. 괜히 저 때문에. 죄송하다고 저분들에게도 전해주세요."

"아닙니다. 저는 저도 맞고, 그들의 의견도 맞다고 생각합니다. 교리와 사랑의 실천 중 상황에 따라 무엇을 택하는가는 종교인들의 고민이죠."

"맞습니다. 성경에도 제 논리로는 풀 수 없는 난제들이 많이 있습니다."

"그럴 땐 항상 기억하세요. 무엇보다 사랑이 우선한다는 것을."

나는 "LOVE." 그녀의 단어를 반복하며 어색하게 눈을 찡긋했다.

"네, 예수도 바리새인의 질문에 그렇게 답했었죠. 모든 계명에 사랑이 우선한다고 성경 마태복음에 나옵니다."

내가 대답하자 그녀도 "LOVE."라고 다시 나의 단어를 반복한다.

이슬람 사원이라 악수조차 조심스러워 이슬람식 인사를 하고 사원을 나섰다.

예배를 마친 유치원생들이 부모님의 손을 잡고 집으로 향하고 있었다. 알라신과 부모님의 사랑을 받고 있는 저 아이들은 참사랑을 실천하는 세대였으면 좋겠다. 분명 쉽지 않은 길이고 많은 고민과 저항에 부딪힐 테다. 그럼에도 신이 가르치는 삶의 태도를 잃지 않기를 기도했다.

"전쟁은 때로는 필요악이다.
하지만 아무리 필요하더라도 그것은 언제나 악이며 선이 아니다.
우리는 남의 아이들을 죽임으로써
평화롭게 사는 법을 배워서는 안 된다."

– 지미 카터

"평화는 무력으로 유지될 수 없다. 오직 이해를 통해 유지될 수 있다."

– 알버트 아인슈타인

혼란의 여정

말라카로 가는 길

나는 해가 하늘의 정상에 오르기 전에는 말라카 골목을 서성이고 있어야 했다. 게으름을 듬뿍 담아 한껏 무거워진 몸뚱이를 힘겹게 일으킨 내 의지대로라면 말이다. 하지만 그 시각, 나는 쿠알라룸푸르의 어딘가를 불안한 걸음으로 긁어대고 있었다.

오늘은 어디서부터 잘못된 걸까? 밤새 나를 괴롭히던 모기떼가 숙소로 들이닥쳤을 때부터였을까? 잠을 설친 나는 난잡한 공용 화장실이 정돈되기도 전에 수건 하나와 목욕 가방을 챙겨 몸을 씻었다. 모기 자국 때문인지 때 때문인지 모르는 간지럼을 해결하고자 이태리타월을 꺼내 몸을 박박 문질렀다.

호스텔 직원은 밤새 근무해서였을까? 말라카로 가는 방법을 물어보는 나에게 퉁명스러운 어조로 시내에 있는 여행자 안내센터로 가서 물어보라는 대답을 던졌다. 손님 응대는 내팽개치고 교대시간만을 기다리는 게 그 친구의 유일한 아침 업무인 듯했다.

화려한 음식문화를 자랑하는 말레이시아에서 한결같이 지나친 겸

손함을 유지하는 호스텔 조식을 뒤로하고 표준 서비스를 제공하는 글로벌 패스트푸드점에서 아침을 해결하기로 했다. 그곳에서도 기대했던 대접을 받지 못했다. 점원이 착각한 것이라고 믿고 싶지만, 거스름돈 때문에 한참을 실랑이했다. 내가 매니저를 불러 CCTV를 확인하자고 하니 그때서야 제대로 된 거스름돈을 주었다. '이봐! 둘째가라면 서러울 만큼 진상손님 최다 보유국에서 온 여행자라고. 이 정도에서 끝난 걸 다행으로 생각해.'

아침 액땜이라고 생각하고 커피로 정신을 일으켰다. 오랜만에 국수가 아닌 잉글리쉬 머핀 사이에 끼운 다진 소고기와 베이컨으로 배를 채운 다음 여행자 안내소로 향했다. 인도인 여행객들이 그 앞을 가득 채우고 있었다. 뒤에 줄 서 한참을 기다렸다. 하지만 인도인들의 질문 세례는 그칠 줄 몰랐다. 와이파이를 쓰기 위해 좀 전에 아침을 해결한 패스트푸드점으로 들어갔다. 인터넷에 있는 여행 정보를 병적으로 믿지 않지만 휴대폰으로 한 여행자의 블로그를 찾아, 가는 법을 메모하고 전철역으로 향했다.

블로거가 내리라고 한 역에 내렸다. 메모할 때부터 의심스러웠지만, 순간 무언가 잘못됐음을 직감했다. 내가 그동안 다녔던 전철역에는 출구번호가 없거나 출구번호가 A, B, C 같이 영문으로 적혀 있었다. 하지만 블로거는 그 역에서 3번 출구로 나가라고 알려주었다. 이 역은 다른가 보다 생각하고 불길한 기분을 무시했다. 하지만 역시 내리니 3번 출구는 없고 3호선으로 갈아타는 곳을 가리키는 이정표만 있을 뿐이었다.

메모지를 버리고 사람들에게 길을 묻기 시작했다. 출근행렬 속에서 나에게 친절을 베푸는 사람들은 많지 않았지만 그래도 말레이시아 사람들은 바쁜 걸음에 민폐를 끼치고 있는 날 완전히 외면하진 않았다.

어렵게 물어물어 찾아간 출구 앞에 서니 호랑이 굴이다. 굶주린 호객꾼 무리가 나를 보며 입맛을 다신다. 다시 안으로 들어가 기둥 뒤에 숨어 정신을 가다듬었다. 정신만 차리면 호랑이 굴에서도 살아나올 수 있다는 옛 선조의 가르침을 떠올렸다. 이곳을 몇 번 와본 양 당당히 걸어야 했다. 두리번거림은 금물이다. 눈동자의 불안함을 감춰야 했다. 흔들리는 동공과 정신을 붙잡았다. 좀비 떼처럼 나를 붙잡는 호객꾼 틈 사이로 힘겹게 몸을 끌어내며 사람들이 많이 가는 곳으로 무작정 그리고 부지런히 걸었다.

블로거의 말대로 말라카 가는 버스가 있었지만 그 날은 하루에 두 대뿐이었고 버스는 4시간 뒤에 있었다. 티켓 판매원이 알려준 대로 TBS라는 쿠알라룸푸르에서 가장 큰 터미널로 발걸음을 옮겼다. 11시 15분에 출발하는 표를 구매해 버스에 올랐다.

상처를 간직하는 일

말라카

고풍스러운 붉은 건물이 있는 네덜란드 광장을 기점으로 이 도시 여행은 시작된다. 지도를 한 장 받아 들고 지도에 적힌 추천경로대로 걸어보기로 했다. 말라카로 오는 버스 차창에 드리운 커튼 사이로 부서진 햇살이 이따금 내 팔을 꼬집을 때부터 더위가 심상치 않음을 직감했었다. 버스 위에 올라 말라카까지 쫓아온 태양은 지도의 경로대로 따라오며 나를 굽기 시작했다. 내가 옷을 벗어야 그만둘 심산이었다. 구름을 어떻게든 이기고 싶었나 보다. 하지만 나도 고집이 세다. 구름의 차례가 올 때까지 버텨주마. 구름의 강한 입김이 간절했다.

모자를 덮어쓴 덕분에 모자 안에서는 찜 요리가 시작되었다. 머리에서 증류된 물방울이 지도 위로 뚝뚝 떨어지기 시작했다. 흘러내리는 땀이 마치 찜통 위로 흐르는 수증기 같았다. 젖은 지도는 너덜너덜해지기 시작했다. 지도 따위 버리고 정처 없이 걷기로 했다. 지도에 표시된 길을 따라다니니 중국인 관광객과 함께하는 걷기 체험 행사에 온 것 같아 별 재미를 못 느끼던 참이었다.

다양한 문화가 얽히고설킨 말라카. 눈이 향하는 곳으로 이리저리 발걸음을 옮겨 보았다. 싱가포르와 홍콩이 현재의 무역항의 모습을 보여준다면 말라카는 지난 무역왕국의 낡은 번영을 보여주고 있었다. 번성과 쇠락의 역사를 모두 지닌 이 작은 도시에서 나는 과거의 시간을 천천히 거닐었다. 인도양과 태평양이 만나는 지점인 이곳은 중세 유럽의 향신료 무역 거점으로 영광스런 한 시절을 보냈다. 1511년에 포르투갈의 침략을 시작으로 1641년에는 네덜란드, 1826년부터는 영국의 식민지였다. 이후에도 1948년 독립 전까지 다양한 강대국들의 찔러댐을 견뎌야 했다. 그 상처투성이 과거를 더듬었다.

말라카 시티의 역사 지구는 그 굴곡진 역사를 간직하고 있다. 시간의 흐름대로 역사의 달콤함과 씁쓸함을 잘 버무린 느낌이다. 여러 시간과 다양한 민족의 문화가 엉켜있지만 각자 고유의 문화는 잃지 않았다. 문화가 섞인다는 건 무엇일까? 어느 것은 수용하고 어느 것은 지켜야 되는지 각자의 지혜로 훌륭한 답안지를 보여주고 있었다. 공생한다는 건 획일화된 통일이 아니라 서로를 인정하고 수용하는 공존의 개념이라는 것은 하모니 스트리트뿐만 아니라 여러 골목길에도 짙게 묻어 있었다.

박물관에 들러 앞선 여행자 선배들을 만나 그들의 고난의 여정을 찬찬히 들여다보았다. 오늘 내가 겪은 사소한 혼란과 고난은 여행자가 만나야 할 당연한 통과의례일 뿐이었다. 파노라마 뷰에 올라 말라카 해협의 모습을 내려다보기도 했다. 해 질 무렵에는 리버 크루즈를 타고 말라카 강을 거슬러 올라갔다가 걸어서 다시 내려와 보기도 했다. 지금은 관광도시로 변모하면서 다양한 문화의 모습들이 도시의 낡은 상처를 덮고 있었다.

상처의 역사마저 오롯이 간직한 이 땅에서 회복에 대해 생각했다. 상처의 모습을 완벽히 지우고 새로운 모습으로 탈바꿈하는 것만이 회복은 아닐 것이다. 상처의 모습을 잊지 않고 간직하면서 변화의 흐름 맞게 다른 모습으로 꾸며 나가는 일. 어쩌면 나에게 필요한 회복의 모습이 아닐까 생각했다.

갑자기 켜진 바보 스위치

동남아시아를 떠나며

20kg 쌀 포대에 육박하는 무게의 배낭을 짊어지고 10kg의 가방을 앞에 두르고 숙소를 나섰다. 흐렸던 아침 길거리에는 이내 뜨거운 햇볕이 내리쬐기 시작했다. 무거운 햇살이 배낭을 짓누르자 내 바보 스위치가 켜졌다.

5일 동안 수없이 걸었던 숙소 주변 길을 헤매기 시작한다. 체크아웃 이후에는 숙소 로비에서조차 머물 수 없다며 나를 밀어낸 숙소 직원의 불친절이 내심 고마웠다. 시간을 맞춰 나왔다면 비행기를 놓칠 수도 있었다. 같이 여행하지만, 혼자만 좋은 구경을 하고 다녀 내심 미안했는지 배낭을 어화둥둥 업고서 햇볕도 쬐여주고 시내 관광도 시켜주었다. 내 가방이 시내 구경을 하는 동안 나는 내 바보스러움을 한탄했다. 무거운 짐과 뜨거운 태양은 날 조급하게 만들었다. 잠시의 고민도 허락하지 않고 선불리 판단해 버리며 잘못된 길로 부지런히 드나들었다.

"행복하게 여행하려면 가볍게 여행해야 한다."

– 생텍쥐페리

"짐을 가볍게 하기 위해 기도하지 말고,
더 튼튼한 등을 갖기 위해 기도하라."

– 로저 밥슨

무거운 짐과 내 연약한 등 근육 중에 무엇이 문제일까?

여행하면서 나는 참도 많은 것에 의존해왔다. 삶의 짐도 그럴 것이다. 조급함을 업은 걱정과 두려움은 좋은 계획이 아닌 후회로 변하는 실수만 연신 만들어냈다. '내려놓자. 조금만 더 버리자.' 막다른 골목에 닿을 때마다 가방을 고쳐 업으며 다짐했다.

그렇게 한참을 헤매며 힘들게 도착한 공항철도 터미널. 젠장! 공항까지 35링깃이다. 숙소 보증금으로 돌려받은 30링깃에 주머니에 먼지 묻은 3링깃이 전부였다. 30링깃이라는 한 여행자의 말에 또 속았다. 제대로 알아보지 않은 내 탓이지 누구를 탓하랴.

매표소 여직원에게 최대한 불쌍한 표정을 지어 보이며 2링깃의 양해를 구했다. 여행하며 새롭게 장착한 수더분함도 나의 고급스런 외모를 가릴 수는 없었다. 고개를 가로저으며 다음 손님을 부른다. 칼같이 돈을 썼다고 내 자신을 칭찬했던 나는 터미널 한편에서 무릎을 꿇었다. 배낭을 열어 터키에서 환전하려고 챙겨둔 유로를 주섬주섬 꺼냈다.

소액 환전이 불가능해 공항철도 티켓을 사고도 꽤 많은 돈이 남았다. 다행인지 근사한 점심 먹을 돈이 생겼다. 말레이 소스를 뿌린 닭다리 두 개와 샐러드, 밥 한 주먹으로 배를 채웠다. 서른 즈음에 매일 이별하며 살고 있는 머리카락을 지키기 위해 말레이시아에서 끼니마다 챙겨 마셨던 당근주스도 잊지 않았다.

공항에서 도착해 체크인을 마치고 남은 돈으로 면세점을 기웃거렸다. 여행에 필요해 보이는 물건들을 구매했다. 내려놓자고 다짐한 지 고작 세 시간이 지났을 뿐이었다. 큰 배낭과 함께 그 다짐도 비행기에 먼저 실었나 보다.

면세품을 담고자 가방을 정리하는데 5링깃이 나온다.

'까꿍!'

아까 환전한 링깃은 지갑에 넣고 다녔는데 이 5링깃은 뭐람. 의도치 않게 켜진 바보모드를 끄는 법을 알고 싶었다. 대륙이 바뀌면 꺼질까? 시차가 바뀌면 꺼지려나? 비행기에 오르면 높은 고도로 낮아진 기압에 힘입어 눌린 스위치가 올라오려나? 5링깃을 멍하게 바라보았다. 5링깃에 그려진 말레이시아 초대 총리인 툰구 압둘라만에게도 물어보고 코뿔새에게도 물어봤다. 바보 스위치 덕분에 푸른 화폐 5링깃이 초록 신호등처럼 보인다. 그럼에도 불구하고 그냥 가라고 말하는 듯했다. 바보스러운 질문을 마치고 나는 비행기에 몸을 실었다. 그렇게 여행은 계속되었다. 언젠가 책에서 읽었던 문장이 떠올리며 마음을 추슬렀다.

— 우리는 결점이 없을 정도로 완벽하지는 않지만,
결점에 무너질 정도로 나약하지도 않다

이스탄불로 가는 길

이스탄불로 향하는 비행기는 좌석이 꽤 많이 비어 있었다. 혼자 장거리 비행기를 타게 되면 기장의 비행 실력보다 더 궁금한 건 옆 좌석에 앉게 될 짝꿍이다. 덩치가 큰 사람이 앉아 내 어깨를 움츠러들게 할 수 있고 냄새나는 사람이 앉을 수도 있다. 코를 심하게 고는 사람이 함께할 수도 있으며, 동행이 필요한 아리따운 여성이 앉을 수도 있다.

누가 됐든 여행의 에피소드를 펼치기에는 최고의 소재다. 하지만 그럴 일은 없기를 바라며 조마조마한 기분으로 짧은 기도를 중얼거리며 앉아 있었다. 비행기 문이 닫힌다. 승무원의 비상시 대피 요령 시범을 이렇게 기분 좋게 바라본 적이 있을까? 옆자리는 비었다. 다음 문제는 앞뒤 자리다. 장거리 비행 특성상 비행기가 안정된 고도로 진입하게 되면 의자는 눕기 마련이다. 사방이 다 비었다. 내 세상이다. 부모님이 여행을 떠나 집이 비게 된 고등학생의 기분이었다.

최대한 편하게 앉아 잡지를 읽으며 활자와 사진 구경을 했다. 세계 항공사 기내식 중 3위를 차지한 기내식으로 식사를 마친 뒤 조명등을 켰다. 사지도 않을 면세품목을 천천히 들춰보는 내 손에는 무라카미 하루키가 비행기에서 즐겨 마신다는 칵테일 '블러디 메리'가 들려있다.

버스에 껌딱지처럼 붙어 앉아 여행한 기억이 떠오른다. 인생 오래 살고 볼 일이다 생각하는데 승무원이 나에게 말을 건다.

혹시 지적받을 행동을 했나 싶어서 널브러진 몸을 추스르는데 통로 맞은편 4열 자리에 누워도 되니 편히 가라는 말을 건넨다. 예쁘장한 승무원이 이스탄불에 도착하면 자기 집에 머물러도 된다는 말을 했다 한들 이보다 달콤하지는 않을 테다. 고맙다는 인사가 끝나지도 않았는데 이미 내 몸은 통로를 건너고 있었다. 비행기를 꽤 타 봤지만, 비행기에서 누운 적은 처음이었다. 팔걸이를 모두 위로 올리고 훌륭한 간이침대를 만들었다. 앞뒤를 보니 이미 다른 사람들도 자신만의 침대를 만들어 누운 채로 하늘을 날고 있었다.

내 생애 최고로 편한 비행을 마치고 불편한 짐을 찾아 공항으로 나왔다. 세계 최고의 관광도시라는 타이틀이 무색할 만큼 아타튀르크 공항은 기대보다는 많이 낡아 있었다. 공항에서 시간을 조금 보낸 뒤 시내로 가는 공항 버스비를 환전하고 남은 돈으로 휴대폰 유심칩도 구매했다. 이제 뭘 해야 되나 고민했다. 해가 이제 기지개를 켜는 이 시각. 첫 아잔 소리가 울리는 이 시각. 그와 약속한 시간은 세 시간 넘게 남았다.

사실 나는 터키에 대한 정보가 하나도 없었다. 말레이시아에서 바로 터키로 떠나기로 급하게 결정하는 바람에 여행 정보를 찾을 시간이 많이 부족했다. 건너건너 알고 있는 터키 여행 전문가에게 터키행 비행기를 타기 하루 전날 메시지를 보냈다. 서로 보낸 메시지가 한 개도 없어 내가 새로 만든 메신저 대화창이 참으로 민망했다. "형님, 저

기억하시나요?"로 시작된 문장은 주절주절 길게 이어졌다. 장문의 글은 마치 가장 불쌍한 사연을 말하는 사람에게 돈을 주는 백만장자 앞에 선, 별로 안 불쌍한 사람의 중언부언처럼 느껴졌다.

도착한 답장은 너무 짧았다. J가 운영하는 한인민박으로 가라는 대답뿐이었다. 자신에게 치근대는 남자에게 보내는 앙칼진 여자의 차가움이 느껴졌다. 지푸라기라도 잡는 심정으로 말레이시아에서 J의 숙소를 예약했다. J는 이스탄불에서 긴 시간을 보내려는 나에게 숙소가 만실이라 1박만 가능하다는 답장을 했다. 1박이라도 하면서 정보를 얻자는 심정으로 1박을 예약했다. J는 아침 8시 20분에 오라는 이해 안 되는 말을 남겼다. 8시도 아니고 8시 반도 아닌 왜 8시 20분일까?

탁심 광장으로 향하는 버스를 타고 이스탄불을 맞이했다. 보스포러스 해협을 건너니 영국의 역사학자 토인비가 이스탄불을 '인류 문명의 살아 있는 거대한 옥외 박물관'이라 말한 이유를 알 수 있었다. 카메라를 꺼낼 생각도 하지 못한 채 이곳저곳을 눈에 담느라 정신이 없었다. 이내 버스에서 내려 다소 복잡해 보이는 길을 걸었다. 좀 헤매는 시간까지 생각했으나 상세한 약도 덕분에 한걸음도 허투루 걷지 않고 숙소 앞에 도착했다.

문이 잠겨있는 숙소 앞에서 짐을 놓고 시간을 죽이는데 고양이 한 마리가 나에게 다가와 장난을 건다. 기생충이 있을지도 모르는 털을 때가 잔뜩 낀 내 몸에 마구 비벼댄다. 그렇게 서로의 꾀죄죄함을 정겹게 나누며 터키의 첫 아침시간을 보냈다.

아침거리를 들고 오는 J와 만났다. J는 숙소로 출근하는 시간이 8시 20분이라 에누리 없이 그 시간에 오라 했었다. 이번 여행에 처음 간 한인숙소는 그의 칼 같은 성격같이 깔끔했다. 알 수 없는 불편함이 있었다. 헤어나려 노력해도 벗을 수 없는 여행자의 허름함 탓이다. 옷은 구멍이 여기저기 나 있고 발바닥은 시커멓다. 하지만 J의 배려 덕분에 마음은 편했다.

내가 불쌍해 보였는지 오늘은 침대에서 1박을 하고 이후에는 거실에서 지내도 된다는 제안을 하기에 냉큼 받아들였다. J는 내가 터키에 온 이유를 묻는다. 한 달이라는 기간을 잡았음에도 나는 간절히 원하는 건 없었다. 카펫 파는 노인과 터키 차인 '차이'를 마시면서 물담배를 피우는 게 유일한 터키 여행의 로망이었다.

이스탄불 소개서

지금 책을 덮으려는 왼손을 눈앞에 펼치면 어설픈 터키 지도의 모습이 나온다. 엄지손가락 있는 부분이 이스탄불이다. 유럽과 아시아 두 대륙에 걸쳐 있는 유일한 도시. 동서양의 교차점으로 동서고금東西古今을 모두 담고 있는 도시다.

기원전 7세기, 그리스의 지도자 비자스는 "눈먼 땅에 새로운 도시를 건설하라."는 신탁을 받는다. 이에 비자스의 이름을 딴 비잔티움이라는 도시가 건설된다. 그 뒤 풍요롭던 이 도시는 196년 로마제국에 함락된다. 326년 로마의 콘스탄티누스 황제가 이곳을 로마의 새 수도로 정하면서 이곳은 황제의 이름을 딴 콘스탄티노플로 불리게 된다. 동로마 제국은 이 도시의 옛 이름인 비잔티움에서 비롯된 비잔틴 제국으로도 불린다. 그 이후 1000년 넘게 종교와 사상의 중심지로 이 도시는 영광스런 업적을 이루어 나간다.

그러나 1453년 이 도시는 동방의 오스만 튀르크에 의해 점령당하게 된다. 이 사건은 유럽에 엄청난 충격을 가져다주었고, 지금도 이슬람 세력이 유럽에 퍼지는 것을 경계하는 유럽의 눈엣가시 같은 존재가 되었다. 그리스 정교의 중심인 성 소피아 성당에서 이슬람식 예배가 행

해졌고 이 도시는 이슬람의 도시인 이스탄불로 태어나게 된다. 16세기 다양한 건축물들이 들어서면서 이스탄불은 황금시대를 맞이한다. 오스만 제국이 세계 1차 대전에 독일의 편에 서면서 패전국이 되었다. 이스탄불은 강대국에 점령되었다가 1923년 해방되었다. 이러한 역사의 흐름은 이 도시가 세계사의 얼마나 중요한지를 말해준다.

1600년간 동로마 제국과 오스만 제국의 수도였던 이 도시에는 비잔틴 문명과 오스만 문명이 공존하고 있다. 이스탄불에서는 로마, 그리스, 이슬람 문명을 한자리에서 볼 수 있다. 한 문명이 다른 문명과 만나 조화를 이루는 모습. 이러한 낭만적 매력이 이곳에 많은 여행자들을 끌어들이고 있다.

이스탄불 둘러보기

첫날은 탁심 광장에서 이스탄불 술탄아흐멧 역사지구로 걸어가며 역사의 위대한 건축물 사이를 헤집었다. 시간을 맴돌며 세계 3대 음식 중 하나라는 터키 음식을 여기저기서 맛보았다. 사실 세계 3대 음식은 나라마다 다르다. 베트남에서는 자신들의 음식이 프랑스, 중국과 함께 세계 3대 음식이라 소개했고 터키에 오니 베트남을 빼고 자신들이 세계 3대 음식이라 했다. 나중에 이태리를 여행했을 때도 자신들의 음식이 세계 3대 음식이라 자부했다. 누가 정했는지 모르지만, 한국 음식도 슬쩍 끼워 넣어도 되는 세계 3대 음식이다. 중요한 사실은 그만큼 고유의 맛에 대한 자부심이 있다는 점이다. 되네르 케밥과 쿤피르 삶은 감자에 치즈, 채소 등을 넣은 음식로 배를 채웠다. 이스탄불에 있는 역사적 건축물들은 터키 전체를 둘러보고 와서 봐야 제대로 보인다는 J의 권유로 과거의 위용보다는 지금의 이스탄불을 구경했다.

필수 관광코스인 그랜드 바자르 대신 현지인들의 시장을 들락날락하는 것으로 터키 구경을 시작했다. 구시가지의 오래된 시장과 현대적인 이스티클랄 거리를 걸어보았다. 골동품 거리인 추쿨추마 거리를 따

라 이스탄불에서 처음 방문한 박물관은 다소 생뚱맞게도 순수박물관이었다. 이스탄불 도시 전체가 거대한 박물관이기도 하고 수많은 박물관이 이스탄불에 있다. 많은 박물관 중에 이 박물관을 제일 먼저 찾은 이유는 터키의 작가 오르한 파묵 때문이다. 그는 자신의 소설에서 이름을 딴 순수 박물관을 직접 기획해 세웠다. 터키의 모습은 아름다운 사진과 영상으로 그동안 많이 접했었지만, 활자로 접한 것은 그의 소설이 처음이었다. 솔직히 내가 이곳에 있는 이유는 한 장의 사진이 아닌 문학적 감수성이 이 땅으로 이끌었다는 허세 때문이었는지도 모르겠다.

하루는 카바타쉬와 베백 지구에서 이스탄불 부유층의 삶을 엿보았다. 베쉭타쉬에서 젊은이들의 문화를 훔쳐보고 사리예르로 가서 시장 골목을 서성이며 이스탄불 사람들의 생활을 들여다봤다. 다른 날에는 카드쿄이에서 페리를 타고 노래 〈위스크다르 가는 길에〉를 들으며 아시아 지역인 위스크다르로 건너갔다. 17세기 손수 제작한 패러글라이더로 이스탄불의 유럽과 아시아 지구를 건넜다고 알려진 헤자르펜 아흐메트같이 인력으로 하늘을 날진 않았지만 오르한 파묵의 『이스탄불 : 도시 그리고 추억』에 주요 배경인 위스크다르에서 짙푸른 보스포러스 해협과 유럽 쪽 이스탄불을 바라보며 터키식 커피를 마시며 책을 읽었다. 1km 정도 되는 너비에 수많은 배들이 다닌다. 사고가 날 법할 정도로 위태로워 보이지만 배들은 기민하게 꽤 빠르게 움직이는 작은 틈을 오간다. 수많은 문화가 공존하는 도시답게 수많은 배들이 평화롭게 바다 위를 이리저리 떠다닌다. 한가로이 이스탄불의 현재를 천천히 응시했다. 신시가지와 구시가지 아니, 아시아와 유럽을 지하철, 트램, 페리로 오고 갈 수 있는 도시는 날 게으르게 만들었다.

이 배와 삶이 닮았다는 생각을 했다. 어디에도 정착하지 못하고 우리는 삶의 일정한 동선을 반복한다. 그 움직임은 복잡하고 위험하다. 정착하면 좋으련만 우리는 또 떠나고 움직일 수밖에 없다. 그렇게 위태롭게 그리고 아슬아슬하게 삶의 한 짧은 여정을 마무리한다. 사람들이 배 앞으로 모였다가 배 앞에서 흩어진다. 저마다 삶의 목적지는 다를지언정 우리는 그렇게 만나고 헤어지며 각자의 위험을 그리고 공통의 위험을 감내하며 살아간다.

본질에 대하여

쉬린제

스머프의 마을로 알려진 쉬린제로 가기 위해 돌무쉬에 올랐다. 그리스인들이 15세기 이주해 오면서 형성된 마을이다. 곧 출발한다는 돌무쉬에는 이스탄불에서 만나 같이 여행하는 S와 나밖에 없었다. 사실 이스탄불에서 J와 돌무쉬를 타고 또 하나의 로망이 생겼다. 돌무쉬는 작은 승합차다. 단체 택시와 같은 개념으로 운행되는 터키의 특이한 운송수단이다. 같은 방향으로 가는 승객들이 모여 각자의 요금을 내고 각자 원하는 곳으로 이동한다. 버스와 택시의 중간쯤 되는 시스템이다. 돌무쉬를 능숙하게 타려면 어느 정도 지리에 밝아야 하고 터키어도 가능해야 했다. 셀축에서 쉬린제로 이동하는 돌무쉬는 가격표가 붙어져 있어서 초보자도 쉽게 탈 수 있는 수준이었다. 다시 이스탄불에 도착할 때쯤이면 나도 돌무쉬를 타고 다니리라 다짐했기 때문에 입문 코스로 딱 좋은 수준이었다.

사람들이 손을 흔들어 차를 세우고 자리에 앉으면 요금은 손에서 손으로 전해져 기사에게 도달한다. 거스름돈은 다시 손님들의 손을 거쳐 주인에게로 돌아간다. 내 어깨를 두드리는 손에 동전이 쥐어져 있다. 그 돈을 받아 들고 앞사람의 어깨를 두드린다. 이게 뭐라고 가슴이 두근두근한다. 기사가 탄 승객에게 뭐라 말한다. 승객이 주머니를 뒤적거린다. 한숨을 쉬며 뭐라 대답한다. 다음 승객이 타자 또 동전은 앞으로 구름다리를 건넌다. 내 뒤에 탄 승객은 돈을 일부 챙긴다. 그리고 남은 동전이 내 어깨 위에서 내 손을 기다린다. 기사가 뭐라고 소리를 지른다. 돈을 챙긴 승객이 대답한다. 아마도 아까 못 받은 거스름돈을 중간에 알아서 챙긴 듯하다.

뜬금없는 이야기이지만 다른 나라를 여행할 때 방을 같이 쓴 여행자가 있었다. 생긴 지 얼마 안 된 깔끔한 새 숙소의 주인은 우리에게 좋은 평점과 후기를 부탁했다. 나는 그 숙소가 참 맘에 들었기 때문에 만점을 주고 내가 느낀 숙소의 장점을 적어 주었다. 하지만 그 친구는 주인 몰래 가장 낮은 평점과 악플을 달아놓았다. 의아했다. 숙소에 있는 내내 자신의 집보다 좋다고 말해왔던 친구였다.

"어느 부분이 맘에 안 들어? 난 네가 여기 좋아한다고 생각했는데?"

"맞아. 너무 좋아. 그래서 나만 알고 싶어. 그래서 낮은 점수를 줬어. 그래야 사람들이 안 올 거잖아. 나 좀 똑똑하지?"

"똑똑하긴 한데 그 똑똑함을 사악한 데 쓰네. 너 악마야."

새로운 개념의 진상손님이었다. 은혜를 원수로 갚았다. 그래도 그 숙소는 높은 평점을 지금까지도 유지하고 있다.

쉬린제 마을의 이름도 이런 식으로 유래했다. 쉬린제 마을의 이름은 '치르킨제'라는 '추함'이라는 뜻을 지닌 그리스어에서 왔다. 마을의 아름다움이 외부에 알려지지 않게 하기 위해서였다. 하지만 이후에 이 소박하고 예쁜 마을은 널리 알려지게 되어 '쾌적함'이라는 뜻을 가진 터키어 이름 '쉬린제'로 바뀌어 불리게 되었다.

감추려 해도 감출 수 없는 것들이 있다. 아름다움은 드러나게 되어 있으며 추한 비밀은 언젠가는 폭로되기 마련이다. 애써 드러내지 않아도 애써 자랑하지 않아도 결국 세상에 알려진다. 그때까지 묵묵히 자신의 자리를 지키는 것. 혹여 아무도 알아주지 않는다 해도 꿋꿋이 자신만의 소중함을 지켜내는 일. 그게 어쩌면 나에게 필요한 삶의 자세다.

때론 쉬린제 마을의 과실주를 맛보며 작은 카페에서 목을 축이며 아기자기한 골목길을 천천히 걸어 다녔다.

아르테미스 신전.

아르테미스 여신은 다산과 풍요의 상징이다. 아폴로와 쌍둥이 남매다. 그녀는 24개의 유방을 가졌다. 에페수스 박물관에서 그녀의 동상을 보았을 때 조금은 흉측스럽다는 느낌을 받았다. 다다익선이라고 하지만 유방 24개는 좀 거북했다. 그녀는 아버지인 제우스에게 평생 처녀로 지낼 수 있도록 간청했다고 하는데 굳이 그럴 필요가 있었나 하는 의문이 든다. 어디 가나 발가벗고 있는 여신의 동상을 감상하면서 야릇한 기분을 전혀 느끼지 못한 적은 아르테미스가 처음이다. 어느 시대나 다른 미의 기준이 있을 테니 이 시대에 태어났으면 나도 이런 여자가 여신으로 보였을 거다. 이 시대에 태어나지 않음에 감사했다.

에페스 사람들은 그녀를 위해 기원전 580년 아르테미스 신전을 건축하였다. 이 유적지는 고대 세계 7대 불가사의 중 하나다. 고대 7대 불가사의는 기원전 2세기 비잔티움 수학자 필론의 저서 『세계의 7대 경관』을 토대로 한다. 현재 세계 7대 불가사의와는 차이가 있다.

이 신전은 기원전 356년 한 정신 나간 사람이 불을 질러 소실된다. 이후 아테네의 파르테논 신전보다 웅장하게 지어졌으나 기독교의 영향에 의해 빛을 잃게 되고 방치되다가 강의 토사로 완전히 뒤덮인다. 1874년 발굴 작업으로 그 모습이 다시 드러났지만, 지진으로 파괴된다.

박물관에 들렀다가 오디가 잔뜩 떨어진 가로수 길을 고양이 걸음으로 걸어 아르테미스 신전에 도착했다. 건설 당시 아르테미스 신전은 아테네의 파르테논 신전보다 2.5배 큰 규모였다. 하지만 지금 모습은 초라하기 그지없다. 총 133개 혹은 127개의 돌기둥 중 이제 하나만 외로이 남아 있다. 자료마다 본디 기둥의 숫자가 다르다. 역사 유적 발굴에는 뛰어나도 숫자 세기는 서투른 사람들로 추정된다. 사실 홀로 서 있는 돌기둥도 1973년도에 세운 것이다 과거의 영광에 굳이 비교하지 않더라도 너무 초라한 모습이었다. 신의 집을 받치던 돌기둥은 이제 홀로 남아 황새의 집을 쓸쓸히 받치고 있다. 영국의 대영 박물관에 복원된 모형도가 있다고는 하지만 화려하고 거대했던 유적을 내 짧은 상상력으로 복구하기란 쉽지 않았다. 마치 손톱을 보고 사람의 얼굴을 유추하는 것만큼이나 불가능해 보였다.

무너진 돌 더미에 기대앉아 신전의 터를 바라보고 있자니 문득 늙은 꼰대와 술자리에 온 기분이 들었다. 그들과의 술자리에서 어김없이 등장하는 두 가지. 찬란했던 과거와 초라하고 남루한 현재. 꼰대의 이야기 특징은 현재는 뒤로하고 과거에 지나치게 연연한다는 점이다. 설명할수록 영화로웠던 과거와 몰락한 현재의 간극은 점점 벌어진다. 주변 공기마저 허망해진다. 나는 이곳에 앉아 신전의 터를 바라보며 아직 과거에 머무는 도시 그리고 삶을 생각했다.

조용하던 신전에 단체 관광객들이 모여든다. 아! 잊고 있던 한 가지가 생각난다. 꼰대와의 술자리에 꼭 있는 아첨꾼. 침을 튀겨가면서 과거의 영광을 설명하는 투어 가이드들을 보자니 옆에서 꼰대의 비위를 맞추느라 연신 과장된 몸짓과 말투로 감탄하는 예비 꼰대 유망주들이 떠올랐다. 후배에게 자신의 위치를 과시하며 다그친다. 그렇게 다시 그들은 전날 밤 내팽개친 자존심을 추스른다. 대단해 보이는 인생도 안개가 걷히면 별것 없다. 그리하여 우리는 뒤쳐진 사람이 아니다. 모두가 부족한 결핍의 인생을 살고 있으니까.

불편한 옷과 액세서리를 두르고 연신 셔터를 누르고 있는 여행자들. 그 뒤 배경으로 산산이 부서지고 허망하게 무너져버린 영광의 초라한 흔적들이 흩어져있다. 저들도 화려한 사진을 찍은 후에 수수한 모습으로 되돌아가겠지. 나 또한 이 시간을 벗어나지 못하고 추억 속에 매몰된 여행자가 될 수도 있을 테다.

— 위선은 궁색하다. 허영은 허무하다.

기원전 356년, 한 정신병자는 자신의 이름을 후대에 알리기 위해 웅장한 아르테미스 신전에 불을 질렀다. 이 사람을 벌하고자 에베소 사람들은 이름을 감추려 부단히도 애를 썼다. 하지만 그의 이름은 감출 수 없었고 추악한 이름 '헤로스트라투스'는 2500년 가까이 지난 지금까지도 전해지고 있다. 자신을 알리는 데에만 목적을 둔 이 청년. 그의 이름을 알리는 데에는 성공했을지 몰라도 우리는 그를 정신병자로 기억한다. 포장된 과거를 수없이 설파한다고 해서 그 현재마저 아름다워지는 것은 아니다. 아르테미스 신전은 완벽하게 무너져 버렸지만, 그 화려함과 장대함은 후대에 복원되어 그 모습을 드러냈다. 이렇듯 드러나는 것은 결국 우리의 본질이다.

아르테미스 신전은 과거의 영광을 자랑하지는 않았지만, 괜스레 서글픈 감상에 젖게 했다. 술 한 잔 따르고 싶었다. 찬란했던 과거를 위하여. 힘겹게 위용을 드러낸 뒤 모두 널브러져 휴식을 취하는 모습 같아 보인다. 이래서 하루의 끝에는 잠이 있고, 삶의 끝에는 죽음이 있다.

사도 요한 교회와 성모 마리아의 집

로마의 유스티아누스 황제가 6세기에 건축한 요한 교회에 사도 요한의 무덤이 안치되어 있다. 예수에게 세례를 준 세례 요한이 아니라 예수의 제자 요한의 무덤이다. 이곳에서 요한은 박해를 무릅쓰고 성서를 기록했다고 알려져 있다.

가는 길에 어느 누구도 만나지 못했다. 돌담이 둘러싸고 있는 조용한 마을에는 어떤 생명체도 살고 있지 않은 듯 보였다. 입구에 앉아 쉬고 있는데 육지 거북 한 마리가 나를 찾아왔다. 지나다니는 사람마저 볼 수 없는 척박하고 뜨거운 땅에서 거북이라니. 걷는 속도를 보니 마을 입구에서 태어났다면 태어난 순간 출발해 이제야 겨우 이곳에 도착한 듯 보였다. 나를 지나쳐서 느릿느릿 발걸음을 옮기는 것 보니 이 거북이는 나를 그다지 신경 쓰는 모양새는 아니었다. 자고 있는 경쟁자 토끼를 지나치는 쿨한 녀석답다. 그렇게 우리는 각자의 길을 떠났다. 희귀한 동물을 만나서 반가운 것도 있었지만 같은 느림보라 마음이 더 쓰였다.

느려도 우리는 자신의 길을 가는 여행자다. 아무도 몰라준다 할지라도 혹시라도 우리를 본 사람들이 답답하게 느낄지라도 우리의 속도로 가자. 대신 너무 오래 멈추지 말고. 가다가 우리 같은 사람 만나면 서로 눈인사 정도만 하고 언제나 그랬듯 끈적이는 땀 한 번 쓱 닦아내고 거친 숨 한번 뱉어내고 태연히 홀로 가자.

사도 요한 교회는 셀축에 위치하고 있으며 성모 마리아의 집은 에페스 유적군으로 가는 길에 택시기사와 흥정하여 잠시 구경할 수 있다. 요한복음 19장에 보면 예수는 십자가 위에서 자신의 어머니에게 요한을 이제 어머니의 아들이라 칭하였고 요한에게 마리아를 이제 어머니로 섬기라 말했다. 자신의 죽음 이후에 요한에게 어머니 마리아를 대신 모시기를 부탁하는 장면이다. 그때부터 제자 요한은 자신의 집에 예수의 어머니 마리아를 자신의 어머니로 모시게 된다. 요한은 마리아를 데리고 에페스로 오게 되었고 마리아는 이곳에서 말년을 보낸 것으로 알려져 있다.

성모 마리아의 집으로 가는 입구에 이곳을 발견하게 된 신비로운 이야기가 적혀 있다. 한 독일인 수녀가 어느 날 성모 마리아에 대한 꿈을 꾸게 된다. 이 전에는 성모 마리아가 예루살렘에서 생을 마감한 것으로 알려져 있었다. 그녀는 꿈에서 환상을 본 뒤 예루살렘이 아닌 에베소에서 마리아가 승천했다고 주장한다. 마리아가 마지막으로 살던 집과 그 주변 지역을 설명했고, 그 묘사가 너무도 사실적이라 책으로 발간된다. 이후 성직자들의 탐사로 1891년 성모 마리아의 집이 발견되었다. 당시 이 수녀가 묘사했던 모습과 거의 일치한다고 전해진다. 놀라운 사실은 독일인 수녀 캐더린 에멀리히는 독일 밖을 떠나 본 적이 한 번도 없다는 점이다.

세상에 잊혔던 이곳은 쉽사리 믿지 못할 기적을 통해 다시 알려졌다. 그리고 기독교, 유대교, 이슬람의 성지가 되었다. 소원을 종이에 적어 매다는 벽이 보인다. 마음으로 소원을 적었다.

— 추함을 숨기지 않는 용기를 주시고,
작은 선(善)을 애써 드러내려 하지 않는 겸손을 허락하소서.
결국 드러나는 나의 본질을 아름다움으로 채우게 하소서.

"네 모습 그대로 미움받는 것이
너 아닌 모습으로 사랑받는 것보다 낫다."

– 앙드레 지드

역사상 가장 발전했던 도시 에페스

에페스는 성서에 에베소로 기록되어 있는 곳이다. 로마 시대에 금융과 상업이 발달해 물질적으로 풍요로웠을 뿐만 아니라 철학과 문학 등 학문의 중심지였다. 정교하게 계획된 이 도시는 상인들과 예술가로 넘쳐났다. 로마의 집정관 안토니우스도 에베소에서 클레오파트라에게 선물할 보석과 화장품을 준비했다고 알려져 있다.

입구에 들어서니 대공연장이 위치하고 있다. 기독교인이라면 모두가 존경하는 사도 바울이 있었던 곳이다. 사도행전 19장에 보면 바울은 이곳에 서서 설교를 했다. 당시 아르테미스 신을 믿던 사람들은 그를 쫓아냈다. 하지만 그의 설교로 결국 에베소에 교회가 들어선다. 기

독교적인 관점에서 벗어나 성경에 기록되어 있는 기록을 보더라도 바울과 아르테미스 신상 모형을 파는 상인들과의 대립을 당시 법으로 차분히 다루어 진정시키는 서기장의 태도는 이 도시가 얼마나 발전된 문화를 보유하고 있었는지 알 수 있게 한다.

당시 기록을 통해 도시의 발전 정도를 파악하는 방법도 있지만, 나만의 고유한 두 가지 방법이 있다. 하나는 시민들을 위한 도시의 세심한 배려를 보면 된다. 상하수도 시설은 물론이고 세 개의 대로는 각자의 쓰임대로 그리고 이용하는 사람들의 동선을 고려해 체계적이고 효율적으로 놓여 있었다. 마차 다니는 길과 인도가 구분되어 있으며 마차가 다니는 길에는 양쪽에 긴 홈이 파여져 있다. 로마의 세심한 도시 정책이 이곳에도 그대로 반영된 것이다.

나머지 하나는 공공 도서관을 보면 된다. 에페스에서도 가장 아름다운 건축물은 셀시우스 도서관이다. 로마 제국을 대표하는 도서관 중에 하나다. 당시에 만 권 이상의 책을 소장하고 있었다 하니 얼마나 번성한 도시였는지 나름대로 가늠할 수 있었다.

시절 여행

히에라 폴리스

히에라 폴리스 입구에 섰다. 온천으로 유명한 이곳에는 석관이 여기저기 흩어져 있었다. 치유의 도시로 와서 삶의 끈을 조금 더 이어보고자 했던 사람들. 그들은 삶을 가늘게 연장시켜 준 이 땅에서 결국 인생을 정리했다. 거대한 묘지군인 네크로폴리스로 향했다. 셀 수도 없을 정도의 묘지가 마음을 차분하게 가라앉혔다. 석관뿐만 아니라 가옥형, 봉분 모양의 무덤들이 보인다. 여러 시대에 걸쳐 수많은 사람들의 죽음을 담고 있는 곳. 다양한 삶의 끝자락을 차분하게 걷는다.

히에라폴리스라는 이름의 도시를 건설한 왕은 페르가몬 왕국의 유메네스 2세다. 페르가몬 왕국의 시조인 텔레포스 왕의 아내인 히에라를 기념하기 위해 이 도시를 세웠다. 로마 시대에 큰 부흥기를 누렸지만 계속되는 큰 지진과 전쟁으로 이 도시는 급격히 황폐화됐다. 이후 잊혀진 도시가 역사 속에 잠시 사라졌다가 19세기 다시 발굴되기 시작했다. 하지만 아직도 최전성기 시기였던 2~3세기 모습을 일부나마 간직하고 있다.

이스탄불을 떠나 지금까지의 터키 여행은 시절 여행이다. 눈보다는 상상력이 필요한 곳. 얼마나 정확하게 공간을 복원해 내느냐는 중요하지 않다. 할 수도 없는 불가능한 일일 테니까. 그 시절 속에 살았던 사람들을 떠올리며 그 안을 천천히 거닐어 보는 여행. 시간을 거슬러 살아보지 못한 시대 속에 내 모습을 그려놓고 체스판에 말을 옮기듯 그 속을 내 상상의 규칙대로 움직여본다. 그렇게 상상 속에서 시절과 시절을 잇는 다리를 놓는 순간 내 머릿속에서는 거대한 소꿉놀이가 펼쳐진다. 로마식 목욕탕에 몸을 담가 보기도 하고 공연장에서 공연을 본다. 그 가운데 아폴로 신전도 가끔씩 찾았을 게다.

회복과 죽음이 맞닿아 있는 곳답게 많은 신전들이 위치해 있다. 이곳의 대리석은 이스탄불 아야소피아 성당의 기둥으로 사용되었을 정도로 유명했다. 그 대리석으로 섬세하게 조각된 신상 앞에서 신의 가호와 자비를 구했을 사람들을 상상해본다. 히에라폴리스는 신성한 도시라는 뜻이기도 하다. 이곳에서 서사시를 썼다는 키케로와 대화도 나눠본다. 피부는 새까맣게 타고 있지만, 미소는 잔불처럼 조용히 번져간다. 잔영의 땅 위에서 상상 속에 나는 행복했다.

원형 극장에서 위로 올라 사도 빌립 순교 기념관으로 향했다. 예수의 제자 중 한 사람인 빌립이 이곳에서 네 명의 딸과 함께 순교한 곳에 교회가 세워졌다. 기독교의 중심지로 발전하기도 했던 이 지역은 골로새서와 요한 계시록에 등장한다. 이곳에서 얼마 떨어지지 않은 곳에 초대 일곱 교회 중 하나인 라오디게아 교회가 있다.

시간의 본질

📍 파묵칼레

히에라 폴리스 서쪽에 유명한 관광지인 파묵칼레로 향했다. 파묵칼레는 목화파묵 성칼레이라는 뜻이다. 석회질을 가득 담고 있는 온천수가 석회를 남기고 아래로 흘러내리면서 계단식 밭에 하얀 목화가 가득 핀 듯한 풍경을 그려낸다. 시절 여행을 하느라 지친 나는 발을 담가본다. 체온과 비슷한 물의 온도는 기분 좋게 따뜻하다. 1만 년 넘게 쌓인 석회봉을 밟아 보았다. 온천수는 고갈되고 있어 일주일에 한 번씩 흘려보내고 있다고 한다. 그 때문인지 하얗던 석회층은 조금씩 누렇게 변색되고 있다.

시간은 흘러가는 것이 아니라 쌓이는 것이다. 우리가 기억하지 못한 채 무의미하게 흘려보낸 시간도 내 삶의 한구석에 차곡차곡 서서히 쌓여 나를 이루고 있다고 말하고 있었다. 오늘을 사는 우리가 평범하기 그지없는 오늘을 소중히 여겨야 하는 이유일 테다. 이곳에서 몸을 씻으며 하루를 마무리하고 인생을 정리했던 수많은 사람들의 깨우침을 엿들었다.

예전에는 시간이 모든 것을 해결해 준다는 말을 싫어했었다. 슬픔과 아픔이 시간에 마모되기만을 기다리는 무기력하고 수동적인 자세라 생각했다. 하지만 그 말은 흘러가는 시간에 의존해 망각을 얻게 된다는 뜻이 아니었다. 고통스럽고 괴로운 시간들을 견디며 버티는 무수한 노력들이 쌓여 결국 그 시간의 두꺼운 지층이 번뇌와 갈등을 해결해 준다는 뜻임을 조금 뒤늦게 깨달았다. 이 악물고 참으며 스스로를 타이르고 혼내가면서 버티는 그 인내의 두께가 고난을 지나가게 하는 시간의 힘일 테다.

우리는 그렇게 시간을 쌓으며 삶을 깨닫고 나이를 먹는다. 우리는 아픔과 고통이라는 쓰디쓴 위액으로 세월이 주는 나이의 분량을 소화한다. 삶을 살다 마주치는 다양한 상황과 감정을 소화하며 우리는 그렇게 성장한다.

너무나 아름다운 고난의 땅

카파도키아

카파도키아는 6000만 년 전 에르지예스산과 하산산의 화산 활동으로 형성되었다. 화산재는 응회암으로 굳어졌다. 이 응회암은 쉽게 다듬어질 정도로 연약하다. 이런 부드러운 암석이 오랜 시간 비와 바람을 맞으며 기이한 모양으로 태어났다. 광활한 기암 지대 사이에 삶과 신앙의 은신처가 곳곳에 숨어 있다. 신의 특별한 손길이 닿은 곳에 신의 백성들이 숨어 살기 시작했다.

괴레메의 뜻은 '볼 수 없다' 혹은 '보면 안 되는 곳'이라는 뜻이다. 해석이 다양하지만 결국 은둔의 도시다. 버스를 타고 우치히사르로 가서 성채에 올라 카파도키아를 내려다보았다. 기대와 달리 구름이 가득하다. 음산한 분위기에 기이한 기암괴석이 날카롭게 솟아있다.

아쉬움과 불안한 느낌을 가지고 내려왔다. 피죤 밸리를 걷기 시작하는데 역시나 비가 온다. 중간쯤 걸으니 비가 쏟아지기 시작한다. 그래도 돌아가는 거리나 앞으로 가는 거리나 비슷하니 계속 걸어가는 편이 당연하다고 생각했다. 2/3쯤 가니 몸은 비에 흠뻑 젖었고 날씨는 너무 추웠다. 땅은 진흙탕이 되어 발이 빠지거나 미끄러지기 일쑤였다. 때로는 발을 잡아끌고 때로는 발을 매몰차게 밀어버리는 땅의 횡포에 정신을 차릴 수 없었다. 설상가상 나는 이 시점에 길을 잃었다. 눈앞에 괴레메 마을이 보이는데 발 앞은 절벽이다. 이어진 길을 찾으려 애썼다. 헤매다 보니 이곳이 내 몸을 묻을 곳이 될 것 같았다. 내가 이곳에 오기 전, 읽은 글에는 이곳을 이렇게 묘사하고 있었다.

'숙소의 여행자들과 삼삼오오 짝을 이뤄 걷는 길, 배꽃과 살구꽃, 아몬드 꽃이 다투듯 내뿜는 향기 속에 조붓한 흙길 너머로는 들꽃들이 노랗게 피어났다. 동굴 교회나 가옥을 둘러보기도 하고, 전망 좋은 바위의 작은 찻집에서 뜨거운 애플티 한 잔을 마시며 쉬기도 하며 느리게 걷는 길.'

이렇게 평화롭게 거니는 축복은 나에겐 해당하지 않았다. 바꿔보자면,

'숙소의 여행자와 단둘이 짝을 이뤄 걷는 길, 먹구름과 비바람, 거

센 바람이 다투듯 내뿜는 추위 속에 질퍽한 흙길 너머로는 들꽃들이 요란하게 흔들린다. 동굴 교회나 가옥들에 몸을 숨겨보기도 하고, 전망 좋은 바위의 작은 찻집에서 마시는 뜨거운 애플티 한 잔을 간절히 원하며 힘겹게 걷는 길.'

가슴 떨리는 글을 읽고 왔는데 추위와 피로에 손과 다리가 떨린다. 비를 피하고 추위를 달래보고자 버려진 암굴 안에 몸을 숨겼다. 쥐와 많은 벌레들이 있다 하더라도 놀라 도망가기는커녕 그들에게 양해를 구하고 엉덩이 비빌 공간을 구걸해야 할 판국이었다. 다행히 그들은 부재중이라 양해를 구할 필요가 없었다. 초라한 내 모습을 보니 불법으로 국경을 넘는 듯한 느낌이 든다. 너무 추워서일까? 굴곡진 땅에서 굴곡진 역사를 견딘 사람들의 잔상이 보이기 시작한다. 이제 저승사자가 보일 차례다. 다행히 저승사자는 이번에도 나를 찾지 못했다.

여러 시절 속 요동치는 세월의 풍파를 오롯이 견디느라 갈리고 갈라진 암석들. 그곳에 핍박을 피해 자신들의 은밀한 공간을 고되게 마련한 기독교인들. 매서운 공격과 곤경을 경이로운 의지로 견디며 삶의 역사를 겹겹이 쌓아 올린 신비한 생의 터전. 듣고 보아도 정확히 이해할 수 없는 역사의 소용돌이가 거쳐 간 현장이다. 땅은 그 소용돌이를 거꾸로 세워 놓은 형상으로 그 시절을 기록하였고, 사람들은 그곳에 인내를 기록했다. 천사가 흠모한다는 고난의 신비가 이곳에 묻어 있다.

나는 그 고난의 맛을 아니 살짝 간을 보았다. 다른 여행 이야기처럼 유난 떨고 싶진 않다. 고난이 담겨 있는 아주 거대한 솥이 있다면 숟가락으로 살짝 뜬 다음 다시 새끼손가락에 살짝 묻혀 입에 대 본 정도다. 괴레메의 선물이다 생각했다. 관광업자의 손에 이끌려 돈을 쓰며 여기저기 오만하게 카메라를 들이미는 여행. 처음 보는 광경에 감탄사를 옹알이하듯 내뱉을 줄만 아는 어린아이 같은 나에게 성숙함을 느끼게 해주었다.

"고통은 성장의 법칙이요.
우리의 인격은 이 세계의 폭풍우와 긴장 속에서 만들어진다."

– 마더 테레사

다음날, 어제같이 수난을 겪은 동행자 S와 차를 빌려 그린 투어, 레드 투어, 블루 투어의 코스 중 우리가 가고 싶은 곳만 뽑아서 돌아다니기로 했다. 가장 먼저 향한 곳은 데린쿠유. 우연히 발견된 이곳에는 엄청난 규모의 지하도시가 건설되어 있다. 그 기원은 문헌자료가 없어 의견이 분분하나 히타이트 시대를 넘어 신석기 시대까지 거슬러 올라가기도 한다. 이곳에 이런 지하도시를 건설한 사람들은 숨어 살아야 했던 기독교인들이었다. 그들이 처음 짓지는 않았더라도 이곳에 터를 잡으면서 다듬고 확장한 것은 분명한 사실이다.

지하 20층까지 있는 이 거대한 도시. 현재는 지하 8층, 지하 55m까지만 개방되어 있다. 여러 갈래의 미로가 개미집처럼 연결되어 있다. 만 명이 넘게 살았다는 그 규모가 대단하게 느껴진다. 방과 부엌, 그리고 교회와 묘지까지 하나의 완벽한 도시였다. 숨어 살기 위한 지혜도 곳곳에 녹아있다. 통로 입구는 연자방아 모양의 커다란 둥근 돌이 막고 있다. 이 돌은 안에서는 열리지만, 밖에서는 쉽사리 열리지 않는다고 한다. 또한, 엄청난 양의 음식을 하는 동안 그 연기는 신기한 구멍을 통해 넓게 분산되어 흔적도 없이 배출되고 바깥에 맑은 공기를 끌어당긴다. 이러한 동굴이 이 지역에만 100개 이상이고 지금은 37개 정도 공개되어 있다고 한다.

괴레메 야외 박물관과 으흘랄라 계곡에서 초기 기독교인들의 교회를 들여다본다. 그들은 암굴을 파고 교회를 짓고 쉽사리 닿을 수 없는 곳에까지 신의 모습을 그림으로 남겼다. 이슬람 민족이 점령하면서 그 신의 얼굴을 마구 긁어놓은 흔적들이 보인다. 이렇게 역사는 핍박과 저항 사이를 그네를 타듯 반복하며 그 자취를 남겨 놓았다. 우리는 밝고 풍족한 평야 위의 낙원이 아닌 고난과 시련이 가득한 음

침한 골짜기에서 신을 만난다. 절망과 빈곤 속에서 신과 함께한 사람들. 그들은 신의 역사와 작품에 동참하는 그 큰 영광을 누렸다.

젬베, 파샤바의 버섯 바위, 데브렌트를 오가며 기이한 바위 속 억겁의 틈 사이를 걸었다. 어찌 이 땅의 모습을 보고 신이 없다고 쉽게 단정 지을 수 있을까? 생각하는데 옆에 관광객 무리가 남근을 닮았다고 고추밭이라며 낄낄댄다. 하긴 나도 더운 날씨 탓에 돈두르마터키 아이스크림를 닮았다고 잠시 생각했었다. 같은 것을 보았다 하더라도 무엇을 떠올리느냐는 우리가 어떤 생각을 주로 품고 사는지 보여주는 좋은 단서이긴 하다.

차를 타고 이 마을, 저 마을을 오간 뒤, 담사댐으로 향했다. 다른 경관을 보고 싶었기 때문이다. 이곳에 가는 길 아침부터 간헐적으로 내리던 비가 다시 내리기 시작한다. 그러다 갑자기 마구 쏟아진다. 운전하느라 지친 S, 지도 보느라 진이 빠진 나는 말없이 창밖을 쳐다보며 비가 그치기를 기다렸다.

비가 그치기 시작하자 이내 놀라운 풍경이 펼쳐진다. 무지개가 불과

10m 정도 앞에 놓여 신기한 모습에 카메라를 들고 차 문밖을 나서는데 저쪽에 다른 시작점이 있다. 내 앞에 부분이 시작점이라면 끝점은 불과 몇백 미터 떨어져 있지 않은 곳에 놓여 있었다. 무지개다리가 연결되는 모습이었다. 아주 가끔 만나는 무지개를 볼 때면 무지개는 어디와 어디를 잇고 있을까 항상 궁금했었는데 그 광경이 눈앞에 펼쳐진다. 힘든 기색은 잊은 채 이리저리 뛰어다녔다.

우리가 고난을 견디는 건 놓칠 수 없는 희망 때문인지도 모른다. 어쩌면 이게 고난의 신비가 아닐까 생각했다. 고난의 끝에서 영광을 마주하는 것뿐만 아니라 고난의 여정 속에 뜻밖에 희망이 불쑥 찾아오는 것. 그것이 하루치 혹은 일 년치의 고난을 버티게 하는 힘이 아닐까? 그러다 보면 인생의 마지막에는 아름다운 무지개 하나쯤은 띄울 수 있지 않을까?

"무지개를 보고 싶다면 비를 견뎌야 한다."

–채근담

견디는 삶에 대하여

샤르우르파

샤르우르파 오토가르버스 터미널은 생각보다 컸다. 터키를 오기 전에는 생소한 도시였으나 꽤 큰 규모를 자랑하고 있었다. 시내로 가는 버스를 타니 의사소통의 문제가 찾아왔다. 이 지역만의 교통카드를 사용해야 하는데 버스 기사와 말이 통하지 않았다. 그때 한 남성이 영어를 하며 다가온다. 버스카드와 일정 금액을 충전했다. 고맙다고 인사하니 어디로 가냐고 묻는다. 나는 우리 숙소 주소를 보여줬다. 자신과 함께 내리면 되니 앉아 있으면 자기가 내릴 때 부르겠다는 친절을 베풀었다. 운이 좋았다. 터키는 동쪽으로 갈수록 영어가 통하지 않는다고 들어서 터키어를 시간 날 때마다 공부하곤 했었는데 아직 한참 부족하다.

버스에 내려 고맙다는 인사를 하는데 차를 한잔하고 가란다. 고마운 마음을 아침식사로 대신 전할 수 있겠다 싶어 흔쾌히 응했다. Y는 건축가다. 터키 문화를 묻는 나에게 자신은 시리아 사람이라고 대답했다. 가족들과 함께 몇 해 전, 터키로 넘어왔고 트라브존에 산다고 말했다. 두 번째 차를 비우고 일어나 계산을 하려는데 이미 끝냈단다.

Y는 담배를 피우겠다고 잠시 비운 적이 있었는데 그때 계산을 한 듯했다. 그냥 내 앞에서 피워도 상관없다고 누누이 말했는데 굳이 자리를 뜬 이유가 있었다. 내가 산다고 생각하고 차 한잔하자는 제안을 아침식사로 바꿔서 주문한 터라 더 미안했다. 과분한 친절은 받은 내가 어쩔 줄 몰라 하는데 괜찮다며 시리아를 위해 기도를 해달라고 말한다. 그렇게 마음의 빚을 지고 예약해 놓은 숙소로 향했다.

내가 잡은 숙소는 이미 여행자 사이에서 유명한 숙소였다. 좋은 시설 때문은 아니다. 이곳에서 넴루트산 투어를 직접 운영하고 있고, 여행자들이 각자의 정보를 상세히 적은 정보북이 있기 때문이다. 아침에 도착했지만, 다행히 내가 예약한 방이 비어있어 일찍 짐을 풀 수 있었다. 내일 넴루트로 가는 투어를 예약하고 밖으로 나섰다. 동부로 오니 사람들이 입은 복장부터가 다르다. 온몸에 두르가를 두르고 눈만 보이게 다니는 여성들. 남성들도 이슬람 복장에 충실하다. 하긴 아침에 짐을 풀며 틀어놓은 지역 방송 뉴스에서도 여성앵커는 히잡을 쓰고 있었다. 그전 도시의 뉴스에서는 볼 수 없는 모습이었다. 쉽사리 카메라를 꺼내 들 수가 없다. 그들이 무서워서가 아니라 사진으로 그 사람들의 모습을 담는 게 예의가 아닌 것처럼 느껴졌다. 그럴 이유가 전혀 없는데도 말이다.

시장을 들러 사람들 사는 모습을 구경하고 자미이슬람 사원에 들러 사람들이 기도하는 모습을 먼발치에서 둘러보았다. 동양인이 어슬렁대는 모습을 힐끔힐끔 쳐다볼 뿐 사진 찍자고 덤벼드는 여자들도 없었을뿐더러 한국전쟁에 참전했다는 흔한 터키 할아버지도 없었다. 시장

구석에 앉아 차를 마시며 사람들을 구경했다. 그다음 향한 곳은 아브라함이 태어난 곳이다.

샨르우르파는 아브라함의 땅이다. 아브라함은 3대 종교기독교, 유대교, 이슬람교에서 신앙의 조상으로 기록되어 있다. 아브라함의 서자 이스마엘로 이어진 종교가 이슬람교이고, 적자인 이삭으로 이어진 종교가 기독교와 유대교이다. 아브라함이 태어났다는 동굴 옆에는 큰 사원이 지어져 있었다. 그 앞에는 발륵클르 괼이라는 물고기 호수가 있다. 이곳에는 한 가지 전설이 내려온다. 아브라함이 하나님 외에 다른 신을 인정하지 않자 앗수르앗시리아의 왕은 아브라함에게 화형을 명한다. 이때 하나님이 불을 물로 바꾸어 호수로 만들었고 장작은 잉어로 만들었다고 전해진다. 이 물고기들은 성스러운 물고기로 여겨져 잡지 않는다고 한다.

샨르우르파 곳곳을 둘러본 뒤 향한 곳은 성경 욥기의 주인공 욥이 살았던 굴이었다. 신이 허락한 사탄의 고난을 견딘 사람이다. 재산과 자식을 모두 잃은 그는 건강에도 심각한 문제가 찾아온다. 마지막 최고 시련은 주변 사람들에게서 겪는 선의의 탈을 쓴 저주. 선의의 위로가 질타와 정죄의 모습으로 다가올 때 얼마나 고통스러운지 나도 어느 정도 잘 알고 있다. 사고 이후 가장 힘든 것은 아프고 불편한 몸보다 주변 사람들이 던지는 위로와 걱정의 탈을 쓴 질타와 비웃음이었다. 그럼에도 불구하고 욥은 믿음의 삶을 놓지 않았다. 나는 왜 그때 한없이 약해졌던 것일까? 욥이 숨어 살았던 굴속에 한참을 앉아 있었다. 욥의 인내를 조금이라도 얻고자 하는 바람 때문이었다.

불현듯 영화 〈에반 올마이티〉의 대사가 떠오른다.

"만약 누가 인내를 달라고 기도하면
신은 그 사람에게 인내심을 줄까요?
용기를 달라고 하면 용기를 주실까요?
아니면 용기를 발휘할 기회를 주실까요?"

어쩌면 지금 이 시기는 신이 나에게 인내를 주기 위해 인내를 발휘할 시간을 주는 중인지도 모른다. 이 시간을 온전히 견뎌내는 태도가 나에게 필요한 시점이다. 묵묵히 이겨내자고 욥의 동굴 앞에서 다짐했다.

"해피엔딩은 백마 탄 왕자님이 아니라
내 자신이 당당하게 혼자 힘으로 상처를 딛고 일어서서
새로운 가능성에 나를 던지는 일이다."

– 영화 〈그는 당신에게 반하지 않았다〉

지금 그 모습 그대로

넴루트산

아침부터 날씨가 좋지 않았다. 하늘은 잔뜩 찌푸린 채 보슬보슬 비를 뿌리고 있었다. 낮에는 날씨가 괜찮아질 거라며 무스타파는 우리를 안심시킨다. 터키에서는 날씨 운이 안 좋은 편이다. 이스탄불에서는 맑은 날 아야소피아 성당을 가야 한다는 소리에 날씨가 맑은 날을 손꼽아 기다렸지만 내가 이스탄불에 있는 내내 날씨가 흐렸다. 카파도키아에서는 비바람에 내 몸이 풍화되는 기분을 느꼈고 비싸게 주고 오른 열기구에서는 일출을 보지 못했다.

넴루트 산은 아드야만에 있는 해발 2,150m의 산이다. 이 산이 유명한 이유는 콤마게네 왕국의 신전이 있기 때문이다. 산 정상에 위치한 안티오코스 1세의 무덤을 주변으로 10m에 이르는 거대한 석상들이 둘러싸고 있다. 코마케네 왕국의 수도는 유프라테스 강변에 위치한 삼삿사모사타이었다. 하지만 그곳은 이미 폐허로 변해 버렸고 개발 물결에 휩쓸려 역사 속으로 영원히 사라졌다.

콤마게네는 기원전 190년경부터 서기 72년 로마에 합병되기까지 짧은 시간 동안 유지됐던 왕국이다. 이란을 중심으로 한 파르티아 왕국과 로마제국이 대치하고 있는 전선의 공백지대에 위치해 있었기 때문에 동서양이 혼합된 문명을 가진 국가였다. 소아시아의 많은 군소 국가들이 로마에 합병된 이후 역사 속으로 쓸쓸히 사라졌지만, 콤마게네 왕국은 넴루트 산에 위치한 고분과 석상들 때문에 그 이름이 아직까지 전해지고 있다. 실제로 동서 테라스를 연결하는 언덕에 있는 비문에는 당시 코마게네의 관습과 생활상이 구체적으로 기록되어 있다.

산 정상에 위치한 안티오코스 1세의 묘분은 높이 60m, 직경 150m로 다른 주변 국가에서는 찾아볼 수 없는 형태이다. 묘는 거대한 봉분으로 덮인 후 다시 자갈 옷을 입혀 놓은 구조다. 콤마게네는 라틴어로 '풍요'를 상징한다. 콤마게네는 동서양의 교차점에 있는 왕국답게 많은 신들을 섬겼다. 신들은 다 하늘에 있다고 믿었다. 그래서 하늘과 가까운 곳에 신전을 만들었고 그들은 신에게 더 가까이 갈 수 있었다. 하늘과 가장 가까이에 왕의 능묘를 만듦으로써 왕이 신으로 부활하리라는 믿음을 갖고 있었다.

석상들은 아폴로, 행운의 여신 티케, 제우스와 헤라클레스 네 신이 주류를 이룬다. 동쪽 제단과 서쪽 제단을 구성하는 신의 종류는 거의 똑같다. 차이가 있다면 동쪽 제단에는 아폴로, 콤마게네, 제우스, 헤라클레스 그리고 안티오코스의 석상이 있고 서쪽에는 이 신들과 함께 악수하고 있는 안티오코스를 조각해 놓음으로써 왕이 신과 동격임을 부각시킨 점이 차이가 있다.

죽음 이후 살아 있는 신이 되고자 했던 왕의 무덤을 한 바퀴 돌아 봤다. 그의 야욕의 흔적이 무너진 석상과 이제는 조금 가라앉아 버린 묘에서도 충분히 느껴졌다. 신에게 도전한 자와 그가 쓸쓸히 무너져 내린 공간. 한 인간으로 태어나 신에 도전해 보았다는 것만으로 자신에게 충분히 위로가 되었을까? 신에 도전해 본 자가 진정한 겸손을 배운다고 누가 말했던가? 인간은 시간과 감정 속에 갇힌 나약한 존재일 뿐이다.

신은 가장 낮고 어두운 곳에 임한다. 사랑이 그러하기 때문이다. 신의 위엄과 권위는 힘과 부가 아니라 사랑에서 나온다. 신은 무력과 탄압이 아닌 공의公義와 자비로 세상을 다스린다.

이 사실을 그는 진짜 몰랐던 것일까? 높은 곳에 신전을 만들 만큼 신앙심이 깊었던 백성을 바라보면서 신이 부러웠을까? 아님 백성들이 왕을 너무 떠받들어 자신이 신과 같다고 착각했던 것일까? 신이 되고자 했지만, 신을 진정으로 이해하지 못한 그를 떠올렸다.

지금 우리의 모습도 비슷하다. 신앙을 우월감으로 치환시켜 종교를 강매하는 다단계 상인들. 이렇게 해야 신이 복을 준다고 생각하여 안하무인의 자세로 혼자 열을 올리는 사람들도 마찬가지다. 그들은 자신들의 틀 속에 제멋대로 신을 끼워 넣어 그들이 찬양하는 신을 그저 그런 독재자로 만들어 버린다.

어쩌면 나와도 비슷하다. 욕망과 헛된 기대로 부풀어 있는 꿈. 되고자 하는 대상을 잘 이해하지 못하고 욕망의 눈이 멀어 헛된 길인 줄도 모르고 오기만 부리는 한심한 열정뿐인 나.

생각을 멈추고 돌계단에 걸터앉았다. 혹시나 하는 기대감에 모두들 앉아 있었지만, 하나둘 자리를 떠난다. 이 유적지가 가장 멋있는 시간대는 일출과 일몰 때다. 신전에 펼쳐지는 붉은 빛은 이 석상들을 가장 성스럽고 아름답게 비춰준다. 하지만 나에게 허락되지 않았다. 아쉬운 마음으로 돌아섰다.

샨르우르파로 돌아가는 차 안에서 음악을 들으며 카메라 속 사진을 정리했다. 이어폰에서 오아시스의 노래가 나온다. 〈Don't look back in anger〉 노래 제목대로 성난 얼굴로 돌아보지 말라고 사진 속 안티오코스 1세가 내게 말하는 듯했다.

— 나를 있는 그대로의 모습으로 받아들여라.
난 변함없는 얼굴로 오랜 세월 동안 이곳을 한결같이 지켜왔다.
네가 원했던 모습이 아니라고 해서 내가 아닌 것은 아니다.
너의 기대에 못 미친다 해서 내가 본디 지닌 가치가 달라지지 않는다.
네가 바란 모습은 내 한순간의 모습일 뿐이고
네가 오늘 본 모습도 내 진짜 모습 중 하나다.
너의 기대와 나의 실재(實在) 사이의 틈으로
너에겐 실망이 싹트고 나에겐 상처가 피어난다.
그건 너도 잘 알고 있지 않느냐?
왜 너는 남에게 이해를 구하면서 정작 나를 이해하지 못하는가?

잠시 고개를 돌려 창밖을 바라보는데 태양도 나에게 한마디 한다.

— 온종일 너를 바라볼 때는 나를 피해 다녔으면서
왜 네가 찾을 때 없다고 해서 나를 탓하느냐?

나도 미화된 풍경 사진과 비교하며 필요 이상으로 부풀어버린 기대를 갖고 왔다가 결국 내가 바라보는 풍경과 비교하며 실망과 탄식을 내어놓는 다른 여행자와 다를 바가 없는 시시한 여행자 중 한 사람일 뿐이었다.

구약의 도시 하란

하란은 성경과 깊은 관련이 있는 도시다. 아브라함의 제2의 고향으로 하나님으로부터 가나안으로 가라는 소명을 재차 받은 곳이다. 아브라함의 4대가 이곳에 살았다는 기록이 있다. 먼저 아브라함의 부친 데라가 생을 마감한 땅이다. 이어 아브라함의 며느리이자 이삭의 아내 리브가의 고향이다. 또 아브라함의 손자 야곱이 이곳에서 20년을 지내다가 외삼촌의 딸 레아와 라헬을 아내로 맞아들인 장소다. 야곱이 형에게서 도망쳐 온 곳이기도 하다.

이곳의 집들은 예전의 방식을 그대로 따르고 있어서 구약시대의 생활상을 엿볼 수 있다. 벽돌로 지은 집에 동물의 배설물을 발라 마감한 고깔형 가옥들이 줄지어 서 있다. 세계 최초의 이슬람 대학이 있었다고 전해지며 천문 관측대까지 있던 곳이다. 하지만 이곳은 13세기 몽고의 침입으로 폐허가 된다.

마르딘 수난사

내가 이곳에 온 이유는 메소포타미아 평원 때문이다. 나는 광활한 평원을 바라보며 차나 한 잔 마시면 이곳에서는 더 바랄 것이 없다고 생각했다. 평원을 바라보며 지금까지 스친 생각들을 정리하고 그간의 여정을 되새기고 싶었다.

이런 소박한 기대를 품고 샨르우르파 버스터미널에서 들어서니 마르딘을 열심히 외치는 버스 회사가 보인다. 그 버스 회사 창구로 향했다. 5분 있다가 버스가 오고 바로 출발한단다. 지금 시간은 10시 40분. 출발시간이 얼마 남지 않은 버스표를 급하게 팔기 위해 다급하게 소리를 질렀다고 생각했다. 하지만 10시 45분에 온다던 버스는 11시 30분이 되어서야 왔고 2시간이 걸린다는 이동 시간은 3시간 30분으로 부쩍 늘었다.

가장 큰 문제는 마르딘 버스 터미널이 아닌 미디야트라는 도시로 가는 중간에 도로 한가운데서 나를 내려다 준 점이다. 미디야트에서 내릴 손님을 체크하는 버스 승무원은 나에게 어디 가냐고 물었다. 나는 마르딘이라고 대답했다. 알았다고 고개를 끄덕였다. 얼마 안 가 도로변에 차를 세우더니 내리란다.

쓸쓸하게 혼자 버스에서 튕겨져 나온 나는 핸드폰을 꺼냈다. 미리 알아놓은 호텔까지는 4km 남짓. 여행자가 한 시간 걷는 일은 당연한 일이다. 여행자의 허세라기보다는 택시비가 아까운 찌질함이다. 지도가 가리키는 곳으로 무작정 걸었다. 이글거리는 아스팔트 위로 뜨거운 사암 언덕을 넘었다.

언덕 중턱에 허름한 집을 지난다. 때 묻은 손가락을 빨고 있는 아이를 업은 할머니가 배낭을 업은 나를 경계하며 쳐다본다. 내 배낭에 시체가 있다고 생각했을지도 모른다. 하지만 그 집도 음침하긴 마찬가지였다. 내가 어디 시체 버릴 곳이 없느냐고 물으면 이미 우리 집 창고는 시체로 꽉 차 있어서 딴 집을 알아보라고 했을 거다.

한참을 걸어 마르딘 구시가지에 다다르자 지도 어플과 나는 사이

좋게 더위를 나눠 먹었다. GPS는 골목 어딘가에 있는 나를 찾지 못했다. 그렇게 미로 게임이 시작되었다. 골목은 수시로 막혀 있어 다시 뒤돌아 가야 했고 갈림길이 불쑥불쑥 나타나 나에게 선택을 강요했다. 한참을 헤매니 정답이 없어 보였다. 빨간 휴지든 파란 휴지든 일단 뒤처리하는 게 중요했다.

느낌 가는 대로 발걸음을 옮겼다. 골목을 걷다가 이슬람 사원인 자미를 만나고 교회도 마주쳤다. 학교를 지나치기도 했다. 비누 공방에 향긋한 냄새에 기분 좋았다가 빵 굽는 냄새에 정신을 잃기도 했다. 그러다 골목의 아이들에게 돌멩이를 맞기도 했다. 독이 바짝 오른 상태였지만 배낭에 시체 담을 공간이 부족해 자비를 베풀었다. 그러다가 큰 시장에 들어설 무렵 GPS는 나를 제대로 찾기 시작했다.

추천받은 호텔로 들어갔다. “헬로?” 라고 인사했는데 터키 인사인 “메르하바!”가 되돌아온다. 방이 있냐고 묻지도 않았는데 “PASSPORT”라고 이야기한다. 가방 안에 고이 모셔둔 여권을 건넸다. 터키어로 뭐라고 한다. 가만히 들어보니 예약자 명단에 이름이 없다는 뜻이었다.

“English?”

영어를 할 줄 아느냐고 묻자 고개를 젓는다. ‘PASSPORT’만 외운 뒤 여권을 받고 복사한 뒤 예약된 방에 안내만 해주면 되는 시스템이었다. 영어가 굳이 필요하지 않았다. 나처럼 무작정 찾아오는 손님은 없는 것 같았다. 어설픈 터키어를 조심히 꺼내 놓았다.

“예약 안 했습니다. 빈방 있습니까?”

내가 터키어를 하자 반가움이 얼굴에 피어난다. 내가 어설프게 터키어를 하니 그녀도 최대한 또박또박 대답한다.

“있습니다.”

“1박에 얼마입니까?”

“150리라인데 4박을 하면 1박당 100리라입니다. 100, 200, 300, 400”

어린아이 숫자 가르치듯 손가락을 하나씩 천천히 펴가며 설명한다.

“저는 1박만 하고 싶습니다.”

또박또박 그리고 무심하게 대답하며 신용카드를 내밀었다. 옆에서 기다리고 있다가 키를 받아 든 벨보이가 내 짐을 옮긴다. 돈도 많이 없으면서 내 배낭과 함께 현금이 든 손가방을 챙겨 계단을 올라가는 그의 뒷모습을 보니 불안해지기 시작했다. 벨보이를 붙잡아야겠다는 생각이 들었다. 프론트의 직원이 그사이에 한 번 더 묻는다.

"4박 하면 할인된다니깐."

말을 끊고 "타맘OK, 타맘OK."이라고 급하게 대답했다.

벨보이를 감시하러 2층에 올라갔다. 목숨과 같이 들고 다닌 손가방을 잠시 내려놓았음을 사과했다. 당연히 없어진 물건도 없었다. 와이파이를 켜는데 카드 메시지가 온다. 400리라가 결제되었다. 젠장!!!

타맘은 OK, 즉 '괜찮다'라는 말이다. 나는 부정의 타맘을 말했는데 호텔 측에서는 긍정의 타맘으로 알아들었다. 프런트로 내려갔다.

"계산이 틀렸습니다."

"아까 4박 한다고 하지 않았어요?"

"아니, 나는 4박이 아닙니다. 1박입니다. 250리라 주세요."

"당신 객실은 환불이 안 되는 객실입니다. 미안해요."

이건 또 무슨 미친 소리인가? 내가 예약을 한 것도 아니고 불과 5분 전에 잡은 객실 숙박 기간을 정정하겠다는데 환불이 안 된다니.

이제 어설픈 교과서 터키어는 싸움에 도움이 되지 않았다. 이럴 때 무조건 외쳐야 되는 말이 있다. "사장 나와!"

이해를 못 한다. 할 수 없이 "Boss"만 연신 외쳐 댔다. 그랬더니 이해한 듯 전화를 걸어서 둘이 대화를 한참 하더니 나를 바꿔줬다. 다행히 사장은 영어를 꽤 잘했다. 하지만 쓸 줄 아는 언어가 같다고 해서 말이 통하는 것은 아니었다.

"친구! 뭐가 문제야?"

성난 손님에게 다짜고짜 친구라고 부르며 능글맞게 군다. 이미 직원에게 상황 설명을 다 들었으면서 나에게 또 묻는다.

"나는 호텔에 1박만 한다고 분명히 이야기했어. 직원이 4박 조건 할인을 설명하다가 소통에 문제가 있었고 4박이 결제됐어. 나머지 3박 취소하고 내 돈 돌려달라고 말해."

"아! 친구! 그게 문제였어? 별거 아니네. 화내지 마. 걱정도 하지 마. 내가 가서 처리해줄게."

"알았어, 언제 와?"

"일주일 뒤에."

'사장님이 미쳤어요.' 라는 재고 정리하는 가게의 문구는 이럴 때 쓰이는 말이다. 4박도 길어서 취소하려는데 일주일이나 기다리라니. 일주일 기다릴 필요 없이 직원에게 지금 다시 결제하라고 이야기만 하면 되는데 그건 절대 안 된단다. 억지 논리를 떠나 아예 논리가 없는 무논리다. 토론에서 제일 힘든 상대가 논리가 없는 사람이다.

"노 프라블럼문제 없어"이라는 말이 반복되자 인도의 무수한 사기꾼들의 얼굴이 겹치며 짜증이 밀려왔다. 흔히 "노 프라블럼"을 이해해야 인도를 진정 이해한 거라 이야기하곤 하지만 그들의 억지와 꼼수를 포장하고 싶은 마음은 없다. 게다가 여기는 터키다. 과거 여행의 짜증까지 밀려와 나를 덮치기 시작했다.

"나랑 장난해? 지금 직원한테 다시 제대로 결제하라고 말해."

"친구! 뭐가 걱정이야? 내가 간다니깐! 일주일만 기다려."

이후로도 수십 분간 협박과 회유, 협상, 달래기 같은 내가 할 수 있는 모든 기술이 총동원됐다. 하지만 아무 문제 아니니 일주일을 기다리라는 돌림노래가 수화기 건너편에서 끊임없이 반복되었다. 터키 남자의 특유의 능글맞음을 담은 녹음기를 도저히 이길 힘이 없었다.

내 방으로 올라왔다. 머리가 지끈거리고 허리가 뻐근하다. 등골 휘게 하는 것은 결국 무거운 배낭이 아니라 예산을 벗어난 지출이었다. 그리 큰돈은 아니었다. 여행을 망칠 수는 없었다. 조금 더 아끼고 일정을 다시 짜면 된다. 마르딘에 1박만 할 예정은 아니었다. 이 호텔이 비쌌기 때문에 이 호텔에서는 1박만 하고 다른 숙소로 옮길 예정이었다. 그리고 디야르바크르라는 도시로 이동할 예정이었지만 그리 멀지 않아 당일치기로 다녀오면 됐다. 그래도 분노는 쉽게 조절되지 않았다.

내가 몸을 크게 다친 후 가장 많이 한 거짓말은 "괜찮아"다.

괜찮지 않으면서 괜찮다고 말했다. 사실 괜찮다는 말 속에 죽을 만큼 힘들다는 말을 꽁꽁 숨겨놓고서는 누가 알아주기만을 바보같이 바라 왔었다. 태연하게 괜찮은 척하며 살았던 1년의 세월이 주마등처럼 스쳐 지나간다. '타맘'이 부른 비극이 나의 아픈 기억을 되살렸다.

이제는 괜찮다며 나 자신을 세뇌시키고는 괜찮은 척 살지 않으리라. 나는 이내 분노조절장애 현상을 보이기 시작했다. 내 방을 냉동창고로 만들어보자. 에어컨은 고객의 요청에 부응하느라 정신이 없었다. 납기일을 맞추기 위해 쉼 없이 돌아가는 공장의 기계가 되었다. 너무 춥다고 생각되면 에어컨을 끄느냐? 당연히 아니다. 밖은 엄청 덥다. 문을 열어 놓으면 된다. 에어컨을 건들지 않아도 금방 적정온도로 올라간다. 걱정하지 말자. 지금 지구 온난화에 악영향을 끼치는 것은 에어컨이 아니라 내 머리 위에서 나는 열이다. 상관없었다.

아주 긴 샤워를 즐겼다. 그러다가 울컥울컥 화가 치밀어 오르사 가방에 모든 옷을 빨았다. 호텔에서 비치한 비누와 샴푸 그리고 컨디셔너까지 쓰며 거품을 냈다. 그리고는 헤어 드라이기로 정성스럽게 옷을 말렸다. 그렇게 나는 삐뚤어졌다. 내가 이렇게 된 건 결국 너희들 탓이야.

조금 분이 풀리고 난 뒤, 여행자 안내소에서 지도를 받아 들고 거리로 나섰다. 호텔을 찾느라 헤매는 동안 지도에 나온 관광명소를 90%나 이미 갔었다. 4박이나 해야 되는데 딱히 할 일이 없었다. 초심으로 돌아가기로 했다. 어차피 『총, 균, 쇠』에 나왔던 메소포타미아 평원을 바라보러 온 곳이었다.

전망 좋은 카페에 앉아 커피를 마시는 게 마르딘 여행의 주된 일과였다. 차이, 마르딘 커피, 터키식 커피, 시리아식 커피 등 음료를 바꿔가며 평원을 바라보았다. 지리적 이점 때문에 일찍이 찬란한 문명을 꽃피울 수 있었던 곳. 젖과 꿀이 흐르는 땅은 이제 피와 눈물이 흐르는 땅이 되었다. 시리아를 바라보며 그곳에도 평화가 허락되길 기도했다. 저 땅에는 커다란 부조리가 많은 생명을 앗아가고 있는데 이 작은 부조리함에도 분노를 삭이지 못하는 내가 한없이 부끄러웠다.

결국 호텔 사장 말이 맞았다. 어떤 사고가 터지면 갖가지 해결책을 고민하면서 떠올려야 할 건 "노 프라블럼." 즉, 결국 지나가고 희미해진다는 점을 기억해야 한다. 어쨌든 우리는 살아가야만 하고, 분노와 절망은 삶의 맹렬한 몸부림 속에 결국 시든다. 때론 추억이 되기도 한다. 시간의 힘에 의지하든 직접 뛰어들어 고루한 개싸움을 하든 문제없다는 마음가짐이 필요하다. 사소한 문제로 내 감정을 흔들지 말자고 생각했다. 사소한 문제까지 신경 쓰기에는 너무나 큰 어려움들이 우리 앞에 산재해 있다.

숙소로 돌아오는 길, 마르딘 여성 협동조합에 들렀다. 여성들이 수공예품을 만들어 팔아 생긴 수익금은 다시 여성과 아이에게 돌아간다고 한다. '샤르마한'을 수놓은 기념품에 눈이 간다. 상체는 여인, 하체는 뱀의 모습을 한 반인반사의 몸을 지닌 전설 속 여신이다. 풍요와 지혜의 여신으로 뱀의 몸은 치유를 상징한다. 하지만 나에게는 간사함의 상징으로 보였다. 아직까지 마음은 꽈배기다. 이 배배 꼬인 분노가 치유되기를 바라는 소망으로 하나 구매했다. 거스름돈을 건네는 점원에게 "타맘"이라고 말해봤다. 점원은 거스름돈을 내민 손을 거두지 않고 설명을 해준다.

"10리라 줬으니 3리라 받아야지요."

다시 한 번 말한다.

"타맘"

"테세퀼에데림. 고맙습니다"

이렇게 타맘의 저주가 풀리길 바랐다.

욕망의 무게 – Carpe Diem

"미래를 신뢰하지 마라. 죽은 과거는 묻어버려라.
그리고 살아있는 현재에 행동하라."

– 롱펠로우

터키 동부를 여행하다 보면 구걸하는 아이들을 종종 만나게 된다. 터키 동부에는 역사의 잔인한 소용돌이 속에 휩쓸려 힘들게 살아가는 사람들이 많다. 그중에는 체중계를 들고 다니며 체중을 재는 대가로 돈을 받는 아이들이 있다. 먹을 것이 풍족한 사람들은 건강을 위해 집에 체중계를 구비하고 있지만, 과도한 영양을 걱정할 필요가 없는 사람들은 굳이 체중계를 구매할 필요가 없다. 가끔 이렇게 체중을 재는 게 현명하다.

출근하듯 메소포타미아 평원이 훤히 보이는 카페로 향하는데 골목 한편이 요란하다. 아이들이 자전거를 타고 신나게 놀고 있었다. 체중계를 든 한 작은 꼬마가 벽에 기대어 서서 부러운 듯 쳐다본다. 그들과 같이 놀려고 여러 번 다가갔으나, 아이들은 꼬마를 외면한다. 꼬마는 포기하고 골목을 나서는데 나와 눈이 마주친다. 무거운 체중계 때문인지 뒤뚱거리며 나에게 뛰어온다. 헐떡거리는 숨을 넘기며 말을 건다. 무슨 말인지 모르지만 분명 체중을 재라는 말일 테다. 얼마냐고 물어보니 1리라란다. 간식이라도 사 먹으라는 마음으로 거래에 응했다.

체중계는 무라카미 하루키가 좋아하는 아주 구식의 체중계는 아니었지만 내가 어렸을 적 집에 있던 체중계와 매우 흡사했다. 체중계 바늘은 가장 섹시한 숫자 언저리에서 몸을 흔들고 있었다. 정확한 숫자를 보고 싶은데 아이는 내 다리를 툭툭 친다. 이제 그만 체중계에서 나오라는 뜻이다. 마르딘은 서비스 산업에 총체적인 문제를 드러내고 있었다.

체중계를 허리춤에 바짝 올리며 주머니에 1리라 동전을 쑤셔 넣는다. 구멍 난 바지, 해진 신발, 여기저기 묵은 얼룩이 묻은 줄무늬 티셔츠가 안타깝게 느껴진다. 한쪽 어깨를 살짝 주물러 주는데 손을 거세게 뿌리치고 자전거를 타는 아이들에게 뛰어간다. 또 오지랖이 발동했다. 꼬마를 잡으려 했다. 1리라는 분명 저 아이들 주머니 안으로 들어갈 게 분명했다. 부의 재분배는 이 땅에서도 불가능한 것일까? 정녕 노동이 자본에 우선할 수는 없는 걸까?

1리라를 부지런히 모아서 자전거를 사라고 말해주고 싶었지만 아이는 금세 멀어졌다. 문득 오히려 꼬마를 놓친 게 차라리 잘된 일이라는 생각이 들었다. 내가 저 아이에게 무엇을 가르치고 싶었던 것일까? 현재를 즐기려는 저 아이에게 아직 도래하지 않은 미래를 위해 현재를 희생하라는 어리석은 충고를 해야 내 속이 시원했을까? 우리는 마치 오늘이 영원할 것처럼 살지만, 오늘은 영원하지 않다. 그래서 오늘을 무한히 희생하는 일은 참 어리석다. 신이 친히 허락한 오늘을 감히 헛되게 보내고 있지는 않은지 되짚었다.

결국 1리라와 자전거 시승권은 골목 어귀에서 교환되었다. 아이의 자전거 타는 실력이 꽤나 서툴다. 자전거 핸들은 이리저리 흔들리고 있었다. 그래도 비틀대는 자전거 위에 아이의 미소는 무척이나 해맑았다. 그래, 네가 자전거를 살 수 있는 돈을 모을 때쯤이면 더 이상 자전거가 재미없어질 수도 있겠지. 오늘 행복할 수 있다면 오늘 그 행복을 누려라. 불확실한 내일을 위해 너무 많은 오늘을 희생하지 마라. 내일은 어차피 계획대로 흘러가지 않을 테니깐. 그 꼬마는 이미 인생에 큰 깨달음을 삶에 접목시키고 있었다.

내가 오늘 잰 무게는 육신의 무게가 아닌 욕망의 무게였는지도 모른다. 1리라. 즉, 500원으로 행복해지는 방법을 잊어버렸다. 5만 원, 50만 원, 5백만 원, 5천만 원으로 욕망이 자라나는 만큼 행복과 멀어지고 있었다. 채워지지 않는 욕망이라는 포식자를 위해 현재의 행복을 제물로 바치는 삶을 살고 있었던 내 삶을 되돌아봤다. 버겁게만 느껴지는 삶의 무게는 어쩌면 욕망의 무게가 아니었을까?

지금은 사막화가 되었지만 메소포타미아 지역은 비옥한 초승달 지역이었다. 천혜의 환경을 기반으로 기원전 8500년경 인류 역사 최초로 작물화에 성공했다. 게다가 이 땅의 사람들은 지리적 이점을 기반으로 야생동물을 가축으로 만드는 데도 성공한다. 한마디로 수렵문화에서 농경문화로의 전환이 이루어진 곳이다. 농경 생활이 시작되면서 잉여 생산물이 생기기 시작했다. 잉여 생산물은 많은 문화발전의 토대가 되었지만, 불평등이 생겨나게 된 인류 비극의 시작점이기도 하다. 새로운 시대가 태동했지만, 비극의 시발점이 된 곳이다. 지금은 전쟁으로 인해 세상에서 가장 비극적인 땅으로 변모했다. 인류가 뿌리기 시작한 씨앗이 싹 튼 지점에서 비극도 싹을 틔웠다. 고도로 불평등한 세상에서 나의 욕망 그리고 인류의 욕망을 더듬었다.

사람은 죽어서 이름을 남기고 이야기를 묻는다

하산케이프

하산케이프로 가기 위해서는 미디야트를 들러야 한다. 미디야트에서 잠시 시간을 할애해 옛 모습을 그대로 보존하고 있는 가옥들을 구경하고 여러 기독교 수도원을 방문했다. 믿기 어려울 수도 있지만 예로부터 이곳은 기독교의 고장이었다. 기독교의 본거지인 팔레스타인과 인접한 지리적 영향으로 비잔틴 시대부터 수도원이 들어서 있었고 20세기 초까지만 해도 기독교인이 대다수를 차지했다. 시리아 정교회 총주교좌도 이때까지 마르딘에 위치해 있었다. 내가 마르딘에서 길을 헤맬 때 교회를 지나쳤던 이유도 이러한 역사 때문이다.

내가 오늘 하산케이프로 향하는 이유는 영정사진을 찍기 위함이다. 티그리스 강변에 위치한 수메르 문명의 흔적을 품고 있는 땅. 이곳은 역사적 중요도가 높음에도 불구하고 오랜 세월 방치되었다. 이제는 남동 아나톨리아 개발 계획으로 인해 수몰될 운명에 처해 있다. 티그리스강과 유프라테스강에 댐을 건설하고 그 주변에 공업단지를 조성한다는 계획이다. 문명의 젖줄이었던 강이 이제는 개발의 젖줄이 되려 한다. 현대인들은 역사상 가장 풍요롭고 편하게 살고 있을지는 몰라도 가장 탐욕적이고 멍청하게 살고 있다.

미디야트에서 탄 돌무쉬는 티그리스강 바로 앞에 나를 내려주었다. 가장 높은 곳에서 먼저 이곳을 살피기 위해 하산케이프 성채로 향했지만, 관리인이 못 들어간다며 막아선다. 이유는 터키어 실력이 형편없는 관계로 알아듣지 못했다. 이후에 이곳을 방문한 S는 성채에 올랐다고 이야기했다. 이날은 성채에 출입할 수 없는 특별한 이유가 있었든지 내 얼굴이 기분 나빴는지 정확한 이유는 잘 몰랐지만, 영정사진을 찍어 주겠다는 나의 오만한 계획은 살짝 뒤틀렸다.

허망하게 다시 발걸음을 돌리니 무심코 지나쳤던 시장의 모습들이 눈에 들어온다. 사람들이 오늘 살고 있는 곳. 지금 삶의 풍경이 여전

히 그려지고 있는 곳. 그 사이를 거닐며 옛 마을들을 지나친다. 무엇을 기록해야 할지 깨닫지 못한 채로 시간을 헤맸다.

제이넬베이 무덤에 갔다가 마을 묘지의 작은 틈 사이를 걸었다. 전성기를 살았던 왕의 무덤과 멀리 떨어져 있지 않은 곳의 평범한 시대를 살았던 평범한 사람들의 무덤들이 있다. 이름과 살았던 시기를 묘비에 세워놨을 뿐 삶을 유추할 수 있는 어떠한 단서도 없다.

평범한 사람들의 묘비만큼 효율적인 게 또 있을까? 단지 이름과 살았던 연도만 새겨놓으면 그만이다. 같은 이름도 없고 살았던 시기도 조금씩 어긋나 있지만 같은 곳에 육신을 묻고 세상을 떠났다. 행여 같은 이름과 정확히 동일한 시기를 살았던 사람이 있어 같은 묘비를 지녔다 할지라도 그들의 삶은 전혀 다른 이야기를 품고 있을 것이다. 그렇게 나는 죽은 자들과 대화했다. 그들의 삶은 어땠는지. 그들은 어떻게 기억되고 싶은지 조심스럽게 묻고 물었다.

"삶은 즐겁다. 죽음은 평화롭다.
골칫거리는 바로 그 중간과정이다."

– 아이작 아시모프

묘지는 많은 삶을 그리고 다양한 이야기가 묻혀 있었다. 하산 케이프의 풍경을 바라보았다. 번성했던 이 땅의 모습을 보여주는 거대한 다리의 흔적이 강 한가운데 솟아있다. 그 주변에 촘촘히 박혀 있는 동굴 집들. 모두가 이곳에서 일어난 일들을 흐릿하게나마 보여준다.

각각의 시간이 얹어진 곳. 이곳에 뿌리를 둔 망자들의 영혼을 물이 다시 덮을 것이다. 그렇게 이야기들이 차곡차곡 쌓이고 있다. 내 삶은 어떤 이야기가 펼쳐질까? 내 이야기는 무슨 메시지를 담게 될까? 이야기가 가득 묻힌 곳에서, 그리고 물 아래로 사라질지 모르는 땅에서 다양한 삶의 이야기를 상상해보았다.

개인의 운명은 잔잔하게 흘러 만나고 소용돌이치며 거대한 역사의 흐름을 만들기도 한다. 하지만 때론 개인과 집단의 역사 모두 기록되지 못하고 기억되지 못하고 사라지기도 한다. 그 망각과 상실이 인류를 어리석다 말할 수 있는 명백한 증거일지도 모른다.

어쩌면 잊힐, 그리고 다시 보지 못할지도 모르는 풍경 앞에서 나는 인간의 초라한 모습과 추악한 모습을 동시에 기억하고자 했다.

약자들의 터전

디야르바크르

원래 아나톨리아 지방을 여행하기로 계획하게 만든 도시는 디야르바크르였다. 터키 남동부 도시들이 대부분 그렇듯 이곳도 쿠르드인이 주민의 대다수를 이루고 있다. 쿠르드인들은 터키와 이라크 북부, 이란과 시리아 등 중동 각 지역에 흩어져 살고 있다. 이들은 영토를 잃고 각 국가들의 이익을 위해 여기저기 휘둘린다. 그리고 버려진다.

터키의 독립전쟁에서도 주도적인 역할을 담당했다. 초대 대통령인 아타튀르크는 터키 공화국 수립 후 터키의 주인은 터키족과 쿠르드족이라고 말했다. 하지만 이후 통과된 법안에서는 터키에는 터키족만이 존재한다고 명시해 쿠르드족을 부정해버린다. 이들은 독립을 위해 아직도 각 나라에서 투쟁 중이다. 하지만 각 나라의 쿠르드인들 또한 각자의 이익을 위해 결속하지 못하고 있어 투쟁은 길어지고 있는 실정이다. 터키의 EU가 입을 막는 핑계 중에 하나도 터키 정부가 자행하고 있는 쿠르드인에 대한 폭력이다.

이들의 실상을 처음 알 수 있게 된 건 〈디야르바키르의 아이들〉이라는 영화 덕분이었다. 부산국제영화제와 TV를 통해 우리나라에도 소개된 작품이다. 부모가 살해당한 후 남매가 홀로 남아 살아가는 이야기다. 영화는 아주 담담하게 그들의 현실을 보여준다. 거짓 희망으로 현실을 포장하지 않고 동정심으로 차가운 현실을 따뜻하게 데우지도 않는다. 그렇다고 해서 과장된 억지 전개로 그들의 아픔에 슬픔을 애써 쥐어짜는 시도도 하지 않는다. 쿠르드인의 인생이란 아이들에게도 냉정하고 비참하다는 점을 영상을 통해 차분히 보여준다.

미니 버스를 타고 구시가지 북문인 '다으 카프'에 내리니 터키에서 가장 길다는 성벽이 나를 맞이한다. 누가 처음 지었는지 모르는 이 현무암의 검은 성벽을 따라 도시 안으로 들어갔다. 교회와 자미가 공존하는 곳. 교회와 자미를 번갈아 오가며 좁은 골목을 일부러 헤맸다. 그 안에서 살아가는 사람들의 삶을 엿보기도 하고 영화에서 보았던 또래의 아이들이 나를 신기하게 바라보는 시선도 기꺼이 받아주었다.

입장이 가능하다는 한 교회로 들어갔다. 다른 교회와 크게 차이가 없음에도 시리아 정교회의 모습은 어딘지 모르게 낯설었다. 시리아와 교회 두 단어에서 오는 어색함 때문일까? 역사를 잘 몰라서 생긴 내 편견 때문일까? 천천히 둘러보는데 한 사내가 말을 건다. 터키어를 할 수 있냐고 묻는다. 거의 못한다고 대답하니 안타까움이 한껏 묻어있는 한숨을 쉰다.

긴 설명을 해주고자 했던 친절한 사내는 영어로 간단한 설명을 해주었다. 이 교회는 지어진 지 천 년이 넘었다. 이 도시에는 10개의 시리아 정교회가 있는데 이곳도 그중 하나다. 많은 사람이 이곳에 모여 예배를 드렸지만 70년 전 기독교도를 박해하면서 사람들이 이곳을 떠나 지금은 숫자가 많이 줄었다. 지금은 7가정이 일요일마다 예배를 드리고 있고 신도 수는 30명 정도 된다고 했다.

종교가 자유로운 일부 국가에서는 기독교가 우위에 선 종교인 마냥 다른 종교를 배척하는 일부 신자들의 모습이 종종 나타나는데 지구 한편에서는 아직까지도 박해와 천시가 이어지고 있다. 신은 누구의 예배와 누구의 기도에 귀를 기울일까? 나는 이곳에서 다시 한 번 중동의 평화를 위해 잠시 기도했다. 그들보다 나은 게 하나도 없음에도 큰 축복을 누리고 있는 내가 할 수 있는 가장 약하고도 가장 강한 도움이라 생각했다.

신비한 도시

반

도시의 이름은 '반'이라 주로 표기하지만, 막상 터키인들과 이 도시 이름을 이야기하다 보면 '반'과 '왕'의 중간 발음 정도 된다. 앞으로 어디로 가는지 물어보는 사람들에게 '반'이라고 이야기했을 때 일부는 이해하지 못했다는 표정을 지었고 일부는 나의 발음을 고쳐주었다. 한국어로 표기하기 힘들지만 대충 '빵' 정도 되는 듯했다. 버스표를 살 때도 애를 먹었다.

"내일 빵으로 가는 버스표 1장이요."

"어디?"

"빵!"

"어디?"

할 수 없이 철자를 메모지에 적어 주었다.

"아! 빵." 이제서야 이해한 듯 컴퓨터 키보드를 두드린다.

'이보쇼. 내가 그렇게 이미 두 번이나 말했잖아요.'

속으로 이야기하는데 오지랖은 떠신다.

"빵이라고 해야지. 빵 해봐, 빵."

"빵."

"에잇! 됐다. 내일 간다고?"

최대한 발음을 흉내 내어 봤지만 그들의 귀에는 전혀 다른 단어처럼 들리는 것 같았다. 마치 프랑스어와 비슷하다. 나는 모든 언어의 발음에 약하다. 특히 불어 발음에 아주 취약하다. 정확한 발음이 무엇인지도 모른 채 반으로 향했다. '너의 이름을 말할 수 없어도 나는 너에게 향한다.' 새벽 두 시, 중학교 2학년이 한 듯한 말을 뱉으며 버스에 올랐다.

반은 터키 최대의 호수가 있는 호반의 도시다. 성경에 나오는 아라라트 왕국이 번성했던 곳이다. 이 왕국은 근처 국가 아르메니아 국명의 기원이 되기도 했다. 이 도시뿐만 아니라 동부 아나톨리아 지역은 아르메니아의 땅이었고, 기독교인들의 아픈 역사를 담고 있다.

이 땅에서 기독교 왕국인 아르메니아 왕국은 천 년이 넘는 역사를 뒤로하고 1468년 오스만 제국에 편입된다. 오스만 제국의 말기인 19세기 말부터 20세기 초 그 탄압의 역사가 극에 달한다. 오스만 제국 내의 유일한 기독교도인인 아르메니아 사람들에 대한 불만은 1879년 러시아에게 전쟁에서 패배하자 급속도로 확대된다. 아르메니아인들이 친러시아 성향을 보이고 있었기 때문이다. 결국, 1894년부터 2년 동안 술탄에 묵인하에 20만 명의 아르메니아인들이 학살당한다. 이에 그치지 않고 1915년 아르메니아인들에게 강제 이주 명령을 내리게 되고 이동 중에 100만 명이 목숨을 잃는다. 2011년 대지진으로 다시 가슴 아픈 역사는 반복된다.

호수의 전체 둘레는 500km이며 가장 깊은 곳은 수심 450m다. 물은 강한 알칼리성으로 청어만 서식하고 있다. 물이 특이해서일까? 이곳은 고양이가 유명하다. 유명한 이유는 한쪽 눈은 푸른빛, 다른 눈은 노란빛을 띤다. 고양이뿐만 아니라 다른 동물들도 이런 오드아이홍채 이색증가 나타난다고 한다.

도착하니 저녁시간이다. 숙소에 도착해서 짐을 풀었다. 3층 건물의 숙소는 나만 있는지 무척이나 조용했다. 주인아저씨는 뉴스를 보며 담배만 피워댔다. 숙박에 아침식사도 포함되어 있었으나 아침은 못 준다며 숙박료를 깎아줬다. 이 호텔에 나만 투숙한다는 것을 짐작할 수 있었다. 혼자만을 위해 아침 차리기가 귀찮은 듯 보였다. 어차피 반은 아침식사로 유명한 곳이니 나가서 먹을 계획이었다.

저녁을 먹으러 시내로 나오니 전쟁이다. 사람들은 폭죽을 터트리고 있었고, 정치적 문구를 적은 깃발을 흔들면서 행진을 하고 있었다. 그 주위를 장갑차가 둘러싸고 있었다. 사실 며칠 전부터 분위기가 심상치 않았다. 총선을 앞두고 있었기 때문이다. 내가 반에 도착한 날은 총선 전날이었다. 많은 사람들이 뛰어나와 자신이 지지하는 정당을 응원했다.

거리로 뛰어나온 사람들이 지지하는 정당은 친쿠르드당인 인민민주당HDP다. 대통령인 에르도안에 대한 분노가 상당했다. 동부 아나톨리아 지방에 소외받던 사람들에게 선심성 개발 정책을 펼치면서 지지기반을 다지고 있는 것으로 알고 있었다. 이슬람 반세속주의를 표방하면서 이 지역의 이슬람 신자들에게 지지를 받고 있다고 들었다. 이 전까지 쿠르드어를 공공의 영역에서 금지하고 있었지만, 그 제한을 완화시킨 것도 에르도안이다. 하지만 이곳은 그를 향한 적개심이 뜨거웠다.

에르도안은 총리를 10년 동안 한 뒤 정권을 연장하기 위해 법을 개정하고 대통령으로 출마해 당선됐다. 러시아 푸틴의 장기집권과 그 맥락이 비슷하다. 그는 이슬람 주의를 강화함으로 이슬람 세력의 지지를 받고 있다. 그는 통치 기간에 사회간접자본에 과감히 투자함으로 높은 경제성장률을 이뤘다. 하지만 여기에도 그의 야심이 들어가 있다. 터키의 가장 좋은 시설들은 아타튀르크의 이름이 들어가 있다. 이에 더 큰 인프라를 구축하면서 자신의 이름을 넣고 있다. 아타튀르크의 흔적을 지우고 자신의 이름을 그 위에 세우려는 탐욕이 있다. 민주주의를 표방하고 있다고 주장하지만, 자신을 반대하는 모든 사람을 강력하게 처벌하고 있으며 나치의 통치를 부러워해 나치식 헌법개정을 추진 중이다. 자신의 거대한 비리가 인터넷에 드러났을 때 인터넷 검열을 하고 유튜브, 트위터, 페이스북 등 많은 사이트를 터키 내에서 폐쇄시켰다. 여론을 유리한 쪽으로 조종하기 위해 언론을 검열하고 직간접적으로 지배하고 있다. 자신의 비리가 드러날 때면 항상 유대인의 음모라고 선동하고 있다. 이에 반해 야당은 무능하다. 반을 떠날 때 이번 총선에서 에르도안의 정의개발당AKP이 승리했다는 뉴스를 보았다. 과연 우리는 형제의 나라다.

아침 일찍 악마다르 섬으로 향했다. 거대한 호수에 떠 있는 바위섬답게 슬픈 전설 하나쯤은 갖고 있었다. 이 섬에는 '타마라'라는 아름다운 여인이 살고 있었다. 이 섬의 사제는 외부인의 출입을 금지하고 있었다. 한 청년이 호기심을 느끼고 헤엄을 쳐 이 섬에 왔고, 그렇게

타마라를 만나게 된다. 모든 이야기가 그렇듯 이 둘은 운명적인 사랑에 빠지게 된다. 타마라는 밤이면 등불을 켜서 신호를 보냈고, 그 등불을 보고 이 청년은 타마라를 찾았고 만나서 사랑을 나누었다. 그러던 어느 날, 수도원장의 딸이 이 사실을 알아채고 아버지인 수도원장에게 일러바쳤다. 폭풍우가 몰아치던 날 수도원장은 등불을 켜고 청년에게 거짓 신호를 보낸다. 높은 파도에도 불구하고 청년은 호수로 뛰어들게 되고 결국 청년은 "아, 타마라!"라는 비명과 함께 호수에서 빠져 죽었다. 이 비명소리를 들은 타마라도 호수에 뛰어들어 그와 함께 목숨을 잃었다. 사실이라면 너무나도 슬픈 이야기이지만, 지어냈다면 글솜씨가 딱 내 수준이다.

성 십자가 대성당에 섰다. 1116년부터 1895년까지 아르메니아 정교회 총대주교의 대성당이었다. 하지만 1900년대 초 기독교인 탄압 때 완전히 파괴되었다. 섬의 쓸쓸함이 느껴진다. 그 쓸쓸함을 조용히 지켜보았다. 전설보다 더 슬픈 현실의 역사가 이곳에 온 나에게 더욱 진실하게 다가온다.

악다마르 섬에서 나와 반 성채로 향했다. 기원전 9세기 번성했던 아라라트 왕국 때 건설되었다. 총 2km에 달하는 거대한 성은 지금 말끔하게 복원된 모습이었다. 반의 찬란했던 모습과 비참했던 모습이 석양에 겹쳐진다. 지금은 한없이 평화롭기만 한 풍경이 요동치는 역사의 땅이었음을 생각하니 가슴 한편이 아련하다. 굴곡진 역사를 거쳐 왔음에도 한없이 평화로운 풍경이 애잔하게 느껴졌다.

시내로 돌아오려 돌무쉬를 기다리고 있는데 한 자동차가 내 앞에 멈춰 선다. 손을 흔들지도 않았는데 나를 시내까지 태워주겠다고 말한다. 예상 못 한 친절에 숙소 근처까지 편하게 왔다. 시내 중심 도로는 붐비기에 외곽에 살고 있는 아저씨를 배려해 근처에서 내려 걸어가기로 했다. 걸어가는데 한 여자가 말을 건다. 나에게 이것저것 묻는다. 동부에서 오랜만에 영어를 쓰니 반갑다. 터키어가 일취월장하고 있어 좋았지만 많은 대화를 나누는 데에는 한계가 있었다. 영어를 할 줄 아는 사람이 말을 거니 친절하게 답해줄 수밖에 없었다. 근데 대화를 마칠 때쯤 자기 집에 놀러 오라고 한다.

사실 집에 오라는 여성의 제안은 이번이 처음이 아니다. 터키 남자들이 한국 여자를 집에 초대하는 이유는 대부분 딱 한 가지라 무조건 조심해야 되지만, 터키 여자가 외딴 한국 남자를 집에 초대하는 일은 그 이유를 알 수 없었다. 그래서 매번 거절했었다. 내가 좀 섹시하긴 하지만 다른 음모가 있을 것 같다는 두려움이 있었다. 집으로 유혹해 돈을 뺏는 건 아닐까? 장기가 털리는 건 아닐까? 이상한 의심이 들었다. 이 상황을 J에게 말해본 적이 있다. J는 내가 상상하는 그런 분위기가 아니라 가족들이 다 모여 있을 거라는 이야기를 해주었다. 음란 마귀가 주는 작은 기대를 무너뜨려 버렸다. 저녁시간은 좀 불편했다. 내일 낮에 반을 떠나니 아침을 먹자고 했다. 이곳은 아침식사가 유명하니 아침을 식당에서 같이 먹기로 했다. 다음 날 아침 8시로 시간을 정한 뒤 연락처를 교환하고 헤어졌다.

아침 8시에 만나기로 한 장소에서 A를 만났다. 내가 어디로 갈지 물으니 자기 집으로 가자고 한다. 몇 번의 거절을 했지만 통하지 않았다. 결국, 가보기로 했다. 아침 시간이기도 했고, 어머니께서 음식을 차리고 계신다는 말에 더 이상 거절할 수가 없었다. 가는 길에 조그만 선물을 몰래 샀다. 돌무쉬를 두 번이나 갈아타고 한 조용한 마을에 도착했다. 기찻길 옆에 있는 2층집이었다. 1층으로 들어가니 A의 어머니께서 반갑게 맞아주신다. 내가 더 어머니를 반가워했다. 어머니의 존재는 순수하게 아침식사를 할 수 있는 필수요소였기 때문이다.

A의 집에는 아버지, 어머니, 그리고 A가 살고 있었고, 윗집에는 언니가 가정을 꾸리면서 살고 있었다. 아침이라 그런지 집안 남자들은

없었고 나는 A의 어머니, 이모, 언니 그리고 A 이렇게 4명의 여자들과 아침을 먹었다. 역시 반은 아침식사로 유명하다고 했는데 이날 먹은 아침은 여행에서 먹은 최고의 아침이었다. A의 가족들은 터키족이 아닌 쿠르드인이었다. 그동안 쿠르드인들에게 받은 친절이 고마웠고 쿠르드인을 정말 좋아한다고 했더니 모두 기뻐했다. 이 흐름을 이어 그동안 배운 쿠르드어로 인사를 하니 놀란다. 이것저것 더 가르쳐 주신다. 식사를 마치고 차를 마시면서 그저께 밤에 배운 HDP 정당을 지지하는 율동을 어설프게 따라 해보았다. 서투른 몸부림에도 큰 웃음으로 화답해 주었다. 이런저런 이야기를 하다 보니 시간이 금세 지나갔다. 작별의 인사를 하고 준비했던 선물을 드렸다.

터미널 가는 돌무쉬가 한참이 지나도 오지 않는다. 같이 기다려주는 A가 더 조마조마해 한다. 이리저리 바쁘게 전화를 걸더니 콜택시를 불러준다. 시간이 얼마 남지 않았다. 택시를 타니 A가 기사에게 내가 갈 곳과 급하다는 말을 전했다. 그렇게 급하게 A와는 작별의 인사를 했다. 택시기사는 잠시 속도를 내는가 싶더니 시내에 다다르자 엑셀 밟는 법을 잊어버린 듯했다. 답답하게 운전하기 시작한다. 그러더니 길을 헤매기 시작한다. 버스시간이 10분도 남지 않았다. 나는 택시비를 더 줄 테니 제발 빨리 가달라고 간청했다. 하지만 같은 길을 왔다 갔다 하는 택시를 말릴 수는 없었다.

결국 오토가르터미널 입구에 버스 출발시간이 5분 지난 11시 5분에 도착했다. 택시비를 던져주고 헐레벌떡 뛰었다. 미친 듯이 뛰어오는 나를 버스회사 직원이 붙잡는다. 카르스 가냐고 묻는다. 숨을 토해내며 고개를 끄덕였다. 매번 버스는 늦게 출발했으니, 이번에도 아직 버스가 도착하지 않았다는 말이 듣고 싶었다. 하지만 왜 이제 왔냐며 방금 출발했단다. 절망의 눈초리를 보이고 있는데 자기를 따라오라며 뛰기 시작한다. 아직 잦아들지도 않은 벅찬 숨을 고쳐 쉬고 따라 뛰었다.

어디로 가는지도 몰랐다. 지옥문이라고 해도 어쩔 수 없었다. 내가 기댈 수 있는 건 점점 멀어지는 그의 뒷모습뿐이었다. 다시 뛰어 도착한 곳은 주차장이었다. 자신의 차를 타란다. 버스 운전기사에게 전화하더니 나를 차에 태워 버스를 따라잡아 주었다. 고마운 마음에 주머니에 있는 지폐를 전부 주었다. 한사코 거절하기에 차 뒷문을 열어 얼마 안 되는 돈을 놓고는 버스에 올랐다.

보이는 게 전부는 아니다.

카르스

"착각은 짧고 오해는 길다.
그리하여 착각은 자유지만 오해는 금물이다."

– 드라마 〈응답하라 1988〉

버스에 내리니 한 청년이 내 이름을 부른다. H였다. 사실 카르스에서 카우치서핑여행자에게 무료로 잘 곳을 내어주는 숙박공유프로그램을 하기로 계획했었다. 하지만 내가 카르스로 떠나기 전날 밤, 나를 재워주기로 약속한 H는 갑자기 일이 생겨 자신의 집에 묵을 수 없다는 메시지를 보냈다.

못 만나는 걸로 생각하고 있었는데 오토가르버스 터미널에 마중을 나와 있었다. 숙소를 잡았냐고 묻는다. 이제 찾아야 한다고 하니 자신이 잘 아는 숙소가 있다고 따라오라고 했다. 놀랍도록 고도화된 삐끼 수법이라 생각했다. 조마조마한 마음으로 이것저것 질문을 해봤다. 무엇이 좋은지, 다른 추천 장소는 없는지. 그때마다 H는 자신의 경험을 바탕으로 이해하기 쉽게 설명해 주었다.

다행히 실제로 호객꾼은 아니었다. 오랜 기간 여행하면서 필요악이 되어버린 내 의심병이 도졌을 뿐이었다. 추천해 준 숙소도 어차피 내가 가려던 숙소 리스트 중 하나였다. 내가 카르스를 방문하는 이유는 아니 유적지를 방문하기 위함이다. H가 추천해 준 숙소도 아니 투어를 소개해 주고 있었다. 게다가 다른 숙소들을 들러 이것저것 따져볼 수 있게 여러 곳을 소개해주었다.

데스크에 들어서니 H가 모든 것을 해결해 주었다. 가격을 흥정해 내가 지낼 방과 투어를 잡아주었다. 짐을 풀고 점심을 먹으러 나왔다. H가 알고 있는 식당에 거의 다다르자 버거킹이 보인다. 이스탄불을 벗어난 지금까지 버커킹을 포함해 어느 글로벌 패스트푸드점을 본 적이 없다. 생각지도 못한 곳에서 버거킹을 만났다. 사진을 찍고 여기서 점심을 먹자고 강력하게 제안했다.

케밥은 이제 물린다. 왜 세계 3대 음식이라고 하는지 솔직히 모르겠다. 터키음식은 종류가 그다지 많지 않아 끼니마다 다양한 음식을 경험하려 해도 한 달을 여행하다 보면 결국 겹치기 마련이다. 와퍼를 보니 허기는 맹렬하게 불타올랐다. 햄버거를 한 입 크게 베어 물었다. 감자튀김 더미 한편에 케첩을 뿌리는 나에게 H가 조심히 묻는다.

"너 어디서 왔다고?"

"한국"

"남한? 북한?"

"남한에서 왔어. 메르스 때문이라면 걱정하지 마. 난 그 전에 한국을 떠나 여행하는 중이야."

사실 내가 터키를 여행할 때, 우리나라에는 메르스가 한창 기승을 부리고 있었다. 덕분에 내가 피해 다녔던 중국인 관광객들이 도리어 나를 피하곤 했다. 터키 사람들은 가난한 유목민이 걸리는 병인데 왜 잘사는 한국 사람들이 걸리는지 묻곤 했었다. 근데 H는 메르스를 문제 삼기 위함이 아니었다.

"사실 난 네가 북한에서 온 줄 알았어."

왜 그런 오해를 했는지 기억을 더듬어 보니 웃음이 터졌다. 사실 그렇게 오해할 만도 했다. 숙소에 있는 엘리베이터를 보고 신기해하며 사진을 찍었고, 버거킹을 보고 처음 본 듯 구경하다가 우겨가며 이곳에서 밥을 먹자 했으니 남한에서 온 나를 의심할 여지는 충분했다.

"터키에서 법적으로 5층 이하의 건물에는 엘리베이터를 설치할 수 없다고 들었는데 숙소는 3층인데 엘리베이터가 있었잖아. 그게 신기했어. 그리고 나 터키에서 엘리베이터 처음 타 봐. 그래서 사진을 찍었지. 버거킹도 마찬가지야. 이스탄불을 제외하고 다른 도시에서 글로벌 체인점을 본 적이 없는데 카르스에서 버거킹을 볼 거라고는 상상도 못 했었어. 사실 햄버거도 엄청 먹고 싶었어."

서로에 대한 어설픈 추측이 오해를 만들고 있었다. 나는 이곳에 있을 거라고 생각지도 않았던 것들을 보면서 어린아이와 같이 들떠 있었고 이 모습에 H는 수상쩍음을 느꼈다. 이 지역에서 유명한 꿀과 치즈를 맛보았을 때보다 햄버거에 더 큰 감동을 보이니 그럴 수밖에 없었다.

"사실 나도 네가 숙소나 레스토랑에서 일하는 삐끼인 줄 알았어."

복기하듯 각자의 오해를 낳은 단서들을 공유했다. 그때마다 어이없어

웃기 바빴다. 어느 정도 오해를 해소하는 대화를 하며 소화를 시켰다.

오해는 자신의 편견에서 자연스럽게 피어난다. 여러 단서가 오해를 만들 수도 있다. 단서를 따라 나름의 논리대로 움직이다 보면 때론 잘못된 결론에 이르기도 한다. 불확실한 정보가 우리 앞에 도달하면 우리는 정보의 편린을 각자의 편견에 욱여넣는다. 그렇게 쉽게 단정 지은 결론은 우리에게 은근한 쾌감을 주고 상대방에게는 상처를 준다.

너와 나는 다르기에 완벽한 이해는 애초부터 불가능하다. 김소연 작가는 그의 책 『마음사전』에서 이해는 가장 잘한 오해라고 표현했다. 너를 100% 이해한다는 말만큼 거만한 오해는 없다. 오해를 피할 수 있는 만병통치약은 없다. 그럼에도 불구하고 각자의 오해가 서로의 이해로 바뀔 가능성이 싹트는 지점은 침묵이 깨지는 곳이다. 그나마 필요한 건 질문이다. 상대가 그렇게 행동하게 된 이유를 묻지 않고서야 우리 각자의 판단에 오해가 싹틀 수밖에. 내 마음을 먼저 꺼내 놓을 때 상대도 마음을 꺼내 놓을 용기가 생긴다. 내 보잘것없는 패가 드러날까 전전긍긍할 필요는 없다.

"산다는 것은 사람들을 오해하는 것이고
오해하고, 오해하고 또 오해하다가,
신중하게 다시 생각해본 뒤에
또 오해하는 것이다."

– 필립 로스, 〈미국의 목가〉

폐허의 가르침

📍 아니

동부 아나톨리아 지방에 사연 없는 땅은 없다지만 '아니'는 사연을 모르고 방문한다고 하더라도 애잔함이 온전히 느껴지는 땅이다. 아니는 터키보다는 아르메니아 역사에 중요한 의미를 지니고 있다. 대대로 아르메니아에 속한 땅이었고 한 때는 아르메니아의 수도였다. 하지만 지금은 터키에 속해 있다. 아니 유적의 강 건너편은 아르메니아다. 만주 땅과 비슷한 꼴이다. 실크로드의 주요 거점 도시로 20만 명 가까이 거주했었고 당시 콘스탄티노플, 카이로와 견줄 정도로 번성했으나 지금은 쓸쓸하게 흩어진 잔해들이 그 시대의 영광을 짐작하게 할 뿐이었다. 1239년 몽골족의 침입과 1319년의 대지진으로 황폐한 모습만 남아있다.

아르메니아는 세계 최초로 기독교를 국교로 채택한 나라다. 그 때문인지 아니 유적에는 많은 교회의 유적들이 남아 있다. 1,001개의 교회가 있었다고 전해질 정도로 화려하게 번창했던 도시였지만 지금은 그 흔적만이 황폐하게 남아있다.

내 눈길을 끈 것은 교회 유적지에 남아있는 자미와 조로아스터교 신전이었다. 이 시대에도 종교의 다양성을 인정하는 문화가 있었다. 이와 반대로 지금은 군사제한시설 표시가 곳곳에 놓여 길을 막고 있었다. 중세 유적지의 쓸쓸함 위에 분쟁지역의 살벌한 분위기가 흩어져 있다. 강 반대편 소를 치고 있는 목동을 바라보았다. 생김새가 각기 다른 소들이 평화로운 이동을 하고 있다. 이해와 존중이 있는 곳은 아름답고 갈등과 반목이 있는 곳은 황폐하다는 기본적인 상식을 증명해주는 듯했다.

너무나도 다른 도시

트빌리시

카르스에서는 조지아의 수도인 트빌리시로 바로 가는 버스가 없어 아르다한으로 갔다. 아직까지 이해되지 않는 부분은 가끔 일부 버스 회사는 특정 도시에서 터미널이 아닌 길거리에 사람들을 내려주고 떠난다는 점이다. 이번에도 길거리에 내려야 했던 나는 예정에도 없던 아르다한 시내구경을 하며 터미널로 향했다.

버스표를 구매하고 앉을 자리를 찾는데 한 동양인 여자가 의자 위에 짐을 자신의 다리 사이로 옮기며 앉으라는 신호를 보낸다. 트빌리시로 간다며 자기소개를 했다. 나는 피부를 태운 일본인인 줄 알았는데 태국에서 온 M이라고 소개를 했다. 같은 버스를 타고 트빌리시로 향했다.

조지아 국경을 넘어서서 미니버스로 갈아탔다. 마침내 트빌리시 디두베 터미널에 내렸다. 바로 옆 국가임에도 전혀 다른 대륙에 온 것 같은 느낌이 든다. 화폐 단위가 '리라'에서 '라리'로 뒤집힌 것처럼 정반대의 모습이 흥미롭다. 사실 버스에서도 교회를 지나칠 때마다 사람들은 모두 성호를 그었다. 트빌리시에는 이슬람 사원 대신 십자가가 곳곳에 눈에 띄었다. 사람들 생김새도 많이 다르다. 언어도 다르며 친절한 모습의 터키와는 다르게 구소련 국가임을 상기시키듯 차가워 보인다는 인상을 받았다. 조지아에 대해 아는 게 없었다. 여행 가이드북도 없었고, 구소련에 속한 나라라는 생각에 생존 러시아어를 외워 갔지만, 이곳에는 조지아어라는 고유의 언어가 사용되고 있었다.

꺼진 휴대폰을 다시 켰다. 터키 아르다한에서 숙소 가는 법을 휴대폰에 적어 놓았기 때문이다. 혹시 데이터 전파가 잡힐까 살짝 기대했지만, 당연히 터키 유심칩이 작동할 리 없었다. 방향을 잡기 위해 여기저기 둘러보는데 M이 숙소를 예약했냐고 묻는다. 자신은 예약을 안 했다며 내가 예약한 숙소에 따라가겠다고 부탁한다. 사실 좀 귀찮았다. 버스에서부터 조지아의 트레킹 코스를 읊어대면서 같이 가자고 계속 졸라댔었다.

조지아는 아름다운 캅카스 산맥이 있고 산을 좋아하는 사람들에게는 천국과도 같은 나라다. 하지만 난 조지아에서 트레킹을 할 마음이 없었다. 숙소를 같이 쓰게 되면 계속 트레킹 권유를 할 것이고, 사실 팔랑귀인 나는 흔들릴 게 분명 했다. 자신이 운이 엄청 좋다며 같이 다니면 좋은 일이 많이 생길 거라고 한다. 날 만난 거 보면 분명 운이 좋을 리가 만무하다. 심드렁하게 있으니 자신이 매일 저녁식사를 책임지겠다고 한다. 고민 끝에 따라오라는 수신호를 보냈다.

숙소는 작은 아파트 단지 안에 있는 주택이었다. 주인은 없었다. 주인이 여행을 간 탓에 근처에 사는 대학생이 일을 대신 봐주고 있었다. 사실 일이라고 할 것도 없고 아침에 와서 돈을 받고 간단한 청소를 마친 뒤 와인을 채워 넣고는 집으로 돌아가는 게 업무의 전부였다. 내가 쓰게 될 방에는 캐나다에서 유학 중인 폴란드인 R과 일본인 여행자 T가 묵고 있었다. 혼성 도미토리를 예약한 덕택?에 M까지 이렇게 4명이 한 방에 묵게 되었다.

다른 방에는 프랑스 여성 락 밴드 4명이 묵고 있었다. 프랑스와 여성 락 밴드. 그닥 어울리는 조합은 아니었지만, 락 밴드답게 자유로웠으며 프랑스인답게 느긋했다. 공연을 하러 트빌리시에 왔다지만 연습하는 걸 묵는 동안 한 번도 볼 수 없었고, 시계의 시침이 아주 느린 속도로 간신히 몸을 일으키듯 정오가 될 때쯤에야 담배를 하나 물고 침대에서 일어났다. 속옷으로 알몸을 간신히 가린 채 문신을 뽐내며 담배를 피우거나 주방에 앉아 빈속에 와인을 들이키곤 했다.

샤워를 마친 뒤엔 알몸으로 화장실과 방을 드나들었다. 폴란드 청년인 R은 조지아 최고의 숙소라고 입이 마르게 칭찬했다. 그는 항상 거실 소파에 턱을 기대고 누워 책을 보는 시늉을 했다. 사실은 책 대신 프랑스 여성들의 몸을 읽고 있었다. 가끔 거꾸로 뒤집어져 있는 책과 알몸의 이동 경로에 따라 부산하게 움직이는 그의 동공이 이를 증명했다. 그는 그녀의 배꼽 주변을 바라보는 일로 여행의 한 부분을 채우고 있었다.

행운을 잡는 방법은 행운이 올 때까지 참고 기다리기

카즈베기 (스테판 츠민다)

디두베 터미널에서 미니버스인 마슈르카를 타고 카즈베기로 향했다. 앞에 앉은 꼬마가 가는 내내 장난을 친다. 아이는 엄마와 함께 트빌리시에 살고 있는 아빠를 만나고 집으로 돌아가는 길이었다. 아빠와 헤어졌다는 아쉬움은 금세 잊었는지 아니면 잊으려 노력하는 것인지 뒤에 앉은 나에게 쉴 새 없이 장난을 건다. 조지아 말을 나에게 가르쳐 주기 시작한다. 천성적으로 발음이 안 좋은 나를 붙잡고 단어와 한숨을 번갈아 가며 내뱉었다. 그렇게 어린 선생과 만학도는 버스 안을 소음과 활기의 중간쯤 되는 기운으로 가득 채워나갔다.

중간쯤 배웠을 때, 조지아어가 아닌 지나치는 동네 이름을 가르쳐 주고 있다는 걸 깨달았다. 5살 꼬마 아이는 지나치는 동네의 모습과 이름을 모두 외울 정도로 이 길을 셀 수 없이 다닌 모양이다. 일상으로 돌아가기 위해 익숙한 길을 지나는 아이와 여행을 하기 위해 낯선

길을 지나는 나. 길 위의 작은 공간에서도 각자의 목적이 다르고 상황이 달랐다. 같은 방향으로 가는 버스에 타 있지만, 각자의 사연은 모두 제각각이다. 서로의 숨이 느껴질 정도로 가까운 거리에 앉았지만 길 위의 이야기는 멀리 떨어져 있었다. 내가 내릴 때 꼬마는 잠이 들었다. 못난 학생을 가르치느라 얼마나 힘이 들었을까? 깨울 수 없어 엄마 허벅지에 기대어 자는 아이의 머리를 조심스럽게 쓰다듬었다.

사람들이 카즈베기를 찾는 이유는 게르게티 교회와 쯔민다사메바 교회를 보기 위해서다. 쯔민다는 성스럽다, 사메바는 삼위일체라는 뜻이다. 번역하자면 성 삼위일체 교회다. 해발 2,200m에 위치한 게르게티 교회에서 바라보는 풍경이 정말 아름답다. 사실 카즈베기 시내가 해발 1,700m라 500m 정도만 올라가면 된다. 트레킹을 하기 위해 조지아에 왔다는 M이 금세 저만치 뒤처진다. 500m지만 산길을 다르다. 보통은 택시를 타고 올라가거나 차가 다니는 길로 빙 둘러서 올라

가지만 우리는 급경사인 지름길을 택했다. 인류 진화의 혜택을 못 받은 것처럼 직립보행을 하지 못하고 네 발로 기어 올라가는 사람들도 꽤 있었다. 트레킹 권유를 뿌리치길 잘했다는 생각이 든다. 다시 내려가 뒤처진 M의 가방을 대신 들고 먼저 산에 올랐다.

정상에 다다르니 교회보다는 주변 풍광이 나를 압도했다. 흔히 컴퓨터 배경화면에서 보는 장면이 눈앞에 펼쳐진다. 높은 산을 넘느라 눈마저 쉬어가는 하얀 정상에 하얀 구름이 걸려 있었다. 구름은 여행자의 땀을 씻기기 위해 아주 부드러운 비를 뿌렸다. 산 아랫마을 또한 적막한 고요에 젖어 있었다. 생애 처음 보는 아름다운 풍경이다. 푸른 초원 위에 야영객들과 유목민이 각자 텐트를 치고 한가로이 시간을 보내고 있었다. 하지만 난 한가로이 시간을 보낼 수 없었다. 세시에 트빌리시로 가는 마지막 마슈르카가 있다고 확인했는데 M은 저 밑에 있다. 한 시간 남았다.

촉박한 시간 때문에 내려갈 때는 걸음을 재촉해야 했다. 지름길로 내려갈 수는 있었지만 내려가는 길이라 다소 위험해 보였다. 어쩔 수 없이 차들이 다니는 안전한 나선형 도로를 택했다. 정류장까지 절반 정도 되는 거리를 빠른 걸음으로 내려오니 M이 더 이상 못 걷겠다며 젖은 길바닥에 풀썩 앉아 버린다. 백화점 명품 매장 앞에 멈춰선 여자 친구를 바라보는 기분이랄까? 설득의 기술을 써보려 했지만 소용없었다. 자신의 운을 믿어 보란다. 이미 10분 뒤면 막차가 떠날 시간이다. 뛰어 내려간다 해도 차를 잡기는 힘든 시간이었다.

속는 셈 치고 믿어볼 수밖에 없었다. 지나가는 차를 향해 손을 흔든 지 1분도 안 돼 자동차가 한 대 멈춰 선다. 대단한 일이다. 그래도 운은 아니라고 생각했다. 외국 여행을 하는 동양 여자의 특권이랄까? 아니면 히치하이킹에 무척이나 호의적인 조지아 사람들의 특성이랄까? 우리는 시내에 내려 부랴부랴 터미널로 뛰어왔지만 이미 마지막 버스는 결국 떠나버렸다.

참 운이 좋은 여자라며 M을 비꼬았다. M은 웃으며 명함을 하나 꺼낸다. 사실 마슈르카에서 내릴 때 카즈베기에서 숙박업을 하고 있다며 싸게 해줄 테니 오늘 자고 가라는 한 아주머니를 만났었다. 하지만 우리는 당일치기로 왔다 가는 일정이었다. 크게 필요하지는 않았지만 그래도 예의상 명함을 하나 받아 들긴 했었다. 지갑을 열어보니 아무리 싸게 해준다고 해도 숙박비로는 어림없었다.

여기저기 물어보니 가까운 큰 도시에는 아직 트빌리시 가는 버스가 있다고 했다. 다시 길거리에서 손을 흔들었다. 지나가는 차가 없었다.

일단 도시 방향으로 걸어 내려가며 차를 구해보기로 했다. 차가 지나가면 손을 마구 흔들어대며 30분쯤 걸었을까? 또다시 M이 주저앉는다. 오늘 운을 너무 많이 써서 운을 회복하는데 시간이 좀 필요하다는 소리를 한다. 사실 이곳은 그리스 신화에 나온 프로메테우스가 인간에게 불을 내어줬다는 이유로 제우스의 노여움을 사 형벌을 받은 장소다. 그는 코카서스 캅카스 의 바위에 쇠사슬로 묶여 낮에는 독수리에게 간을 쪼여 먹히고, 밤이 되면 간이 다시 회복되어 영원히 고통을 벗어날 수 없었다. 신은 이곳에서 간을 회복하고 한 여인은 운을 회복하는 꼴이 겹쳐지며 헛웃음이 났다. 좀 더 걷게 한 다음 구급차를 부를까 생각했다. 실제로 조지아는 여행자가 길을 잃으면 경찰이 원하는 곳까지 데려다줘야 할 의무가 있다고 숙소에서 일하는 학생이 말하기는 했었다. 아무리 진상의 국가 한국에서 왔다 하더라도 나까지 진상을 피우기는 싫었다. 운이 회복되기를 기다리는 일 밖에는 다른 선택이 없었다.

M이 태평스럽게 길가에 누워 있는 모습이 꼴 보기 싫었다. 지나가는 차에 밟힌다며 누울 거면 좀 더 안전한 곳에 가라고 해도 도무지 말을 듣지 않았다. 오히려 밟히면 차가 설 테니 나 혼자라도 차를 얻어 타고 트빌리시로 가라고 했다. 직업도 없이 방구석에 누워 로또 1등만 기다리는 남편을 둔 아낙네의 기분이 지금 내 기분일까? 저 대책 없는 긍정적 태도에 등을 돌리고는 멀찍이 서서 하늘을 바라봤다. 저 해가 지면 우리는 노숙을 하겠구나 생각하는데 M이 나를 부른다. 오랜만에 얼굴에 미소를 담고는 자랑스럽게 자신 앞에 선 차에 타라고 손짓한다.

고맙다는 말이 하나의 주문 혹은 암구호인 양 연달아 말하며 차에 올라탔다. 다행히 영어를 할 줄 아는 부부였다. 가는 길에 트빌리시 가는 버스터미널이 있으면 근처에 내려다 달라고 부탁했다. 그랬더니 자신들도 트빌리시에 간다고 했다. 처갓집에 장모님을 뵈러 갔다가 트빌리시로 돌아가는 길이라고 했다. 트빌리시까지 태워다 주겠다고 했다. M이 내 어깨를 툭 치며 찡긋거린다.

인정한다. 이런 운이 있을까? 차를 태워준 게 고마워 심심하지 않도록 피곤함을 애써 감춰가며 이런저런 이야기를 나누는데 옆에서 M은 곯아떨어진다. 한 대 쥐어박고 싶었지만, 운을 회복하는 중이라 믿고 그냥 내버려두었다.

공짜로 숙소 근처까지 왔다. 집 근처 아무 지하철역에다 내려달라 했는데 내려다 준 지하철역이 숙소와 가장 가까운 역이었다. 감사의 표시로 있는 돈을 주기 위해 M을 흔들어 깨웠다. 하지만 부부는 연신 거절한다. 돈도 아낀 김에 M이 나에게 특별한 저녁을 차려주겠다며 지하철역 앞에 있는 가게로 들어갔다. 재료 하나를 고르는데 여간 꼼꼼한 게 아니다.

이슬람 국가를 여행하느라 돼지고기에 굶주려 있던 나는 베이컨만 있으면 된다고 했다. M은 베이컨 몇 개를 놓고 범죄 현장에서 증거품을 살피는 형사처럼 꼼꼼히 훑어본다.

장보기에 지친 나는 입구에서 기다린다고 말하고 밖으로 나왔다. 비가 쏟아지고 있었다. 그러더니 이내 하늘에 구멍이라도 난 듯 엄청나게 쏟아지기 시작한다. 내가 쇼핑 삼매경에 빠진 M을 끌고 나왔을 때는 이미 늦었다. 긍정도 심하면 정신병인가 보다. 비가 오니 긍정적 태도는 더욱 심해진다. 장을 본 봉투를 품에 안더니 미친 듯이 뛰기 시작한다. 아무리 가까운 지하철역에 섰다 하더라도 걸어서 20분이 걸리는 거리였다. 하지만 어쩔 도리가 없었다. 결국 나도 같이 빗속으로 뛰어들어 냅다 달렸다. 동네 근처로 들어서니 설상가상 모든 불이 꺼져있다. 흠뻑 젖은 채로 숙소로 들어갔다.

초를 켜놓고 거실에 나와 있던 R이 깔깔대며 웃는다. 비가 너무 많이 와서 이 일대가 모두 정전이란다. 다행히 그렇게 많은 비를 맞아본 적이 없을 정도로 흠뻑 젖었기 때문에 씻을 필요도 없었다. 몸에 비누만 바르고 밖에 나가면 10초 만에 샤워를 마칠 수 있는 폭우였다. 젖은 옷을 갈아입고 거실로 나왔다. R이 쓸쓸하게 숙소를 지켰다며 성토대회를 연다. 초도 없어서 앞집에서 겨우 하나 빌렸다고 했다. R의 수다를 듣고 싶지 않았지만 돌아다니다가 문턱에 발을 찧지 않으려면 거실에 나와 있을 수밖에 없었다. 몸을 대충 말리고 와인을 한 병 비울 때쯤 문이 열리고 일본인 T가 욕을 하며 들어온다. 한 시간 동안 시내에서 비가 그치기만을 기다리다 포기하고 걸어서 숙소로 돌아왔다고 했다.

우리는 양초와 와인이 올려져 있는 4인용 식탁에 둘러앉았다. 생각해보니 여행자끼리 모여 수다를 떤 게 정말 오랜만이었다. 와이파이가 여행을 편하게 하는 것은 사실이지만 그 대가로 여행의 낭만을 앗아가 버렸다. 더 이상 낯선 여행자들과 이야기를 나눌 필요가 없었다. 심심하면 친숙한 사람들과 메시지를 주고받으면 되고 여행 정보는 휴대폰으로 검색만 하면 되는 세상이다. 대신 여행자끼리 모여 정보를 공유하고 함께 시간을 보내는 기회를 상실했다. 전기도 안 들어와 문명의 혜택이 사라진 곳에서는 모일 수밖에 없었다. 그렇게 우리는 와인을 비우기 시작했다.

조지아는 와인의 나라다. 와인을 처음 만든 국가로 알려져 있으며 와인의 역사가 자그마치 8000년이다. 조지아에서는 꽤 많은 숙소들이 와인을 무료로 제공한다. 많은 집들이 와인을 직접 담그고 있으며 손님에게 와인을 접대하는 것은 이 나라의 전통이자 자부심이다. 이들은 와인을 만드는 일이 신이 조지아 사람들에게 부여한 의무라고 말할 정도다. 와인을 오크통에서 숙성시키는 일반적인 방법과 달리 조지아에서는 붉은 점토로 만든 통인 크베브리에 넣어 숙성시킨다. 트빌리시에 우뚝 서 있는 조지아의 어머니 상에도 한 손에 와인이 들려있다. 한 손에는 적을 방어하기 위한 칼과 다른 손에는 친구를 대접하기 위한 와인을 들고 있는 상징적인 모습이지만 내 눈에는 와인을 지키기 위한 칼처럼 보였다. 실제로도 러시아가 조지아를 지배할 때도 없애려 했던 게 전통적인 와인 생산 방식이고, 독립 후에는 석유와 가스 공급과 더불어 와인 수입을 중단하기도 했다. 이처럼 조지아에서 와인은 삶의 필수요소다.

와인 4병이 비워져 가니 몸이 나른하다. 모두 잘 채비를 하는데 R은 한 병 더 마시겠다고 혼자 자리를 지킨다. 우리는 그렇게 하라고 하고는 각자의 침대로 향했다. 사실 다들 알고 있었다. 흠뻑 젖은 프랑스 여성 락 밴드를 기다리고 있다는 사실을. 하지만 그 날 여성 4인조 락 밴드는 외박을 했다.

동물 농장

아침이 되니 비는 그쳐 있었다. 숙소에서 나와 아파트 정문을 지나려는데 철문이 잠겨 있다. 어리둥절하며 철창 사이로 밖을 지켜보았다. 지나가는 사람이 한 명도 없었다. 밤사이에 무슨 일이 있었던 것일까? 지구 종말이라도 온 것일까? 뒤에서 누군가가 나를 툭 친다. 쳐다보니 중학생쯤 되어 보이는 아이였다.

"영어 할 줄 아세요?"

'sir'이라는 표현까지 써가며 양손을 모은 자세로 아주 공손하게 묻는다. 이번 여행을 하면서 'sir'이라는 표현은 처음 들어봤다.

"지금 밖에 무서운 동물들이 돌아다니고 있어요. 그래서 경찰들이 통행금지령을 내렸어요. 밤에 비가 많이 왔잖아요. 그래서 동물원의 맹수들이 탈출했어요."

아이는 손톱을 둥글게 모은 손을 얼굴에 갖다 대며 성난 호랑이를 흉내 내고 있었다. 나는 어리둥절한 표정으로 쳐다봤다.

아이는 "영어 할 줄 모르시는군요." 라고 말하며 돌아선다.

살짝 자존심이 상한 나는 아이를 잡아 세웠다.

"그래서 지금 밖에 동물들이 돌아다닌다고?"

"네! 호랑이, 악어, 사자가 탈출했어요."

못 믿겠다는 표정을 짓자 자신의 집으로 오라고 한다. 아이 손에 붙들려 숙소 옆 아파트 1층 현관으로 들어갔다. 흰 잠옷을 입은 백발의 할머니에게 정중하게 인사를 하고 거실로 들어서니, 어이없게도 이미 R은 그 집 소파에 누워서 뉴스를 보고 있다. 14인치의 낡은 회색 텔레비전에서 트빌리시 풍경이 헬기의 시각으로 카메라에 잡히고 있었다.

트빌리시 뉴스를 내보내는 텔레비전은 어렸을 적 집에 있었던 금성 텔레비전이다. 아직까지 멀쩡한 금성 텔레비전이 있다는 것도 신기한데, 화면에서는 경찰과 군인들이 시내 한복판에서 하마와 호랑이를 잡고 있었다. 노이즈가 있는 화면에서 동화 같은 이야기가 눈앞에 펼

쳐진다. 아이의 할머니는 아침식사로 와인과 빵 그리고 마른 고기를 식탁에 내려놓으며 새벽에 사육사가 사자에게 물려 죽었다고 말했다. 밤새 무슨 일이 있었던 것일까?

조지 오웰의 소설처럼 이 동물들이 동물농장을 건설하기 위해 탈출을 한 건지 아니면 성경처럼 비가 너무 많이 와 노아의 방주가 있었다는 터키의 아라라트 산에 가고자 했는지 알 수가 없다. 동화 같은 이야기가 현실에서 펼쳐지니 잔혹한 이야기가 되었다. 왕자와 결혼한 평범한 여인이 궁으로 들어가면 왕가의 사랑을 받을 수 있을까? 정말 그들은 행복하게 살았을까? 내가 아름답다고 생각한 수많은 이야기가 결국 현실 밖에서 펼쳐질 때만 아름다운 것은 아닐까? 그 인류의 보편적 가치관을 제멋대로 끼워 넣은 많은 이야기들은 현실과 분리하고 들었을 때 우리에게 기쁨과 위로가 되는 것일까?

많은 비로 인해 피해를 입은 사람들을 애도하고 잡다한 생각을 죽인 다음, 숙소로 돌아갔다. 마을에 전기는 들어왔지만, 간이건물인 숙소는 아직 복구가 안 됐다. 철창이 열리기를 기다리고 있는데 점심때가 지나자 숙소를 돌보는 학생이 들어온다. 이제 통행은 가능하다고 말했다. 배가 고파 M과 함께 시내로 나섰다. 사람들은 별일 없었다는 듯이 일상으로 돌아간 모습이었다. 언제나 그렇듯 낡은 책과 형형색색의 꽃을 파는 상점들이 트빌리시의 풍경을 정겹게 만들고 있었다. 하지만 아직 곳곳에서 통행을 제한하는 경찰 병력들이 흩어져 있었다. 길을 걷다 보니 곳곳에 큰 개의 발자국인지 호랑이의 발자국인지 모를 새벽의 흔적들이 눈에 띄었다.

점심을 해결하고 쿠라강변에서 골동품 좌판들을 기웃거렸다. 한 할아버지가 스탈린 배지를 나에게 추천한다. 나치 배지를 다른 손에 들고는 스탈린 배지로 마구 치는 시늉을 한다. 세계 2차 대전에서 독일을 물리치고 스탈린이 러시아를 승리로 이끈 것을 표현하는 것 같았다. 둘 사이를 가로막은 언어와 역사관의 장벽 때문에 난 그냥 웃음을 보였다. 또다시 조지아에 도착해서 읽었던 조지오웰의 소설 『동물농장』이 떠올랐다. 동물농장은 스탈린의 폭압적인 독재정치를 신랄하게 풍자한 소설이다. 스탈린은 아이러니하게도 조지아 출신이다.

조지아에서도 이 독재자를 놓고 긍정적 평가와 부정적 평가가 상당히 엇갈린다. 동물농장뿐만 아니라 1987년 칸 국제영화제에서 심사위원 특별상을 받은 텐기즈 아부라제 감독의 영화〈후회〉도 당시의 억압을 실화를 바탕으로 비유적인 묘사를 했다. 어느 평범한 가장의 죽음을 통해 스탈린 시대의 인간성 상실과 정치적 억압을 비판적으로 그린 작품이다.

Tbilish Loves You

트빌리시는 조지아의 수도지만 그리 큰 도시는 아니다. 체력만 좋다면 모두 걸어서 이동이 가능하다. 시내곳곳을 돌아다니다 평화의 다리를 건너 올드 트빌리쉬 나리칼라 요새에 올랐다. 탁 트인 풍경이 눈앞에 펼쳐진다. 이 도시는 지내면 지낼수록 참 따뜻한 곳이라는 생각이 든다. 처음에는 차가워 보였던 이 작은 나라의 수도는 이름의 뜻대로 뜨거운 도시였다. 온천이 유명해서 지어진 이름이었지만 낯선 여행자에게 차가워 보이는 얼굴로 따뜻한 환대를 해주었다. 푸시킨이 사랑한 도시, 그 어머니의 상 아래서 푸시킨의 시를 읽었다. 이곳에도, 내 마음에도 기쁨의 날이 오기를 소망해본다.

삶이 그대를 속일지라도
슬퍼하거나 노하지 말라!
우울한 날들을 견디면
믿으라, 기쁨의 날이 오리니.
마음은 미래에 사는 것
현재는 슬픈 것
모든 것은 순간적인 것, 지나가는 것이니
그리고 지나가는 것은 훗날 소중하게 되리니.

– 알렉산드르 세르게예비치 푸시킨, 〈삶이 그대를 속일지라도〉

트빌리시를 떠나는 날, 아직도 지하철 역사의 빠른 에스컬레이터를 적응하지 못했다. 항상 탈 때마다 놀이기구를 타는 기분이었다. 내리다 발을 헛디뎌 넘어질 뻔했는데 뒤에서 나를 잡더니 옆에서도 나를 잡아준다. 괜찮냐고 과도하게 많은 사람들이 물어본다. 애써 웃어 보이며 그들에게 고맙다고 인사했다. 전철에 오르니 와이파이를 감지했다는 진동 알림이 온다. 기분이 좋다. 와이파이 때문이 아니라 와이파이의 이름 때문이다.

"트빌리시는 당신을 사랑합니다."

이전과는 다른 터키

트라브존

조지아 휴양도시 바투미에서 터키 트라브존으로 향한다. 버스는 미니버스다. 국경에 도착할 때가 되자 몇몇 사람들이 바빠진다. 터키보다 담배와 술이 훨씬 저렴하기 때문에 바투미에서 한도를 초과한 수량을 구매한 모양이다. 국경을 넘기 전, 면세물품을 안 산 사람들에게 보관을 부탁하고 버스에 이리저리 숨기기 시작한다. 분주한 버스 안에서 나는 홀로 조지아를 벌써부터 그리워하고 있었다.

숙소에 짐을 풀고 메이단 공원으로 갔다. 메이단 공원은 트라브존의 중심이다. 도심 거리는 메이단 공원을 중심으로 미로처럼 뻗어 있다. 트라브존의 명동 거리인 '우준' 거리는 많은 인파로 북적거리고 있었다. 해변으로 향하는 길목에는 세련된 카페들이 눈길을 끈다. 트라브존은 흑해 해산물 중 '하므시'큰 멸치 튀김으로 유명한 곳이다. 거리 가로등에서도 이 하므시 모형을 볼 수 있었다.

쉬멜라 수도원으로 가는 투어프로그램과 다음 여행지인 샤프란볼루로 가는 버스를 예약하기 위해 여러 여행사를 돌아다녔다. 그중 한 버스회사를 택했다. 샤프란볼루로 가는 버스는 5시. 쉬멜라 수도원을 구경하고 시내로 돌아와 점심을 먹은 뒤 책 한 권을 보다가 버스를 타

면 딱 좋은 일정이었다. 하지만 직원은 자꾸만 나에게 긴 투어를 권유했다. 이 회사에서 운영하는 투어는 2개가 있었다. 하나는 짧은 일정으로 아침 일찍 출발해 점심때 돌아오는 투어와 근처의 유적지를 추가로 둘러보고 5시에 돌아오는 더 긴 투어가 있었다.

긴 투어를 하기에는 마음이 불안했다. 5시에 도착해 5시에 버스를 타는 것은 딱 좋아 보이지만 아주 위험한 도박이다. 게다가 이곳은 터키다. 직원은 여기저기 묻고 다닌다. 많은 사람들이 반대한다. 젊은 직원은 당황한다. 내가 보기에도 열정이 지나쳐 보인다. 그럼에도 그는 포기하지 않았다. 그가 제안하기를 투어가 끝난 뒤 나를 시내에 내려다 주는 대신 터미널에 내려주면 되고, 투어는 항상 예상시간보다 빨리 끝난다고 했다. 혹시 늦어지면 버스 기사에게 연락해 기다려 주겠다며 자신을 믿어달라고 부탁한다. 무조건 자기가 책임지겠다고 빠득빠득 우긴다. 왜 저렇게까지 긴 투어를 팔고 싶어 할까? 책임지겠다고 한 약속을 재차 확인한 뒤 긴 투어를 예약했다. 가격도 큰 차이가 없었다.

쉬멜라 수도원

깎아지른 듯한 절벽에 세워져 있는 쉬멜라 수도원. 이곳이 어떻게 지어졌는지 정확한 기록은 없지만 비잔틴 제국의 테오도시우스 황제 시대인 386년에 세워졌다고 알려져 있다. 절벽 밑 그리스도의 삶을 다룬 프레스코화는 7~13세기에 그려졌다. 그리고 14세기에 비로소 완성되었다. 전설에 따르면 그리스 사제 2명이 이곳에서 성모마리아의 성상 혹은 성화를 발견하고 이곳에 수도원을 지었다고 한다. 가파른 절벽 위에 이렇게 큰 수도원을 지은 사실이 놀랍다. 비잔틴 문화가 새겨진 수도원은 1,628m 지가나산 절벽에 천 년이 넘는 세월 동안 아슬아슬하게 매달려 있었다.

사 온 도시락을 꺼내 계곡 근처에 앉아 허기를 달랬다. 알튼데레 계곡을 흐르는 물은 산의 가장 깊은 주름을 시원하게 씻어내고 있었다. 이 계곡을 따라 오르내리며 수도사들이 행했던 수행의 의미를 잠시나마 되짚어보았다. 어쩌면 수도원도 세상의 가장 은밀하고 깊은 곳을 씻어내는 곳이 아닐까?

터키타임에 걸렸다. 돌아온 시간은 6시 30분이었다. 무조건 5시에 끝난다는 투어는 6시 30분에 나를 트라브존 시내에 내려주었다. 버스 회사로 갔다. 투어회사와 버스회사는 같은 소속의 회사다. 이번엔 당하지 않겠노라 굳게 다짐했다. 교묘히 빠져나가려 한다면 트라브존의 축구팀 트라브존스포르에서 활약했던 이을용 선수의 을용타라도 날릴 계획이었다.

손에 든 버스티켓을 내밀었다. 당연히 이미 버스는 떠났다. 혹시 몰라 받아놓은 명함을 내밀고 패기 넘치던 사내를 찾았다. 이 사태를 미리 어느 정도는 예상해 증거와 증인을 다 준비했었다.

어제 증인으로 심어둔 직원 중 한 명이 내 얼굴을 보고 사색이 되어 다가온다. 이 사무실의 매니저라고 자신을 소개한 그는 어제 그 직원은 오늘 일찍 퇴근을 했다고 상황을 설명한다. 내가 불만을 토로하자 열정은 넘쳤지만, 책임감은 부족한 그 청년에게 급히 전화를 걸어 역정을 낸다. 직원을 혼내는 걸로는 이 난감한 상황을 타개할 수 없다는 걸 보여주려 사무실 바닥에 드러누울 준비를 하고 있었다. 매니저가 사장에게 전화를 건다. 사장과 상황설명을 하더니 나를 바꿔준다. '하 젠장. 또 일주일 후에 오겠다고 하겠지.' 옷까지 벗고 드러누워야 되나 생각했다. 하지만 대화는 내 예상과 다르게 흘러갔다.

"정말 미안합니다. 버스는 내일 출발하는 걸로 바꿔드리고, 호텔은 저희가 잡아드리겠습니다."

살짝 당황했지만 쉽게 믿을 수는 없었다. 호텔이라고 표현했지만 무슨 숙소를 잡아줄지는 정확히 말하지 않았다. 난민수용소와 같은 숙소도 이곳에 많다. 싫다고 거절하고는 무조건 오늘 가야겠다고 말했다.

"손님, 그럼 제가 보상을 해드리겠습니다. 총 손해 보신 금액이 얼마이신지요?"

진상도 피워본 놈이 피우는 듯했다. 갑자기 손해배상을 청구하라고 하니 머릿속 계산기가 주판이 되더니 손가락셈이 시작된다. 얼마를 불러야 할지 도무지 감이 안 온다. 아무 말도 없이 있자 "여보세요? 여보세요? 들리세요?" 라며 수화기 건너편에 사장은 통신 상태를 확인한다. 나도 내 뇌에게 묻고 싶었다. "여보세요? 거기 계세요?"

"돈은 필요 없어요. 오늘 가고 싶어요. 지금."

장고 끝에 이상한 수가 나온다. 후회가 밀려온다.

그는 잠깐의 침묵을 깨고 사무실에서 기다리라며 전화를 끊었다.

10분쯤 지나자 벤츠 SUV가 사무실 앞에 멈춰 선다. 양복 입은 사람이 급하게 나를 부른다. 그렇게 나는 버스 대신 고급 승용차를 타고 흑해 연안을 달렸다. 흑해 위로 노을이 붉게 지고 있다. 카메라에 그 멋진 광경을 담고 싶었지만, 여유 있는 모습을 왠지 보이기 싫었다. 카메라를 주머니 속에서 괜히 만지작거렸다.

흑해에 오기 전에는 흑해가 막힌 바다인 줄 알았다. 회의실에서 지루한 논쟁이 이어질 때면 필기하는 척하려 들고 간 수첩 뒤편에 붙여진 세계지도를 몰래 쳐다보곤 했다. 그때는 지도가 작은 사이즈라 흑해는 막힌 바다처럼 보였다. 하지만 사실 흑해는 막힌 바다가 아니었다. 갇혀 있어 보이지만 그렇지 않았다. 모든 문이 닫힌 것처럼 느껴지지만 사실 열린 문이 존재하는 곳. 이 사실을 깨달은 오늘 내가 이 바다의 풍경을 더욱 애잔하게 바라보는 이유일 테다.

삼순에 도착할 무렵, 내가 탔어야 할 버스를 따라잡을 수 있었다. 이미 해가 흑해로 가라앉은 후라 어두워진 뒤였다. 이곳 삼순에서 율리우스 카이샤르가 폰토스 왕국을 물리치고는 "왔노라, 보았노라, 이겼노라Veni, Vidi, Vici." 라고 로마 원로원에 보고했다고 알려져 있다. 나는 "왔노라, 보았노라, 탔노라."를 외치고 사장과 뜨거운 포옹으로 작별인사를 했다.

다시 만난 이스탄불

사 / 색 / 여 / 담

미뤄 놓은 일기를 쓰듯 이스탄불의 유적지를 하나하나 살펴보았다. 터키를 조금이나마 여행하고 난 뒤 보니 그 의미와 느낌이 달랐다. 이제 나는 하루에 차이터키식 차를 10잔을 마시며 터키어만으로도 여행할 수 있을 정도로 터키와 친숙해졌다. '삼척동자'라고 불리는 젊은 터키 남자들의 '아는 척, 잘난 척, 있는 척'에도 이미 익숙해졌다. 어느새 시미트터키식 빵와 아이란터키 요거트 그리고 체리는 나의 소울푸드가 되어 하루에 한 번은 먹어야 밥을 먹은 기분이 들었다. 할아버지들의 하나같이 비슷한 한국전쟁 참전 이야기는 귀에 못이 박혔다. 한국전쟁 당시 터키의 모든 남자들이 참전한 듯이 참전용사라 주장하는 사람들을 정말 자주 만났다. 휴가 나온 군인들을 거절 없이 잘 만나주는 여대생처럼 이야기의 구조도 훤히 꿰뚫게 되었다. 터키 여고생들과 사진을 백 장 정도 찍었으며, 나의 로망이었던 카펫 가게에서 물담배 피우기와 돌무쉬로 어디든지 갈 수 있는 능력도 이뤘다. 그렇다고 해서 내가 터키를 잘 안다고는 말할 수 없었다. 그래서일까? 다시 만난 이스탄불은 오히려 헷갈리는 기분을 가져다주었다.

로마와 이집트 문명이 교차하는 히포드롬을 거닐어 보았다. 톱카프 궁전에서는 오스만 제국의 전성기 전시물에 입을 다물 수가 없었다. 톱카프 궁전 안의 하렘에서 터키 남자들의 치근거림의 뿌리를 되짚어 보기도 했다. 실크로드 교역의 메카인 그랜드 바자르에서 길을 잃어보기도 하고 이집션 바자르에서 코끝을 찌르는 향신료의 향기에 취해보기도 했다.

구시가지 술탄 아흐멧에서 아야소피아 성당, 그와 마주하고 있는 술탄 아흐멧 1세 자미블루모스크에서 이슬람과 기독교의 공존을 아주 천천히 살펴보았다. 어떻게 이런 도시가 탄생할 수 있었을까? 나폴레옹이 세계의 수도를 정해야 한다면 바로 이스탄불이라 말했을 정도로 수많은 문화가 공존하는 것은 단순히 오랜 시간의 작품도 아니고 지리적

장점으로 인한 역사의 특수성 때문만도 아닐 테다. 아야소피아 성당의 다양한 색의 타일들이 아름다움을 표현하듯이 그렇게 이스탄불의 신비로움은 곳곳에 흩어져 있었고 때론 모여 있었다. 기독교의 건축물을 파괴하지 않고 보존한 관용. 그래서 이슬람과 기독교의 모습을 함께 들여다볼 수 있는 곳. 거대한 돔을 다양한 지역에서 온 돌로 만든 기둥들이 떠받치고 있듯 획일성이 아닌 다양성이 이 세계를 지탱한다고 말하는 듯했다. 다양한 문화의 공존이 모호함이 아닌 아름다움으로 드러나는 지점에 이스탄불 그리고 터키의 정체성이 있었다.

우리는 모두가 여행자
– 이스탄불 : 도시 그리고 추억

조지아 트빌리시의 룸메이트 R과 T 그리고 M을 만나기로 한 날이다. 트빌리시에서 M은 혼자 멧시아로 하이킹을 떠났고 나는 T와 뭇츠헤타로 갔다. R은 이후에 나와 다시 만나 쿠다이시에서 시간을 보냈다. 어쩌다 보니 나는 방 안의 모든 사람과 조지아 여행을 같이 했었다. 내가 연결고리가 되어 다 이스탄불로 모이는 날 같이 시간을 보내기로 했다.

M이 터키를 떠나는 마지막 날로 약속을 잡았다. 우리는 모두 이스탄불에서 꽤 오랜 시간을 보낸 사람들이라 딱히 같이 구경할 게 없었다. 그래서 각자 이스탄불에서 가장 좋았던 곳을 하나씩 소개시켜주기로 했다. 아이디어를 낸 내가 먼저일 수밖에 없었다. 그들을 데리고 간 곳은 슐레이마니에 자미다. 이곳은 터키의 상징인 건물이지만 의외로 한산하다. 잔디밭에서 시간을 보내기도 좋고 이 앞에 카페 옥상에 올라 바라보는 이스탄불 풍경도 압권이다.

T가 데리고 간 곳은 슐레이마니에 바로 옆에 있는 터키 최고의 건축가 미마르 시난의 무덤이었다. 우리 둘 다 이곳에 있는 카페옥상에

서 바라보는 이스탄불의 가장 좋은 기억으로 꼽았다. 카페 옥상에서 바라보는 골든 혼과 갈라타 다리가 정말 잊지 못할 풍경이다. 우리는 터키 여행을 오래한 덕분에 수시로 차를 마셔도 전혀 거부감이 없었다. 다만 유명한 곳에서 차를 마시다 보니 비싸게 느껴졌을 뿐이었다.

R은 근처에 위치한 이스탄불 대학교로 우리를 데리고 갔다. 책 전시회가 열리고 있어 걸음이 살짝 늦어지는데 R은 우리를 재촉한다. 그가 우리에게 보여주고자 한 것은 사실 이스탄불 대학교가 아니라 이스탄불 대학생이었다. 정확히 여대생. 역시 R답다. 같이 조지아의 쿠다이시를 여행했을 때도 숙소 여주인에 푹 빠져 내가 여행하는 시간에 홀로 숙소를 지키곤 했었다. 사실 내가 본 숙소 여주인 중에서 가장 예쁘긴 했다. 하지만 아쉽게도? 귀여운 아이의 어머니이자 한 남자의 아내였다. R은 쿠다이시에서는 히치하이킹을 하기 싫다고 했다. 나 혼자 거리에서 차를 얻어 타며 여행을 해야 했다. 내가 도로에 서서 합승 구걸을 하는 동안 R은 숙소 여주인과 이야기꽃을 피웠다.

M은 우리를 갈라타 다리로 데려다주었다. 우리에게 진정한 이스탄불은 모두 이 다리에 있다고 갈라타 다리의 상징성을 열변했다. 사실 맞는 말이다. 아시아와 유럽을 이어주는 다리이며 낚시를 하는 현지인들 뒤로 관광객과 트램이 열심히 다리를 건넌다. 이스탄불의 음악적 다양성을 탐색해가는 해크의 행적을 다큐멘터리로 기록한 영화 〈이스탄불의 소리〉의 영어 제목도 〈Crossing the bridge〉다.

사실 우리가 서로를 안내한 곳은 특별한 비밀장소는 아니었다. 그럼에도 특별한 느낌으로 다가왔다. 터키를 떠나기 전, 이스탄불에서 함께 모여 각자의 여행을 매듭짓고 있었다. 그래도 함께이기 때문에 졸라맨 매듭을 살짝 늦추고 각자의 여행을 들려주고 삶을 흐릿하게나마 바라보게 해주는 산책을 했다.

다음날 T는 그리스로 가기 위해 또 도로에 올랐다. T는 대부분 히치하이킹으로 여행을 하고 있었다. 히치하이킹을 하기 때문에 트빌리시에서 이스탄불로 바로 왔음에도 불구하고 우리 중에 가장 늦게 도착할 수밖에 없었다. 검게 탄 얼굴이 고단했던 여정을 말해주고 있었다. 우리 넷이 만난 날, 믿을 수 없을 정도로 운이 좋아서 지금에라도 이스탄불에 올 수 있다고 이야기했다. 하지만 알고 있다. 펄펄 끓는 도로 위에서 자신을 외면하는 차들이 가르는 날카로운 바람에 얼마나 스쳐야 하는지. 포기하고 싶은 순간과 얼마나 힘겹게 싸워내야 하는지.

R은 석사과정을 마치기 위해 아메리카 대륙으로 날아가는 비행기에 올랐다. 여자를 많이 좋아해서 그렇지 우리 중에 생각이 가장 깊은 친구였다.

M은 우리와 헤어지고 여권을 잃어버렸다. 혼자 시장 구경을 하다가 가방이 털렸다고 했다. 다음날, 만나서 돈을 쥐여주긴 했지만 나도 돈이 얼마 없어 많이 주지는 못했다. 걱정이 됐다. 하지만 M은 오히려 나에게 걱정 말라며 웃음을 보였다. 태국 대사관을 가기 위해 터키의 수도인 앙카라로 가야 하는 길. 히치하이킹을 하고 가겠다고 그렇게 운 좋은 긍정의 여신은 거리로 나섰다.

여행을 하다 보면 갚지 못한 신세를 지고 대가 없는 친절을 주고받기도 한다. 일면식도 없었던 관계지만 서로의 상황을 알기에 부족한 서로의 것들을 나누고 서로가, 서로를 채운다. 우리는 모두가 여행자이기 때문일 테다.

나는 이스탄불에서 유럽으로 들어갈 채비를 했다. 준비를 핑계로 J에게 갚지도 못할 신세를 졌다. 서로의 삶을 여행하다 다시 만나 갚을 우연을 기대하며 우리는 아쉬운 작별을 했다.

우리는 모두 여행자이기에.